RUTH BENNETT
Wintertraum in Kanada

Über die Autorin:

Ruth Bennett liebt lange Spaziergänge durch den Schnee, heißen Kakao am Kamin und das Funkeln der Sterne in kalten Winternächten. Sie entstammt einer Familie, in der die Tradition des Geschichtenerzählens stets hochgeachtet wurde. Eine Berufung, die sie zum Beruf machte.

Wenn sie nicht gerade irgendwo in der Welt unterwegs ist, um sich für neue Bücher inspirieren zu lassen, lebt sie mit ihrer Familie in einer beschaulichen Kleinstadt.

RUTH BENNETT

Wintertraum in Kanada

Roman

Lübbe

Originalausgabe

Copyright © 2023 by
Bastei Lübbe AG, Schanzenstraße 6–20, 51063 Köln

Textredaktion: Beate De Salve
Umschlaggestaltung: Jeannine Schmelzer
Einband- / Umschlagmotiv: © TONNAJA / Gettyimages; darekm101 / Gettyimages
Satz: GGP Media GmbH, Pößneck
Gesetzt aus der Minion
Druck und Verarbeitung: GGP Media GmbH, Pößneck

Printed in Germany
ISBN 978-3-404-19224-3

2   4   5   3   1

Sie finden uns im Internet unter luebbe.de
Bitte beachten Sie auch: lesejury.de

Für
Frieda

Kapitel 1

»Ausgerechnet Kanada!«

Trotz der voll aufgedrehten Heizung und des brennenden Kamins wurde die Stimmung im Salon mit einem Schlag frostig.

Paul zuckte mit den Schultern, als Sara ihn anschaute. Sie hatte ihrer Mutter gerade mitgeteilt, dass sie und Paul nicht am obligatorischen Neujahrsempfang in der Villa ihrer Eltern teilnehmen konnten, weil sie am zweiten Weihnachtstag nach Vancouver fliegen wollten. Sie hatten sich die Reise gegenseitig zu Weihnachten geschenkt.

»Wie kann man im Winter nach Kanada reisen?« Jeanette schüttelte verständnislos den Kopf und fügte ironisch hinzu: »Warum nicht gleich zum Nordpol?«

Sara holte tief Luft. Obwohl Paul sie mit dem Fuß anstieß und ihr einen warnenden Blick zuwarf, konnte sie ihre Antwort nicht zurückhalten.

»Das hatten wir ursprünglich vor, aber wir wollten dich mit unseren Reiseplänen nicht überfordern.« Provozierend lächelte sie ihre Mutter an. »Vielleicht nächstes Jahr.«

Jeanette ignorierte diese Bemerkung. »Niemand fährt im Winter nach Kanada! Warum reist ihr nicht nach Davos? Meinetwegen auch nach Aspen, wenn es unbedingt Übersee sein muss?«

»Wir lieben Kanada.«

»So ein Unsinn!«, erwiderte Jeanette scharf. »Ihr habt dieses Land noch nie besucht.«

Sara spürte die ärgerliche Ungeduld in sich aufsteigen, die nur ihre Mutter in ihr entfachen konnte. »Wir lieben Kanada so sehr, dass wir …«

»… das Land jetzt unbedingt kennenlernen wollen«, fiel Paul ihr hastig ins Wort. Er hatte ihr wahrscheinlich angesehen, dass sie gerade mit der Wahrheit herausplatzen wollte. Eindringlich schaute er sie an. »Das wolltest du doch sagen, nicht wahr?«

Nein, genau das hatte sie nicht sagen wollen. Sara presste verärgert die Lippen zusammen, doch zum Glück wurde sie einer Antwort enthoben, weil es an der Tür klingelte. Ihre Schwester Olivia traf mit ihren Kindern ein, und sofort beanspruchte der vierjährige Noah die ganze Aufmerksamkeit für sich, während sich die ein Jahr ältere Amelie schüchtern an die Hand ihrer Mutter klammerte. Das Mädchen brauchte immer eine Weile, um aufzutauen.

»War das Christkind schon da?«, brüllte Noah. Er konnte einfach nicht in normaler Lautstärke reden, wenn er aufgeregt war. Ohne Umweg lief er zu dem geschmückten Weihnachtsbaum und blieb mit enttäuschtem Gesichtchen davor stehen. »Da ist ja nix.«

»Das Christkind hat auf euch gewartet.« Richard Winter, Saras und Olivias Vater, war gerade aus seinem Arbeitszimmer gekommen. Sie lächelten einander zu, und Sara stellte erleichtert fest, dass da wieder etwas von der Nähe zu spüren war, die sie früher empfunden hatte. Lächelnd schaute er sich um. »Schön, dass ihr alle da seid.«

Als hätten wir eine Wahl gehabt, schoss es Sara durch den Kopf.

»Wann kommt das Christkind?«, schrie Noah. Seine Pausbäckchen waren rot. Nicht nur wegen der Aufregung, sondern auch, weil es in der Villa viel zu warm war. Jeanette war zwar durchaus der Meinung, dass energiesparende Maßnahmen enorm wichtig waren – allerdings nur, solange sie selbst dafür nicht frieren musste.

Alle Räume waren weihnachtlich geschmückt, und das Hauspersonal hatte die dunklen Möbel, fast ausnahmslos kostbare

Antiquitäten, glänzend poliert. Da die einzelnen Zimmer – begonnen mit der großzügigen Diele, über den Salon, in dem der Weihnachtsbaum stand, bis hin zum Esszimmer – nur durch gläserne Sprossenschiebetüren, die immer offen standen, voneinander getrennt waren, entstand der Eindruck eines einzigen riesigen Raumes. Kostbare Orientteppiche dämpften die Schritte, und über allem schwebte eine Art ehrwürdiger Hauch, der Nachhall all der Generationen, die bereits vor ihnen in dieser Villa gelebt hatten.

»Wenn wir gegessen haben«, beantwortete Jeanette die Frage ihres Enkels.

»Ich hab aber gar keinen Hunger!«

Jeanette schaute zuerst den Jungen und dann Olivia finster an. Sara rechnete fest damit, dass ihre Schwester sich jetzt einen Vortrag über ihren Erziehungsstil anhören musste, erfuhr aber gleich darauf, dass es da etwas ganz anderes gab, was ihre Mutter immer noch beschäftigte. Nach einem weiteren vorwurfsvollen Blick, diesmal auf Sara, berichtete sie ihrem Mann: »Sara und Paul fliegen übermorgen nach Kanada.«

Als Richard antwortete, klang seine Stimme zuerst begeistert.

»Das ist ja …« Er schaute seine Frau an und erkannte offensichtlich in Sekundenschnelle, dass Begeisterung nicht angesagt war. »… überraschend«, schloss er.

»Das ist nicht überraschend, sondern absolut unvernünftig.«

»Aber Kanada ist durchaus eine Reise wert«, wagte Richard einen Widerspruch. Er war als Einziger in der Familie bereits in Kanada gewesen, während seiner Studienzeit. Obwohl das schon viele Jahre her war, brachte die Erinnerung daran ihn auch jetzt noch zum Schwärmen. »Ich beneide euch ein bisschen.«

Sara bemerkte, dass er diesmal den Blicken ihrer Mutter auswich, und dann war es wieder Noah, der die aufkommende Spannung unterbrach.

»Wenn das doofe Christkind nicht kommt, will ich wieder

nach Hause fahren.« Sein rundes Gesicht war ärgerlich verzogen.

»Noah, hör bitte auf!« Olivias Stimme klang ungewohnt gereizt. »Das Christkind kommt schon noch.«

»Kommt Papa auch noch?« Zum ersten Mal meldete sich Amelie zu Wort. Das Mädchen war eine Miniaturausgabe ihrer Mutter; mit den dunklen Locken und den braunen Augen ähnelte sie aber auch ein wenig ihrer Tante Sara. Doch während Olivia und Amelie eher still und zurückhaltend waren, behielt Sara ihre Meinung selten für sich.

»Ja, das wüsste ich auch gerne«, nahm Jeanette das Stichwort ihrer Enkelin auf. »Wo ist Gernot?«

Olivia zögerte einige Sekunden, bevor sie mit unbehaglicher Miene sagte: »Er wird es wahrscheinlich nicht schaffen.«

Sara jubelte auf, wenn auch nur innerlich. Sie mochte ihren Schwager nicht besonders und verstand bis heute nicht, warum sich ihre Schwester in ihn verliebt hatte.

Früher, als Kinder, waren sie und Olivia eine Einheit gewesen. Verbündete, die gegen ihre dominante Mutter nur bestehen konnten, weil sie einander hatten.

Von ihrem Vater war kein Beistand zu erwarten gewesen. Nicht nur, weil er sich selbst nicht wirklich gegen Jeanette durchsetzen konnte, sondern auch, weil er an familiären Belangen nicht sonderlich interessiert war. Für ihn stand seine Papierfabrik im Vordergrund. Immerhin, so betonte er seit jeher, war das die Grundlage des familiären Wohlstands.

Sara glaubte ihm bis heute nicht, dass es ihm nur darum ging. Vielmehr bot die Firma ihrem Vater immer wieder die Möglichkeit, sich seiner Frau und allen unangenehmen Situationen zu entziehen.

Olivia hatte nach dem Abitur in Hamburg Grafikdesign studiert und selbstverständlich weiterhin im Haus ihrer Eltern gelebt, so wie es Jeanette erwartete.

Sara hatte das nicht verstehen können. Endlich hätte Olivia selbst über ihr Leben bestimmen können, und dann tat sie es nicht.

Als sie selbst zwei Jahre später das Abitur machte, traf sie ihre eigenen Entscheidungen und ließ keine Einmischung ihrer Mutter zu. Sie zog nach Berlin und begann ein Jurastudium, aber bereits im ersten Semester wurde ihr klar, dass das nicht ihr Weg war. Danach studierte sie Sprachen und Kommunikationswissenschaften und arbeitete nach dem erfolgreichen Abschluss für ein Berliner Übersetzungsbüro. Doch zu allen Feiertagen fuhr sie nach Hause – wegen Olivia.

Und dann war Gernot gekommen!

Für ihre Eltern war er der Traumschwiegersohn, während Sara ihn nicht ausstehen konnte. Er war aalglatt und eiskalt. Ihr Schwager erwiderte ihre Abneigung, und so war Sara froh, dass sie ihm an diesem Abend nicht begegnen musste.

»Warum nicht?«, brach Jeanette das dumpfe Schweigen, das nach Olivias Ankündigung im Raum lag. In ihrer Stimme schwangen gleichermaßen Ärger und Enttäuschung mit.

»Er hat … Er muss …«, stammelte Olivia und lief puterrot an. Offensichtlich wusste sie nicht, was sie sagen sollte.

Schlecht gerüstet, dachte Sara mitleidig. *Du hättest dich gründlich auf Jeanettes Befragung vorbereiten sollen.*

In Gedanken nannte sie ihre Mutter stets beim Vornamen. Manchmal auch im Gespräch.

»Es ist etwas Geschäftliches«, brach es schließlich aus Olivia heraus. Eine Ausrede, die Jeanette ihr verständlicherweise nicht abnahm.

»An Heiligabend? Das willst du mir doch nicht ernsthaft weismachen!«

»Ich … Aber … Gernot …« Auch diesmal brachte Olivia keinen zusammenhängenden Satz heraus. Mit hilfloser Miene verstummte sie. Sie war ihrer Mutter einfach nicht gewachsen, und obwohl sie zwei Jahre älter war, kam es Sara manchmal so vor, als wäre Olivia die jüngere Schwester.

Sara hatte großes Mitleid mit ihr, und obwohl sie eigentlich froh war, dass sie und Paul mitsamt ihrer Kanadareise nun nicht mehr im Zentrum von Jeanettes Unmut standen, konnte sie nicht anders, als ihrer Schwester zu Hilfe zu kommen.

Sie schaute ihre Mutter an. »Warum fragst du nicht einfach Gernot? Der wird dir sicher genau erklären können, durch welche geschäftlichen Angelegenheiten er heute verhindert ist.«

Natürlich konzentrierte sich Jeanette augenblicklich wieder auf sie.

»Habt ihr euch etwa gegen mich verschworen? Habt ihr euch vorgenommen, alles zu tun, um mir diesen Abend zu verderben? Gernot lässt sich erst gar nicht blicken, und ihr fahrt nach Kanada. Wahrscheinlich macht ihr das nur, damit ihr nicht an unserem Neujahrsempfang teilnehmen müsst.« Anklagend schaute sie Sara an. »Ich weiß doch, wie verhasst dir gesellschaftliche Veranstaltungen sind.«

»Ich mag solche Feste nicht, das ist richtig«, stimmte Sara ihr mit sanfter Stimme zu. »Abgesehen davon fahren wir nicht nach Kanada, wir fliegen dorthin.«

Jeanette war außer sich, was sie dadurch demonstrierte, dass sie eine Hand auf ihr Herz legte. Ihr Atem ging plötzlich stoßweise, doch nur Richard fiel auf dieses Theater herein. Allerdings vermutete Sara insgeheim, dass er nur deshalb darauf einging, damit sich Jeanettes Wut später nicht auf ihn konzentrierte.

»Liebes, bitte reg dich nicht so auf.« Er trat neben Jeanette und legte ihr fürsorglich einen Arm um die Schultern. »Dazu besteht überhaupt kein Anlass.«

Nun schnappte Jeanette erst recht nach Luft. »Man könnte fast meinen, du wärst die letzte halbe Stunde nicht im Raum gewesen. Was haben wir bei der Erziehung unserer Töchter nur falsch gemacht?«

Amelie umklammerte fest die Hand ihrer Mutter.

»Warum schimpft Oma?«, fragte sie und machte ein ängstliches Gesicht.

Noah beeindruckte das weniger. Er winkte mit seinem kleinen Patschhändchen ab.

»Wie Papa. Der schimpft auch immer mit Mama.«

Das war so neu, dass selbst Jeanette ihr leidendes Gebaren vergaß. Alle Blicke richteten sich auf Olivia, was ihr sichtlich unangenehm war. Mit einem gekünstelten Lachen versuchte sie, darüber hinwegzugehen.

»Papa schimpft doch nicht mit mir.« Sie schaute Noah eindringlich an. »Wir sind nur manchmal unterschiedlicher Meinung.«

»Doch, der schimpft ganz böse«, beharrte der Junge. »Und dann weinst du.«

Wie aufs Stichwort füllten sich Olivias Augen mit Tränen. Hastig ließ sie Amelies Hand los.

»Entschuldigt«, presste sie hervor und verließ fluchtartig den Raum.

»Mama!« Amelie schien ihrer Mutter nachlaufen zu wollen, doch dann hielt sie inne und blickte verstört um sich.

Sara ging vor dem Mädchen in die Hocke. »Wollen wir mal vom Wintergarten aus nach draußen schauen, ob das Christkind irgendwo zu sehen ist?«

Amelie wirkte unschlüssig.

»Kinder dürfen das Christkind nicht sehen«, schrie Noah.

»Du lieber Himmel, kann der Junge nicht einmal in normaler Lautstärke reden?«, raunte Jeanette.

»Offensichtlich nicht.« Richard wirkte eher amüsiert. Vielleicht war er auch einfach nur erleichtert, weil er nicht mehr so tun musste, als sorge er sich um die Gesundheit seiner Frau. Jeanette war ganz offensichtlich weit entfernt von einem Zusammenbruch und nur noch wütend.

»Wie kann sie es wagen!«, zischte sie. »Warum muss sie sich ausgerechnet heute mit Gernot streiten?«

Offensichtlich machte sie Olivia für die Auseinandersetzung mit Gernot verantwortlich, ohne überhaupt zu wissen, was vorgefallen war. Das war so typisch für Jeanette!

Sara spürte, wie sich in ihrem Bauch etwas zusammenballte und Gefühle in ihr aufstiegen, die so ganz und gar nicht weihnachtlich waren. Wenn Amelie nicht vor ihr gestanden und sie mit großen Augen angesehen hätte …

»Wir gucken trotzdem einmal nach.« Sie erhob sich und griff nach der Hand des Mädchens. »Kommst du auch mit, Noah?«

Der Junge überlegte nicht lange. Er kam zu ihr und nahm vertrauensvoll ihre andere Hand. Zusammen durchquerten sie den Salon und gingen ins Esszimmer. Hier schloss sich der Wintergarten an, dahinter lag die weitläufige Terrasse.

Alle Sträucher waren mit Lichterketten geschmückt. Unzählige Lichtpunkte, die in der Dunkelheit leuchteten und eine geradezu magische Atmosphäre schufen. Jeanette verstand es meisterhaft, eine Stimmung zu zaubern, die so gar nicht zu ihrer fehlenden Herzenswärme passte. Ein Umstand, der Sara immer wieder erstaunte und sie gleichzeitig traurig machte.

Die Kinder standen rechts und links neben ihr. Noah starrte angespannt nach draußen, doch Amelie drehte sich immer wieder um. Sara vermutete, dass sie nach ihrer Mutter Ausschau hielt.

»Da!«, rief Noah plötzlich. »Da ist was!«

»Echt?« Endlich ließ Amelie sich ein wenig ablenken. Sie presste das Gesicht gegen die Scheibe.

»Ja, da ist das Christkind.«

»Ich kann nichts sehen.«

»Jetzt ist es wieder weg.«

»Da war nichts«, sagte Amelie. »Oder hast du was gesehen, Tante Sara?«

Natürlich war da nichts gewesen, aber als Sara in die erwartungsvoll zu ihr aufgerichteten Gesichter schaute, brachte sie es nicht übers Herz, eines der Kinder zu enttäuschen.

»Ich habe nicht so genau hingesehen, weil ich durch die ganzen Lichter abgelenkt war.«

»Glaubst du, das Christkind kommt überhaupt zu uns?« Amelies Stimme klang traurig. »Papa hat gesagt, das Christkind kommt nicht zu unartigen Kindern, und Noah ist oft nicht lieb.«

»Das stimmt überhaupt nicht!« Empört stemmte Noah die Hände in die Hüften. »Papa hat gesagt, ich bin wie Tante Sara.«

Noah war zu klein, um zu erkennen, wie boshaft die Aussage seines Vaters war. Der Junge wirkte eher, als fühle er sich geschmeichelt, weil er mit seiner Tante verglichen wurde.

»Sag deinem Vater, dass er damit absolut recht hat. Und es ist gut, dass du nicht so bist wie er.«

Natürlich behielt Sara diese Worte für sich. Im Gegensatz zu ihrem Schwager wollte sie die Kinder nicht zum Austausch von Gemeinheiten benutzen. Irgendwann ergab sich ganz bestimmt die Gelegenheit für die passende Retourkutsche.

»Gernot hat es nicht so gemeint.« Plötzlich stand Olivia hinter ihr und den Kindern – offensichtlich schon lange genug, um zu hören, was Noah gesagt hatte.

Sara lächelte ihrer Schwester freundlich zu. »Wir wissen beide, wie er das gemeint hat.«

Olivia lächelte etwas gequält zurück, wirkte aber ansonsten gefasst. Wenn sie in der kurzen Zeit ihrer Abwesenheit geweint hatte, war es ihr gelungen, alle Spuren zu beseitigen.

»Ist alles in Ordnung mit dir?«, erkundigte sich Sara besorgt.

»Ja.« Olivia nickte und wechselte unvermittelt das Thema. »Habt ihr das Christkind gesehen?«, fragte sie die Kinder.

»Ja!«, schrie Noah.

»Nein«, erwiderte seine Schwester gleichzeitig.

»Es kommt bestimmt bald.« Olivia schaute Sara an. »Nicht wahr?«

Sara warf ihrer Schwester einen finsteren Blick zu, sagte aber nichts.

Halte mich da gefälligst raus, gab sie Olivia wortlos zu verstehen.

Ihre Schwester wusste genau, wie sie darüber dachte. Sollte sie selbst einmal Kinder haben, wollte sie auf keinen Fall an der Christkindtradition festhalten, mit der sie und Olivia aufgewachsen waren. Dabei ging es ihr gar nicht so sehr um den christlichen Hintergrund, sondern vielmehr um die Person des Christkinds. In ihrer Familie war es gütig und freundlich, solange die Kinder gehorchten. Es konnte aber auch zu einer bösen, rachsüchtigen Gestalt mutieren. Das perfekte Druckmittel für Jeanette. Jedenfalls solange Sara und Olivia noch an das Christkind geglaubt hatten. Dass es sich dabei angeblich um ein Wesen handelte, das von Kindern nicht gesehen werden konnte, hatte die ganze Sache besonders unheimlich gemacht. Hatte ihre Schwester das etwa alles vergessen? Obwohl Sara inzwischen dreiunddreißig Jahre alt war, ließen die Erinnerungen an diese Zeit sie nicht los.

Anscheinend erriet Olivia, was in ihr vorging.

»Schon gut«, sagte sie leise.

Sara bemerkte, dass Amelie sie aufmerksam anschaute. Vermutlich verstand das kleine Mädchen sehr viel mehr, als sie alle ahnten.

Sara lächelte aufmunternd. »Ich bin mir ganz sicher, dass du Geschenke bekommst, ebenso wie dein Bruder«, sagte sie, und dabei hätte sie es belassen sollen, aber leider fügte sie dann noch hinzu: »Ich würde alles darum verwetten.«

Noah schaute sie fragend an. Es war ihm anzusehen, wie die Gedanken in seinem Kopf umherwirbelten, bis sie schließlich in eine Frage mündeten.

»Wirklich alles? Aber das darfst du doch gar nicht. Da musst du zuerst den Paul fragen.«

Sara war überrascht. »Wie kommst du denn darauf?«

»Weil Paul der Mann ist. Papa hat gesagt, dass Männer bestimmen müssen, weil Frauen nicht alles verstehen.«

Olivia schaute betreten zur Seite. »Das war doch nur ein Witz, das hat Gernot nicht so gemeint.«

»Papa hat gesagt, mit so was macht er keine Scherze«, mischte Amelie sich ein. Sie wirkte bedrückt, als sie hinzufügte: »Und ich soll mir das schon mal für später merken.«

»Olivia, wie kannst du so etwas zulassen?«, entfuhr es Sara. »Das ist ja noch schlimmer als das, was wir durchgestanden haben.«

»Das hat er nur gesagt, weil er wütend war«, verteidigte Olivia ihren Mann. »Und überhaupt habe ich keine Lust, jetzt darüber zu reden. Mit dir sowieso nicht.«

»Zankt ihr euch jetzt auch?«, fragte Noah interessiert.

Sara atmete tief durch. »Nein, wir zanken uns nicht. Wir wollen doch alle zusammen Weihnachten feiern.«

»Ja, das wollen wir.« Olivia nickte zustimmend. »Und wir lassen uns den Abend durch nichts verderben.«

Saras Ärger verrauchte, als ihre Schwester sie beschwörend ansah. »Genau! Wir werden diesen Abend alle zusammen genießen.«

Olivia griff nach Saras Hand, als sie zurück in den Salon gingen.

Jeanette saß dort mit verkniffener Miene in einem Sessel, ein Glas Wein in der Hand.

Richard hingegen lächelte, als sie den Raum betraten. Ganz so, als wäre er mit sich und der Welt restlos zufrieden.

Paul, der neben ihrem Vater auf der breiten Ledercouch saß, wirkte angespannt, lächelte jetzt aber sichtlich befreit auf.

»Kinder, es ist Weihnachten!« Richard erhob sich und breitete die Arme aus. »Was gibt es da Schöneres, als mit der ganzen Familie zusammen zu feiern?«

»Da fällt mir eine ganze Menge ein«, flüsterte Olivia.

Sara schaute sie an, und dann brachen sie beide in lautes Lachen aus.

»Es war doch noch ein ganz netter Abend gestern.« Paul war dabei, seine Reisetasche zu packen, hielt aber kurz inne. »Obwohl du mich stundenlang mit deinen Eltern allein gelassen hast.«

»Stundenlang?« Sara schaute ihn grinsend an. »Du übertreibst mal wieder. Olivia und ich waren höchstens zwanzig Minuten mit den Kindern im Wintergarten.« Sie sah ihn fragend an. »Hat Jeanette noch etwas wegen unserer Reise gesagt?«

»Sie nicht, aber dein Vater. Er war sehr interessiert und wollte genau wissen, was wir in diesen drei Wochen unternehmen wollen. Ich hatte das Gefühl, dass er uns am liebsten begleiten würde, und …« Paul brach ab, als sein Handy den Eingang einer Nachricht meldete. Er nahm es vom Nachttisch, schaute aufs Display und stieß einen überraschten Ausruf aus. »Eine Nachricht von deinem Vater.«

»Will er uns jetzt etwa wirklich begleiten?«, fragte Sara amüsiert. »Das wird meiner Mutter aber nicht gefallen.«

»Nein, das nicht. Aber er spendiert uns für die zwei Tage in Vancouver die Übernachtung in einem Luxushotel.«

»Was?« Sara trat neben Paul und nahm ihm das Telefon aus der Hand. »Wow, das ist ja wirklich ein richtiger Luxusschuppen.«

Sie klickte sich durch die Seiten, dann las sie den Text, mit dem ihr Vater die Buchungsunterlagen gemailt hatte:

Ein zusätzliches Weihnachtsgeschenk. Ich wünsche euch eine wundervolle Zeit in Kanada.

»Meine Mutter weiß bestimmt nichts davon.«

Sara war gerührt. Sie spürte, dass dieses Geschenk ihres Vaters von Herzen kam.

»Wir sollten ihn anrufen«, schlug Paul vor.

In dem Moment kam die nächste Nachricht:

Ruft mich nicht an, um euch zu bedanken. Ich weiß, dass
ihr dazu keine Zeit habt.

»Ich hatte recht, Mama weiß nichts davon. Und weil sie jetzt bei ihm ist, will er nicht, dass wir ihn anrufen.«

Also schrieb sie ihm eine Nachricht zurück:

Danke, Papa. Das ist so eine tolle Überraschung. Wir
bringen dir etwas Schönes aus Kanada mit.
Ich hab dich lieb.

Zurück kam ein Smiley.

»Hat dein Vater dir und deiner Schwester je gesagt, dass er euch liebt?« Paul sah sie mitleidig an.

Traurig schüttelte Sara den Kopf. »Er kann das nicht. Ich habe auch nie gehört, dass meine Eltern sich gegenseitig ihrer Liebe versichert haben. Gefühle werden bei uns nicht gezeigt.«

Paul schüttelte verständnislos den Kopf. Die Mitglieder seiner Familie waren da ganz anders: herzlich, liebevoll und immer bereit, sich ihre Gefühle füreinander zu zeigen. Seine Eltern lebten schon seit Jahren auf Mallorca, seine Schwester Nadja und ihre Familie in der Nähe von Hannover. Einmal im Jahr trafen sie sich alle in der Finca der Eltern. Sara war von Anfang an mit offenen Armen aufgenommen worden.

»Was ist eigentlich mit Olivia und Gernot los?«, fragte Paul in ihre Gedanken hinein.

»Ich weiß es nicht, und ich werde es auch nicht erfahren.

Olivia wird sich mir nicht anvertrauen, weil ich Gernot nicht ausstehen kann.« Sara war bedrückt, sie machte sich Sorgen um ihre Schwester. »Vielleicht sollte ich sie doch noch einmal anrufen, bevor wir abreisen.«

Paul nickte zustimmend und öffnete den Mund, doch er kam nicht mehr dazu, etwas zu sagen. Es klingelte an der Tür.

»Erwartest du jemanden?«

Sara schüttelte den Kopf. »Wollen wir uns totstellen?« Sie hatte keine Lust auf Besuch. Viel lieber wollte sie ihre Reisetasche packen und diesen ersten Weihnachtstag in aller Ruhe mit Paul ausklingen lassen. Sie schaute auf die Uhr. »Es ist ziemlich unverschämt, nach einundzwanzig Uhr irgendwo unangemeldet aufzutauchen. Und dann auch noch ausgerechnet an Weihnachten!«

Paul wirkte nicht überzeugt. »Vielleicht ist es wichtig.«

Wieder klingelte es, und gleich darauf pochte jemand laut gegen die Tür.

»Ich weiß, dass ihr da seid!«

Sara und Paul schauten sich an.

»Angus«, sagten sie gleichzeitig.

Im nächsten Moment stöhnte Sara laut auf. »Nicht heute! Nicht Angus!«

»Ich schicke ihn wieder weg«, versprach Paul und ging zur Tür.

»Das schaffst du nicht«, erwiderte Sara mutlos. »Hast du ihm denn nicht gesagt, dass wir morgen nach Vancouver fliegen?«

»Natürlich weiß er das«, erwiderte Paul gereizt, als er das Zimmer verließ. Kurz darauf hörte Sara, wie er die Wohnungstür öffnete.

»Endlich!« Angus' Stimme klang genervt.

Aufgebracht ging Sara in den Flur. »Verdammt, Angus, was soll das?«

Angus starrte sie trübsinnig durch seine dicken Brillengläser an. Wie viele sehr große Menschen beugte er die Schultern ein wenig nach vorn. Obwohl er wie Paul erst sechsunddreißig Jahre alt war, schimmerten bereits einige Silberfäden in seinem dichten Haar. Außerdem war es schon lange nicht mehr geschnitten worden. Widerspenstig stand es in alle Richtungen ab und ließ seinen Look wild und fast ein wenig ungepflegt wirken.

»Tut mir leid«, entschuldigte er sich kleinlaut. »Es ging nicht anders. Ich bin völlig verzweifelt.« Er verstummte für einen kurzen Moment. »Und morgen ist Paul weg.«

Das klang so, als hätte Paul die Absicht, für immer zu verschwinden. Wahrscheinlich kam es Angus auch so vor.

Sara schwankte zwischen Belustigung und Ärger. Sie mochte Angus, fand ihn aber gleichzeitig ziemlich anstrengend. Wobei es vor allem Pauls Zeit war, die Angus beanspruchte.

»Komm schon rein«, sagte sie und wies auf die offene Wohnzimmertür.

»Habt ihr ein Bier für mich?«

»Aber nur eins«, sagte Paul streng. »Wir müssen noch packen.« Er ging in die Küche.

Angus schlurfte an Sara vorbei und ließ sich schwer aufs Sofa fallen.

»Wollt ihr wirklich morgen fliegen?«, vergewisserte er sich.

»Ja.« Sara setzte sich ihm gegenüber in den Sessel.

Paul kam mit einer geöffneten Bierflasche zurück und stellte sie vor Angus auf den Tisch.

»Trinkt ihr nichts?« Angus schaute sie abwechselnd fragend an, während er gleichzeitig nach der Flasche griff.

»Wie Paul schon sagte: Wir müssen noch packen.«

»Und unser Flug geht schon um kurz nach sieben«, ergänzte Paul.

Angus hielt die Flasche immer noch in der Hand, trank aber nicht.

»Du kannst nicht weg.« Eindringlich schaute er Paul an.

»Ich schaffe diesen verdammten Roman nicht, wenn du nicht da bist.«

Angus Thiele war einer der Autoren, für die Paul zuständig war. Seine letzten beiden Bücher waren Bestseller gewesen, und seither setzte Angus sich selbst unter Druck. Die Angst, dass sein neues Werk floppen könnte, setzte ihm so sehr zu, dass er seine Abgabetermine nicht mehr einhalten konnte. Der Erscheinungstermin seines nächsten Buches war bereits um ein halbes Jahr verschoben worden.

»Natürlich schaffst du das!«, erwiderte Paul streng. »Es ist schließlich nicht dein erster Roman.«

»Es geht einfach nicht, mir fällt nichts ein.« Angus stellte die Flasche zurück auf den Tisch und sprang auf. »Ich sitze zu Hause an meinem Computer und starre auf einen leeren Bildschirm.«

»Wie weit bist du denn jetzt?«, erkundigte sich Paul mit sanfter Stimme.

Angus setzte sich wieder. In einer hilflosen Geste hob er die Hände und ließ sie wieder fallen. »Auf Seite einunddreißig.«

»Waaas?« Jetzt war Paul derjenige, der alarmiert aufsprang. »Einunddreißig von dreihundert Seiten? Wir hatten vereinbart, dass du dein Manuskript nach meiner Rückkehr aus Kanada abgibst. Also in drei Wochen.«

»Das schaffe ich nicht.« Angus schüttelte den Kopf und trank einen Schluck.

Sara hielt sich aus der Unterhaltung heraus. Beide Männer taten ihr leid. Angus, der so hilflos wirkte, aber auch Paul, in dessen Miene sich das Entsetzen über Angus' Ankündigung zeigte.

»Nein, das schaffst du niemals«, brach es aus ihm heraus.

»Sage ich doch die ganze Zeit.« Angus trank erneut einen Schluck. »Du musst deine Reise verschieben, bis ich fertig bin.«

Das war zu viel für Sara.

»Du spinnst!«, fuhr sie den ungebetenen Gast an.

»Ja.« Angus nickte trübsinnig und nahm noch einen Schluck, dann erhob er sich. »Tut mir leid, dass ich euch gestört habe.«

Paul stand ebenfalls auf. »Angus, du musst dich jetzt zusammenreißen.«

»Ja.« Es klang weder überzeugt noch überzeugend.

»Ich werde von Kanada aus mit dem Verlag telefonieren und dafür sorgen, dass der Erscheinungstermin noch einmal verschoben wird«, versprach Paul. »Aber du musst endlich zusehen, dass du deine Schreibblockade durchbrichst. Mach dich von diesem Erfolgsdruck frei.«

»Wenn ich keine Bestseller mehr schreibe, wirst du bestimmt nichts mehr von mir annehmen.«

»Es ist bedeutend schlimmer, wenn du nicht endlich schreibst«, erwiderte Paul trocken. »Wenn es kein Manuskript gibt, ist da auch nichts, was ich annehmen könnte.« Er trat auf den Autor zu und stieß ihn freundschaftlich an. »Versprich mir, dass du in den nächsten drei Wochen intensiv an dem Roman arbeitest. Danach werden wir überlegen, wie es weitergeht.«

Angus nickte mit bedrückter Miene und verabschiedete sich. An der Tür wandte er sich noch einmal um.

»Ich wünsche euch eine schöne Zeit in Kanada.«

Sara ging zu ihm und umarmte ihn. »Ich glaube ganz fest an dich. Und ich kann es kaum abwarten, dein neues Buch zu lesen.«

Angus lächelte. Das erste Mal, seit er überraschend bei ihnen aufgetaucht war.

»Danke«, sagte er leise. »Ich werde immer daran denken, wenn mich erneut Zweifel überkommen.«

Dann war er weg.

»Er wird es doch hinkriegen?«, fragte Sara besorgt.

»Er wird es schaffen.« Paul nickte zuversichtlich. »Aber es wird dauern.«

»Hoffentlich wisst ihr es zu schätzen, dass ich so früh für euch aufgestanden bin.« Tobias, Pauls bester Freund, öffnete den Kofferraum.

»Das tun wir.« Paul wuchtete Saras Reisetasche in den Wagen. »Du lieber Himmel, was hast du alles eingepackt?«

»Nur das Wichtigste.« Sara lachte. »Aber immerhin werden wir drei Wochen unterwegs sein.«

Paul präsentierte seine eigene Reisetasche, die bedeutend kleiner und nicht einmal prall gefüllt war.

»Da ist auch alles für drei Wochen drin.«

Sie küssten sich, bis Tobias sie unterbrach. »Nur zu, ich habe Zeit. Aber ich glaube nicht, dass der Pilot auf euch zwei Turteltauben warten wird.«

Lachend stieg Sara ins Auto und rief überschwänglich: »Auf in unser kanadisches Abenteuer!«

Kapitel 2

»Vancouver!« Überwältigt starrte Sara durch das Fenster, als das Flugzeug durch die dichte Wolkendecke stieß. Sie spürte das typische Fallgefühl, als die Maschine an Höhe verlor. Gleichzeitig erschien das Zeichen zum Anschnallen. Unter ihr zeigte sich die Skyline der Stadt. Die Hochhäuser wirkten wie Spielzeuge. Hinter der Stadt erstreckten sich die Coast Mountains, während der glitzernde Pazifik in der Ferne schimmerte. Es war ein atemberaubendes Panorama, eine perfekte Mischung aus urbanem Leben, verschneiter Natur und der Weite des Ozeans. Ein ruckelndes Geräusch war zu hören, als das Fahrwerk ausfuhr.

Paul beugte sich zu ihr hinüber, um ebenfalls aus dem Fenster zu sehen. Als die Maschine aufsetzte, drückte er fest ihre Hand.

Sie erreichten gerade das Land ihrer Träume. Vielleicht galt dieser erste Blick ja auch ihrer zukünftigen Heimat. Kein Wunder, dass Paul ebenso bewegt war wie sie selbst.

»Hoffentlich arbeitet Angus an seinem Manuskript«, sagte er nachdenklich.

Sara starrte ihn entgeistert an und entzog ihm die Hand.

»Wieso denkst du ausgerechnet jetzt an Angus?«

Paul zeigte nach draußen. »Begegnung im Schnee«, zitierte er den Arbeitstitel des Romans, an dem Angus gerade arbeitete. Oder auch nicht, wie Paul es offensichtlich befürchtete. »Hoffentlich kommt er allein zurecht.«

»Mit sensationell Modell RBB Sie bekommen teutonische Gemütlichkeit für Zuhaus und Erfolg als moderner Mensch bei anderes Geschlecht nach Weihnachtsgans aufgegessen und länger, weil Batterie viel Zeit gut lange …«

»Was willst du mir damit sagen?«, fragte Paul lachend.

»Das ist die Bedienungsanleitung der elektrischen Beleuchtung, die ich vor Weihnachten bekommen habe und jetzt in verständliches Deutsch übersetzen soll.« Sara versuchte ein Lächeln, doch es wollte ihr nicht so recht gelingen. »Wir können die nächsten beiden Wochen in einem Hotelzimmer verbringen und arbeiten, wenn dir das lieber ist. Oder wir …«

»Oder«, fiel Paul ihr ins Wort. »Ich entscheide mich auf jeden Fall für *Oder*.« Zärtlich küsste er sie.

Das Flugzeug wurde langsamer, rollte langsam aus und kam kurz vor dem Flughafengebäude zum Stehen. Es entstand das übliche Gedränge. Nur Sara und Paul blieben sitzen und ließen den Mitreisenden den Vortritt.

Angestrengt versuchte Sara, die aufkommende Aufregung in den Griff zu bekommen. Sie konnte es immer noch nicht fassen, dass sie endlich angekommen waren. Seit Jahren träumten sie und Paul von diesem Moment. Tatsächlich war Kanada sogar schon bei ihrem ersten Date Gesprächsthema gewesen.

Plötzlich tauchte die Stewardess neben ihren Plätzen auf.

»Wollen Sie wieder mit zurückfliegen?«, erkundigte sie sich augenzwinkernd.

»Auf keinen Fall.« Paul stand ein wenig schwerfällig auf, ebenso wie Sara. Nach dem langen Flug hatte sie das Gefühl, dass ihre Beine steif und ungelenk waren.

Die Stewardess lachte. »Das habe ich mir gedacht. Ich wünsche Ihnen einen wundervollen Aufenthalt.«

»Danke.« Sara strahlte sie an.

Auch Paul bedankte sich. Er nahm ihr Handgepäck aus dem Fach über ihren Sitzen, dann verließen sie gemeinsam die Maschine.

Am Ausgang, gleich am Übergang zum Gate, stand eine weitere Stewardess.

»Danke, dass Sie mit *Canada Flight* geflogen sind«, verabschiedete sie sich.

»Jederzeit wieder«, versicherte Sara lächelnd.

Hand in Hand betraten sie das Innere des Flughafengebäudes und folgten dem Strom der Menschen bis zu den Gepäckbändern. Hier war es besonders voll und chaotisch. Reisende aus unterschiedlichen Ländern und Kulturen begegneten ihnen, alle auf dem Weg zu verschiedenen Zielen. Uniformierte Mitarbeiter standen bereit. Es herrschte die typische pulsierende Energie wie an allen Flughäfen dieser Welt.

Sara und Paul stellten sich neben das Band und warteten darauf, dass es sich in Bewegung setzte und die Koffer brachte.

»Bleib kurz hier, ich organisiere einen Gepäckwagen.« Ohne ihre Antwort abzuwarten, entfernte sich Paul.

Sara blieb im Pulk der anderen Passagiere stehen und wartete.

Als Paul zurückkam, trudelten gerade die ersten Gepäckstücke auf dem Laufband ein. Er stellte den Wagen neben sie, lächelte ihr zu und hechtete zum Band. Kurz darauf kam er mit ihren beiden Reisetaschen zurück. Danach musste er noch einmal los, um nach dem großen Koffer Ausschau zu halten. Als er alles verstaut hatte, schloss er Sara fest in die Arme.

»Jetzt beginnt unser kanadisches Abenteuer.«

Die komplette Längsseite ihres Hotelzimmers bestand aus Glas. Andächtig standen Sara und Paul davor, und sie schmiegte sich an ihn, als er ihr einen Arm um die Schultern legte.

Die Aussicht war atemberaubend. Still standen Sara und Paul da und starrten hinaus auf die Skyline von Vancouver, die sich vor ihnen ausbreitete. Die untergehende Sonne tauchte die Stadt in ein warmes, goldenes Licht und zauberte lange Schatten auf die Straßen und Gebäude.

Im Vordergrund erstreckte sich der Stanley Park bis an das Ufer des Pazifiks. Der Anblick der majestätischen Bäume, die hoch in den Himmel ragten, hatte beinah etwas Magisches.

Das Meer funkelte in der Abendsonne, und Sara erkannte deutlich die Boote und Schiffe, die sich langsam durch die Bucht bewegten. Einige der Gebäude in der Nähe des Wassers hatten glitzernde Fassaden, die das Licht reflektierten und ihnen ein fast futuristisches Aussehen verliehen.

Sara und Paul standen eine ganze Weile da und genossen die Aussicht.

»Ich habe Hunger«, sagte Sara irgendwann. Wie zum Beweis meldete sich ihr Magen mit einem lauten Knurren, das selbst das Klopfen an der Tür übertönte. Josh, der Etagenkellner, der sie bereits bei ihrer Ankunft begrüßt hatte, erkundigte sich, ob alles zu ihrer Zufriedenheit sei.

Paul nickte, während Sara den jungen Kanadier nachdenklich betrachtete. Er sah nett aus und war offensichtlich noch ziemlich jung. Sara schätzte sein Alter auf Anfang zwanzig. Außerdem sprach er hervorragend Deutsch.

»Sie kennen sich doch bestimmt sehr gut in Vancouver aus, Josh?«, fragte sie.

Er wirkte ein wenig verlegen, als er mit dem Kopf schüttelte.

»Ehrlich gesagt bin ich erst seit einer Woche hier«, gestand er. »Aber wenn Sie etwas über die Stadt wissen wollen, kann ich das gerne für Sie in Erfahrung bringen.«

Kerzengerade stand der junge Kellner vor ihnen. Ganz so, wie es sich wahrscheinlich für ein erstklassiges Hotel in Jeanettes und Richards Preisklasse gehörte. So richtig wohl schien er sich in seiner Rolle allerdings nicht zu fühlen.

»Aber Sie wissen doch bestimmt, ob es hier in der Nähe ein Restaurant gibt?«, forschte Sara weiter nach.

»Jaaaa …«, erwiderte er gedehnt. »Unser Hotelrestaurant genießt einen sehr guten Ruf.« Er zögerte einen Moment, bevor er hinzufügte: »Es ist aber nicht gerade preiswert.«

Sara lachte laut auf. »Josh hat erkannt, dass wir eigentlich nicht hierher gehören«, sagte sie an Paul gewandt.

Joshs Gesicht lief rot an. »Nein, so habe ich das nicht gemeint.« Seine Stimme überschlug sich fast. »Entschuldigen Sie bitte, wenn ich mich falsch ausgedrückt habe. Meine Deutschkenntnisse sind nicht so gut.«

»Sara hat recht«, erwiderte Paul entspannt. »Das hier ist normalerweise nicht unsere Preisklasse.«

»Und nicht unser Stil«, warf Sara schnell ein. Selbst hier und obwohl Josh ihren Hintergrund nicht kannte, war es ihr wichtig, sich von allem zu distanzieren, was eine Verbindung zum Leben ihrer Eltern schuf.

Pauls Grinsen zeigte ihr, dass er genau wusste, was in ihr vorging. Er sagte jedoch nichts, sondern wandte sich gleich wieder Josh zu.

»Sie sprechen ausgezeichnet Deutsch. Wo haben Sie das gelernt?«

Josh errötete wieder, diesmal offensichtlich vor Stolz.

»Meine Großeltern kamen aus Deutschland, deshalb war es meiner Mutter sehr wichtig, dass ich ihre Sprache verstehe und spreche. Und deshalb habe ich auch sofort die Stelle hier im Hotel bekommen.« Er zuckte plötzlich zusammen und schlug sich eine Hand vor den Mund. »Sorry, aber so sollte ich mit Gästen nicht reden.«

»Das ist schon okay.« Sara winkte ab. »Sie wissen ja jetzt, dass wir nicht dem Typus Gäste entsprechen, die normalerweise hier einchecken.«

Joshs Blick wechselte zwischen ihr und Paul hin und her, und plötzlich begann er ebenfalls zu grinsen.

»Schön, hier mal ganz normale Menschen zu treffen«, entfuhr es ihm, doch unmittelbar darauf zuckte er erneut erschrocken zusammen. »Das war jetzt nicht sehr nett«, stieß er hastig hervor. »Ich wollte damit nicht sagen, dass die anderen Gäste nicht … Also, ich meine, sie sind ja eigentlich alle … Aber ich …« Hilflos schaute er sie an.

»Sie müssen uns nichts erklären«, versicherte Sara. »Meine Eltern gehören in solche Hotels, deshalb weiß ich genau, was Sie meinen.«

Josh wirkte erleichtert. »Wenn Sie nicht in unserem Hotelrestaurant essen möchten – obwohl ich das eigentlich empfehlen sollte –«, fügte er mit einem verschmitzten Lächeln hinzu, »kann ich mich einmal unauffällig bei den Kollegen umhören, ob sie ein Restaurant in der Nähe kennen, wo man gutes und bezahlbares Essen bekommt.«

»Wo essen Sie denn, wenn Sie ausgehen?«, fragte Sara.

Ein Lächeln zog über Joshs Gesicht. »Ich esse am liebsten in *Pete's Diner*, da gibt es die beste Poutine.«

Sara klatschte begeistert in die Hände. »Die wollte ich auf jeden Fall probieren!«

»Was ist das?«, fragte Paul.

Saras Augen leuchteten auf. »Lass dich überraschen.« Als sie sah, dass Josh zu einer Erklärung ansetzte, legte sie den Zeigefinger an die Lippen. »Nichts sagen, denn dann will Paul das nicht mehr essen.« Sie streifte mit den Händen über ihren Körper und sagte mit tiefer Stimme: »Mein Körper ist mein Tempel, da stopfe ich nichts Fettiges oder Ungesundes rein.«

Josh musste nun ebenfalls lachen. In den letzten Minuten hatte er die steife Förmlichkeit vollkommen abgelegt.

»Poutine ist gut für die Seele, deshalb glaube ich nicht, dass sie ungesund ist. Also, wenn man sie nicht zu oft isst«, schränkte er gleich darauf ein.

»Ich will in *Pete's Diner*.« Sara schaute Paul bittend an. Bei dem bloßen Gedanken an Essen lief ihr das Wasser im Mund zusammen, obwohl sie diese kanadische Köstlichkeit noch nie probiert hatte.

Paul nickte ergeben. »Können Sie mir die Adresse geben?«

»Ich habe in einer halben Stunde Feierabend.« Diesmal flüsterte Josh, obwohl sie alleine im Raum waren. Dabei lächelte er verschmitzt. »Nachdem wir die ganze Zeit über Petes Essen gesprochen haben, bin ich auch hungrig. Ich nehme Sie beide gerne mit.«

Sie verabredeten sich an der Haltestelle eine Straße weiter. Als Sara und Paul ankamen, wartete Josh bereits auf sie. Statt des eleganten Anzugs trug er nun Jeans und eine warme Jacke, dazu hatte er sich einen Schal locker um den Hals geschlungen. Fröhlich winkte er ihnen zu und strahlte über das ganze Gesicht.

»Cool, dass Sie wirklich kommen.« Er freute sich offensichtlich. »Und da ist auch schon der Bus.«

Auf der Fahrt nach Gastown, ein historischer Stadtteil im Zentrum Vancouvers, gingen sie zum vertrauten Du über, und als sie ausstiegen, kam es ihnen so vor, als würden sie sich schon ewig kennen.

»Gastown!« Josh breitete die Arme aus. »Und gleich dahinten ist *Pete's Diner*.«

Sara folgte mit dem Blick seinem ausgestreckten Finger, doch dann wurde sie abgelenkt, als sie eine Metalluhr entdeckte, aus der Rauch waberte.

»Das Ding brennt!« Diesmal war sie diejenige, die den Finger ausstreckte.

Josh brach in lautes Lachen aus.

»Das ist die weltweit einzige dampfbetriebene Uhr«, erklärte er, als er sich wieder beruhigt hatte.

Sie traten näher, doch während Paul sich sehr für die Technik und die Geschichte der Uhr zu interessieren schien, verspürte Sara ausschließlich Hunger. Sie ließ ihren Blick schweifen und entdeckte einige Meter weiter die hell erleuchtete Scheibe mit der schnörkellosen Inschrift *Pete's Diner*.

Zum Glück schien den beiden Männern das nicht zu entgehen, und nur wenige Augenblicke später traten sie durch die Tür.

»Hi, Josh«, sagte der große Mann mit grau meliertem Haar

und Schnauzbart hinter dem Tresen. Er trug eine rote Schürze und wischte mit einem Lappen über die Theke.

»Hi, Pete«, grüßte Josh zurück, bevor er sich an Sara und Paul wandte. »Wollt ihr an der Theke sitzen oder lieber an einem der Tische?«

Pete schaute Josh überrascht an, was der mit einem Grinsen beantwortete.

»Bestimmt fragt sich Pete gerade, in welcher Sprache ich mit euch rede«, sagte er zu Sara und Paul.

»Nein«, erwiderte Pete ebenfalls auf Deutsch und mit dem gleichen kanadischen Akzent wie Josh. »Ich wusste nur nicht, dass du diese Sprache sprichst.«

Jetzt wirkte Josh so überrascht, dass Pete lachen musste.

»Ich habe vor ungefähr zwanzig Jahren in Deutschland studiert«, erklärte er. »Ich freue mich immer über deutsche Gäste, dann kann ich meine Sprachkenntnisse wieder ein bisschen auffrischen.«

Allmählich füllte sich der Diner. Unter den Gästen befanden sich offensichtlich viele Stammkunden, so wie Josh. Während Pete seine Gäste bediente, nahm er sich immer wieder die Zeit, um an ihren Tisch zu kommen und sich mit ihnen zu unterhalten.

Auch jetzt kam er dazu, als Paul berichtete, dass er und Sara mit dem Gedanken spielten, für immer in Kanada zu leben.

»Deshalb sind wir hier.« Er lächelte und griff nach Saras Hand.

»Ja«, bestätigte sie. »Es wurde Zeit, endlich festzustellen, ob unser Traum auch realisierbar ist.«

»Und da reist ihr ausgerechnet im Winter an?« Pete schüttelte mit verständnisloser Miene den Kopf.

»Du klingst wie meine Mutter«, erwiderte Sara trocken. »Aber ja, wir wollten genau diese Jahreszeit erleben.«

Josh schien etwas ganz anderes zu interessieren. »Wisst ihr schon, wo genau ihr in Kanada leben wollt?«

Paul berichtete, dass von Anfang an British Columbia ganz oben auf ihrer Liste gestanden hatte.

»Deshalb beginnen wir unsere Reise auch in Vancouver«, fügte er erklärend hinzu. »Am Ende fliegen wir von Toronto aus nach Hause.«

Pete entfernte sich wieder, kam aber kurz darauf mit ihrem Essen zurück.

»Ich hoffe, es schmeckt euch. Und vielleicht sehe ich euch ja demnächst öfter, wenn ihr tatsächlich hierherziehen solltet.«

»Wir haben dabei nicht an Vancouver oder eine andere Stadt gedacht.« Vor Saras geistigem Auge tauchten zahlreiche Bilder davon auf, wie Paul und sie sich ihr zukünftiges Leben vorstellten. »Wir suchen nach einem Dorf oder einer Kleinstadt irgendwo an einem See.«

»Da, wo sich die schneebedeckten Berge im See spiegeln und der Seeadler über dem Wasser seine Kreise zieht, da bin ich zu Hause«, spöttelte Pete.

Sara ärgerte sich über seinen Ton. »Ja, genau«, erwiderte sie bissig. »Natürlich erwarte ich auch den Elch, der jeden Morgen zum Frühstück kommt.«

»Je nachdem, wo du wohnst, besucht dich eher der Bär«, erwiderte Josh schmunzelnd.

»Dann gibt Sara ihm einen Namen und adoptiert ihn«, prophezeite Paul.

Sara stieß ihn an, musste jetzt aber auch lachen.

»Nach ein paar Tagen wird er mir aus der Hand fressen«, scherzte sie.

Joshs Miene wurde ernst. »Bären sind Wildtiere und können ziemlich gefährlich werden«, warnte er. »Halte also lieber Abstand von den Tieren.«

»Du meinst, ich sollte lieber nicht mit den Bären kuscheln?« Sara schaute ihn herausfordernd an. »Schade, ich hatte mich schon so darauf gefreut.«

Josh lachte laut auf. »Wir müssen in Kontakt bleiben. Es sollte unbedingt jemand auf euch aufpassen.«

»Eine kanadische Nanny … das hat mir gerade noch gefehlt.« Auch Sara lachte. »Aber ich würde gerne mit dir in Kontakt bleiben. Und nicht nur, weil du dich in diesem Land auskennst und wir dich mit Fragen löchern können, sondern weil ich dich mag.«

»Da kann ich nur zustimmen«, schloss sich Paul an.

Kurz darauf servierte Pete die bestellte Poutine. Krosse Pommes, zubereitet mit Bratensoße und geschmolzenem Käse.

Sara probierte einen Bissen und verdrehte genüsslich die Augen. »Ich habe noch nie etwas so Einfaches und gleichzeitig so Köstliches gegessen.«

»Ein Grund mehr, nach Kanada auszuwandern«, sagte Paul, nachdem er ebenfalls probiert hatte.

»Ich freue mich auf den Moment, wenn du das meiner Mutter sagst.« Sara grinste. »Am besten bei einer großen Portion Poutine.«

Josh schaute sie fragend an. »Deine Mutter weiß nicht, dass ihr nach Kanada auswandern wollt?«

Sara schüttelte den Kopf. »Es hat ihr schon nicht gefallen, dass wir hier unseren Urlaub verbringen.«

Josh nickte mit verständnisvoller Miene. »Typisch Mutter, sie will dich in ihrer Nähe wissen. Meine Ma ist auch so, macht sich immer Sorgen um mich. Ihr war Vancouver schon zu weit.«

Sara und Paul schauten sich an. Pauls Blick war mitleidig, weil er genau wusste, dass es Jeanette eher um den Kontrollverlust ging, als dass sie sich Sorgen um ihre Tochter machte.

Sara lächelte und schüttelte leicht den Kopf. Es machte ihr nichts aus. Schon lange nicht mehr.

»Was habt ihr eigentlich die nächsten Tage vor?«, wollte Pete wissen, als er erneut zu ihnen an den Tisch kam. Inzwischen war seine Kellnerin Fanny eingetroffen, und somit hatte er ein bisschen mehr Zeit.

»Wir haben keinen festen Plan«, berichtete Sara. »Wir sind ja vom Wetter abhängig. In den nächsten Wochen soll es besonders viel Schnee geben. Hoffentlich kommen wir da mit dem Mietwagen gut durch. Vor allem in den Nationalparks könnte es schwierig werden.«

»Ein Führer wäre gut«, schlug Pete vor.

»Ja«, bestätigte Paul gedehnt. »Wir hätten das von zu Hause aus organisieren sollen. Allerdings hätte das unser Reisebudget gesprengt, deshalb wollen wir alles auf eigene Faust erkunden.«

»Ich könnte meine Tante Winnie anrufen.« Josh schaute sie fragend an. »Sie lebt in Springfield am Okanagan Lake und bietet Führungen rund um den See und durch den Yoho-Nationalpark an. Sie macht euch bestimmt einen Sonderpreis, wenn ich sie darum bitte.«

»Das wäre super!«, rief Sara begeistert, doch Paul zögerte.

»Ich weiß nicht …«

»Winnie ist total nett«, versicherte Josh. »Und du musst dir wirklich keine Sorgen wegen des Geldes machen. Meine Tante ist zwar noch jung, aber schon verwitwet und sicher froh, wenn sie in den Wintermonaten überhaupt etwas verdienen kann.«

Paul stimmte schließlich zu, und nach einem kurzen Telefonat berichtete Josh, dass seine Tante sich sehr auf ihren Besuch freute …

Kapitel 3

»Die Abzweigung muss irgendwo hier sein.«

Paul klang nicht nur erschöpft, er sah auch so aus. Und das war kein Wunder, schließlich waren sie bereits seit Stunden unterwegs. Nachdem sie Vancouver in Richtung Springfield verlassen hatten, umgab sie nichts als Weiß und die diffusen Umrisse einer Berglandschaft, die sie auf der linken Seite begleitete und nie näher zu kommen schien. Auch die Landstraße war teilweise kaum noch zu erkennen. Ohne Navigationsgerät hätten sie längst die Orientierung verloren.

»Biegen Sie in zweihundert Metern links ab!«

Paul fluchte laut auf. »Ich kann hier doch nichts mehr erkennen. Wenn wir Pech haben, führt uns diese verdammte Maschine geradewegs in den See.«

»Das wäre schlecht«, erwiderte Sara trocken. »Laut Josh ist der See nicht zugefroren.«

Paul warf ihr einen kurzen, nicht sehr freundlichen Blick zu. »Findest du es etwa angebracht, ausgerechnet jetzt Witze zu machen?«

»Ja.« Sara lachte.

In diesem Moment klingelte Pauls Handy.

»Auch das noch!« Er verdrehte die Augen.

»Lass es klingeln«, schlug Sara vor.

»Okay«, stimmte Paul ihr zu, doch es machte ihn sichtlich nervös, dass es weiterklingelte. »Oh, Mann …«, brummte er leise, aber dann atmete er erleichtert auf. Das Klingeln verstummte – allerdings nur für wenige Sekunden, dann ging es wieder los.

»Geh du dran«, bat Paul.

Sara zog das Handy aus der Tasche seines Parkas, den er auf den Rücksitz gelegt hatte. Sie grinste, als sie den Namen auf dem Display las, und stellte den Ton gleich laut, damit Paul mithören konnte.

»Hallo, Angus«, sagte sie ins Telefon.

Paul stöhnte laut auf.

»Das habe ich gehört«, sagte Angus beleidigt.

»Er meint es nicht so«, behauptete Sara wider besseres Wissen, was ihr erneut einen empörten Blick einbrachte.

»Ich wollte nur helfen«, sagte Angus in anklagendem Ton. »Ich dachte, es interessiert euch vielleicht, dass es im Westen Kanadas in diesem Jahr besonders starke Schneefälle gibt.«

»Ach, wirklich?« Paul schaute angestrengt durch die Windschutzscheibe. »Das wäre mir nicht aufgefallen, wenn du es nicht gesagt hättest.«

»Danke, Angus. Natürlich ist das eine wichtige Information für uns«, sagte Sara besänftigend.

»Mach ein Foto, und schick es ihm«, verlangte Paul.

Sara boxte leicht gegen seinen Arm.

»Ja, schick mir ein Foto!« Angus hatte Paul natürlich gehört und stimmte jetzt begeistert zu. »Ich will wissen, wie es da aussieht, wo ihr seid.«

»Weiß!«, rief Paul laut. »Hier ist alles weiß. Deine Warnung kommt zu spät.«

»Oh.« Angus schwieg sekundenlang. »Schickt mir trotzdem ein Foto«, bat er schließlich und verabschiedete sich.

Sara beendete das Gespräch aber noch nicht.

»Wie kommst du mit deinem Buch voran?«, erkundigte sie sich, weil sie sich dazu verpflichtet fühlte.

»Frag lieber nicht …«

»Genau!«, stieß Paul erbittert hervor. »Frag nicht. Schick ihm das verdammte Foto, und dann schau bitte auf der Karte nach, ob das verdammte Navi uns in die Irre geführt hat.«

»Zweimal *verdammt* in einem Satz.« Diesmal klang Angus'
amüsiert. »Der Herr Lektor würde seinen Autoren dazu einen
wenig erfreulichen Kommentar ins Manuskript schreiben.«

Paul griff zu Sara hinüber und nahm ihr das Telefon aus der
Hand.

»Tschüss, Angus«, sagte er knapp, bevor er es ausschaltete
und hinter sich auf den Rücksitz warf.

»Wie unfreundlich.« Sara lachte. »Was hältst du davon, wenn
ich dich beim Fahren ablöse?«

»Schalte lieber das Navi in deinem Handy ein«, bat er.

»Kehren Sie um, und biegen Sie rechts in die Straße ein«, sagte
das Navi prompt, nachdem sie die Adresse eingegeben hatte.

»Da war keine Straße«, murrte Paul.

»Nur weil du sie nicht gesehen hast, heißt das noch lange
nicht, dass sie nicht da ist.« Sara lachte.

»Vielleicht wäre es besser gewesen, auf den Abstecher nach
Springfield zu verzichten.« Paul wirkte besorgt. »In zwei Stunden
wird es dunkel. Dann möchte ich nicht weiter hier durch die
verschneite Landschaft irren.«

»Ich auch nicht«, stimmte Sara ihm zu – und dann sah sie
plötzlich die Straße, in die sie einbiegen sollten. »Da!«, schrie sie
so laut, dass Paul erschrocken auf die Bremse trat. »Reifenspuren! Sie sind kaum zu sehen.«

Paul zögerte nicht lange und fuhr rechts ab.

Nach einigen Kilometern erreichten sie ein Waldstück. Dank
der vielen Bäume war die Straße hier nicht völlig verschneit, und
es waren auch weitere Reifenspuren zu sehen.

»Fahren Sie weiter geradeaus«, ertönte die Stimme des Navis.
»Sie haben Ihr Ziel in drei Kilometern erreicht.«

Kurz darauf passierten sie ein kleines, ziemlich verwittertes
Schild mit dem Ortsnamen *Springfield* und einem Pfeil in ihre
Fahrtrichtung. Zwei Kilometer weiter lichtete sich der Wald, und
dann lag die Ansiedlung vor ihnen.

Das kleine kanadische Dorf befand sich unweit des Okanagan Lake. Geprägt wurde die atemberaubende Landschaft von majestätischen Bergen und üppigen Wäldern. Schnee bedeckte die Dächer, und Rauch stieg aus den Schornsteinen. Kein Mensch war zu sehen, als sie langsam durch den Ort fuhren.

Ihr Ziel lag am Ende der Straße: ein großes Haus in kanadischem Stil mit Holzfassade. Hinter den Fenstern brannte Licht, und auf der Straße davor parkte ein schwarzer Pick-up.

Paul stellte sich gleich dahinter. »Wir sind da.«

»Ich habe Hunger und Durst, außerdem bin ich müde«, zählte Sara auf. »Zum Glück sind wir endlich da.«

Als sie ausstiegen, wurde die Haustür von innen geöffnet und eine Frau in mittleren Jahren und mit geflochtenen Zöpfen trat aus dem Haus. Fröhlich winkte sie ihnen zu.

»Ich bin Winnie«, stellte sie sich vor. »Ich hab mir schon Sorgen gemacht, dass ihr irgendwo festhängt.«

»Es war nicht ganz so einfach, den Weg nach Springfield zu finden«, räumte Sara ein. »Wir konnten die Straße im Schnee nicht sehen.«

Winnie lächelte. »Nur wer hier lebt, findet sich im Winter zurecht. Leider ist es jetzt zu spät, um den Ort mit euch zu erkunden. Das müssen wir auf morgen verschieben.«

»Da bin ich aber froh!« Sara seufzte erleichtert auf.

Winnie lachte. »Ich zeige euch erst einmal euer Zimmer, danach gibt es Essen.«

Josh hatte ihnen erzählt, dass Winnie nur selten Gäste in ihrem Haus aufnahm, und wenn, dann ausschließlich Personen, die sie kannte. Dass Sara und Paul hier übernachten durften, hatten sie nur Josh zu verdanken.

Das Haus war gemütlich. In der unteren Etage befanden sich ein geräumiges Wohnzimmer, eine Küche und ein Bad, das nur für sie bestimmt war. Gleich daneben lag das große Gästezimmer mit dem breiten Doppelbett.

Sara trat ans Fenster. Der Schnee brachte die Dunkelheit zum Leuchten, und sie konnte bis zum See schauen, der sich als dunkle Fläche vor ihnen ausbreitete. Einzelne Flocken fielen vom Himmel.

Winnie stellte sich neben sie und schaute ebenfalls hinaus.

»Es ist wunderschön«, sagte Sara ehrfurchtsvoll.

»Wenn du einmal dein Herz an Kanada verloren hast, bekommst du es nie mehr zurück«, erwiderte Winnie.

Am nächsten Tag schien die Sonne von einem strahlend blauen Himmel. Als Sara aus dem Fenster schaute, war es genau so, wie sie es sich immer ausgemalt hatte: Der See schimmerte im blauen Licht, und die Berge ringsum spiegelten sich im Wasser.

»Paul, komm schnell«, rief sie.

»Was ist denn?«, murmelte Paul schlaftrunken. Ihm steckte die lange Fahrt noch in den Knochen.

»Das musst du unbedingt sehen!«

Mühsam quälte er sich aus dem Bett und kam zu ihr. Zunächst sagte er kein Wort, sondern legte ihr nur einen Arm um die Schultern.

»Das ist wie nach Hause kommen«, flüsterte er dann.

»Ja.« Mehr gab es dazu nicht zu sagen, denn Paul drückte genau das aus, was sie selbst empfand.

Springfield war ein zauberhaftes Dorf. Die Häuser lagen in schneebedeckten Gärten, und viele von ihnen waren mit einem weißen Gartenzaun umgeben. Es gab einen Laden, in dem alles gekauft werden konnte, was zum täglichen Leben benötigt wurde, außerdem Jeans, einige altmodische Kleidungsstücke und Gartengeräte.

Stolz präsentierte ihnen Larry, der Ladenbesitzer, eine abgeteilte Ecke, in der ein Plüschsofa, zwei Sessel und ein runder Tisch standen.

»Hier könnt ihr Kaffee trinken«, sagte er. »Oder Tee. Außerdem gibt es Muffins und Pancakes. Und wenn ihr mal im Sommer kommt, könnt ihr sogar draußen sitzen, auf den See schauen und Eis essen.«

Sara fand den Ladenbesitzer so reizend, dass sie ihm einen kitschigen Elch abkaufte. Außerdem entschied sie sich für eine geblümte Küchenschürze, die so aussah, als wäre sie aus den Fünfzigerjahren übriggeblieben.

»Was willst du denn damit?« Paul sprach leise, obwohl weder der Ladenbesitzer noch Winnie Deutsch verstanden.

»Der Elch ist für meine Eltern, und die für Olivia.« Sara breitete die Schürze auseinander. »Ich finde, die passt gut zu einer Frau, die widerspruchslos die Bemerkung ihres Gatten hinnimmt, dass Männer die Bestimmer sind, weil Frauen nicht alles verstehen.«

»Sara!« Paul wirkte halb amüsiert, halb entsetzt. »Das ist eine Sache zwischen Olivia und Gernot.«

»Ja.« Sara starrte auf die Schürze in ihren Händen und faltete sie schließlich wieder sorgfältig zusammen. »Ich nehme sie trotzdem für Olivia mit.«

»Da wird sie sich bestimmt freuen.« Paul grinste ironisch. »Und gib den Elch bitte deinen Eltern, wenn ich dabei bin. Ich will das Gesicht deiner Mutter sehen.«

Larry wiederum war so entzückt über die Verkäufe, dass er darauf bestand, ihnen einen Kaffee zu spendieren.

»Ich hoffe, ihr kommt mal wieder nach Springfield«, sagte er später zum Abschied.

»Ja, das wünsche ich mir auch«, sagte Sara herzlich.

Zur Tour durch den Yoho-Nationalpark brachen sie mit Winnies Pick-up auf. Die verschneite Landschaft, die majestätischen Berge, die in den wolkenlosen Himmel ragten, und die glitzernden Flüsse, die sich durch die verschneiten Wälder schlängelten – all das war atemberaubend.

Tatsächlich kreuzte sogar ein Elch ihren Weg. In aller Ruhe stapfte er über die Straße und verschwand im dichten Unterholz.

Am Nachmittag machten sie Rast am Emerald Lake. Der von einem massiven Bergmassiv umgebene See war zugefroren. Sie saßen auf Felsen in der Sonne, aßen die Brote, die Winnie mitgebracht hatte, und tranken dazu heißen Kaffee aus der Thermoskanne.

Winnie zeigte ihnen Spuren im Schnee.

»War das ein Grizzly?« Angstvoll schaute Sara sich um.

»Das war ein Wolf«, erklärte Winnie. »Bären halten um diese Jahreszeit noch ihre Winterruhe.«

»Ich habe gelesen, dass sie trotzdem aktiv werden können.«

»Ja, in Zoos«, bestätigte Winnie. »Aber eher selten in freier Wildbahn. Die Winterruhe hängt nicht mit der Temperatur zusammen, sondern vor allem mit dem verringerten Nahrungsangebot.« Joshs Tante schmunzelte. »Wenn du einen Grizzly sehen willst, solltest du an einer meiner Sommertouren teilnehmen. Dazu müsstet ihr allerdings mehr Zeit mitbringen.«

»Das würde ich sehr gern.« Sara nickte wehmütig. »Es war ein unvergesslicher Tag. Schade, dass er fast vorbei ist.«

»Für die Nacht habe ich mir etwas Besonderes für euch einfallen lassen«, erklärte Winnie auf der Rückfahrt. »Ich hatte Angst, dass es zu viel Schnee gibt und ich selbst mit diesem Wagen den Weg nicht schaffen würde, aber offenbar ist alles in bester Ordnung. Ich habe eben eine SMS bekommen.«

Sara war aufgefallen, dass Winnie immer wieder auf ihr Handy geblickt hatte.

»Was hast du geplant?«, wollte sie wissen, doch Winnie machte nur ein geheimnisvolles Gesicht. Sie fuhr Richtung Springfield, bog jedoch vor dem Ort ab und folgte einer Bergstraße. Schwer schaufelte sich der Pick-up durch den Schnee, bis eine solide Blockhütte in ihrem Blickfeld erschien.

»Ein romantisches Plätzchen für zwei.« Winnie lachte. »Hier hat so manche Liebesgeschichte ihren Anfang genommen. Unter anderem meine eigene.«

»Unsere Liebesgeschichte hat schon vor vier Jahren begonnen«, erwiderte Paul.

Ohne auf seine Bemerkung einzugehen, öffnete Winnie die Wagentür.

»Jeff war da und hat alles vorbereitet«, stellte sie fest und wies auf die Reifenspuren gleich neben dem Pick-up. Die Fußspuren eines Menschen führten bis zur Tür der Blockhütte.

Sara und Paul schauten sich fragend an.

»Und hier willst du uns aussetzen?«, fragte Sara ein wenig atemlos.

Auch diesmal blieb Winnie ihnen eine direkte Antwort schuldig.

»Und wer ist Jeff?«, fragte Sara weiter.

»Ein guter Freund.« Diesmal kam die Auskunft prompt. »Außerdem ist er der einzige Handwerker in Springfield und ziemlich beschäftigt. Um ehrlich zu sein, hatte ich ein bisschen Angst, dass er es nicht schafft.«

Sara wurde immer neugieriger, und Pauls Miene verriet ihr, dass er ebenso empfand.

Winnie stapfte durch den Schnee voraus bis zur Hütte. Dort zog sie ihre rechte Hand aus dem Handschuh und tastete einen Balken über der Haustür ab. Sekunden später hielt sie einen Schlüssel in der Hand.

»Tolles Versteck.« Paul grinste.

Winnies Miene wurde ernst. »Jeder in Springfield weiß, wo der Schlüssel ist, und bei einem Unwetter darf hier auch jeder Schutz suchen. Der Urgroßvater meines Mannes hat die Hütte neunzehnhundertzwanzig erbaut. Damals gab es hier noch keine ausgebauten Straßen, und der kürzeste Weg in das nächste Dorf führte über diesen Pass. Dort lebte die Frau, in die er sich verliebt hatte, und nachdem er einmal an genau dieser Stelle von einem Schneeeinbruch überrascht wurde und fast erfroren wäre, errichtete er das Blockhaus.«

Sara hatte gespannt zugehört. »Und ist diese Frau aus dem Nachbardorf seine Frau geworden?«

Winnie schüttelte lachend den Kopf. »Sie hat sich für einen anderen Mann entschieden. Trotzdem ist diese Hütte das Symbol der Liebe geworden.« Ihr Blick wurde traurig, ihre Stimme leiser. »Dieser Ort birgt für mich wunderbare Erinnerungen an meinen Mann.« Sie schwieg einige Sekunden, bevor sie weitersprach. »Nur ganz selten überlasse ich das Blockhaus einem Paar, das eine Führung bei mir bucht, aber für euch beide ist dieser Ort wie geschaffen. Lasst euch einfach darauf ein, und genießt es.«

Winnie schloss die Tür auf. Wohlige Wärme schlug ihnen entgegen. Im Kamin brannte ein Feuer, und der grobe Holztisch in der Mitte des Raums war gedeckt. Das feine Porzellan und die Kristallgläser boten einen interessanten Kontrast zum rustikalen Interieur der Hütte.

An der dem Kamin gegenüberliegenden Wand befanden sich eine Feuerstelle, auf der ein schwerer Kessel stand, und ein alter Buffetschrank. Daneben waren eine weitere verschlossene Tür und eine schmale Stiege, die nach oben führte.

Auf dem Tisch stand eine Flasche Wein, und ein Korkenzieher lag bereit. Sogar ein Picknickkorb war für sie zusammengestellt worden!

Winnie klatschte begeistert in die Hände.

»Auf Jeff ist Verlass.« Sie lachte und schränkte gleich darauf ein: »Jedenfalls kann ich mich auf ihn verlassen.« Sie ging zur Treppe. »Jetzt zeige ich euch euer Schlaflager.«

»Schlaflager …« Paul wirkte nicht begeistert. »Das klingt irgendwie ungemütlich.«

Sara sagte nichts, stimmte ihm aber insgeheim zu. Sie erwartete nicht viel und überlegte bereits, wie sie Winnie klarmachen wollte, dass sie auf keinen Fall die Nacht hier verbringen würden, doch dann erreichten sie den oberen Raum.

»Oh«, stieß Sara hervor und drehte sich langsam um die eigene Achse. Auch Paul war sichtlich überwältigt.

Das riesige Doppelbett stand so, dass der Blick von dort aus durch die große Panoramascheibe fiel, die bis zum Dach hinauf reichte. Über die Lichter von Springfield hinweg konnten sie bis zum See schauen.

Nebenan befand sich ein winziges Badezimmer. Winnie drehte kurz den Wasserhahn auf und nickte zufrieden, als tatsächlich Wasser herausströmte.

»Es ist kalt«, sagte sie, »aber trotzdem ein besonderer Luxus. Früher gab es nur ein Plumpsklo ein paar Meter vom Haus entfernt, und das Wasser musste aus einem Brunnen gepumpt werden. Mein Mann hat später eine Wasserleitung ins Haus gelegt.« Wieder war der traurige Zug in ihrem Gesicht zu sehen, als sie ihren Mann erwähnte.

Sara kannte Winnie zu wenig, um nach ihrem Mann zu fragen. Sie wusste lediglich, dass er nicht mehr lebte.

Auch Paul stellte keine Fragen, dafür lobte er die handwerkliche Leistung ihres Mannes.

»Ich bin beeindruckt. Ich könnte so etwas nicht.«

»Dafür kannst du hervorragend kochen.« Sara stellte sich neben ihn und schmiegte ihren Kopf an seine Schulter. »Ich muss zugeben, dass er das sogar besser kann als ich. Aber Werkzeug sollte man ihm wirklich nicht in die Hand geben, damit richtet er nur Schaden an.«

Winnies Blick wanderte zwischen ihnen hin und her, dann lächelte sie.

»Ihr seid ein wirklich tolles Paar. Wie füreinander geschaffen.«

Sara hob den Kopf und schaute Paul an. In seinen Augen spiegelte sich all das, was auch sie für ihn empfand. Auch nach vier Jahren. Eigentlich waren ihre Gefühle füreinander eher noch stärker geworden. Die anfängliche Verliebtheit hatte sich in Liebe verwandelt.

»Wollt ihr die Nacht hier verbringen?« Winnies Lächeln verriet, dass sie die Antwort bereits kannte.

Sara und Paul schauten einander wieder an, dann nickten sie beide.

»Ja«, sagten sie wie aus einem Mund.

»Wenn das so weitergeht, will ich überhaupt nicht mehr nach Deutschland fliegen«, verkündete Paul.

Sara registrierte, dass er »Deutschland« sagte, nicht »nach Hause«.

»Vancouver war schon wunderbar, aber das hier …« Er brach ab und machte eine ausholende Handbewegung. »Genau so haben wir uns das doch immer vorgestellt.«

Nachdem Winnie sich von ihnen verabschiedet hatte – natürlich mit dem Versprechen, sie am nächsten Tag zur Mittagszeit wieder abzuholen –, hatten sie sofort damit begonnen, ihre Zweisamkeit zu genießen.

Wer immer auch dieser Jeff war, er hatte ihnen einen wunderbaren Picknickkorb zusammengestellt. Ein Picknick für eine Hütte inmitten des kanadischen Winters. Köstliche Salate, dazu krosse Kartoffeln, die sich in einer Pfanne befanden und die sie nur noch auf der Feuerstelle erwärmen mussten. Zum Dessert hatte es eine herrliche Creme gegeben, und für das Frühstück am nächsten Morgen waren Pancakes, Toast und Marmelade im Korb.

Jetzt saßen sie satt und glücklich auf dem großen Bett und schauten in den Sternenhimmel. Sara stand auf und trat ans Fenster.

»Weißt du noch, was wir uns vor der Abreise vorgenommen haben?«, fragte sie ihn.

Paul stand ebenfalls auf und kam zu ihr. »Eine ganze Menge. Wir wollten die Reise genießen, uns nicht durch irgendwelche Probleme in Deutschland stressen lassen und außerdem ganz unvoreingenommen prüfen, ob wir uns ein Leben in Kanada vorstellen können.«

»Genau den letzten Punkt meine ich.« Sara war sehr nachdenklich geworden. »Ich weiß nicht, ob ich bei all den wundervollen Erlebnissen und den tollen Menschen wirklich realistisch einschätzen kann, ob das Leben hier für uns das Richtige ist. Unser Alltag würde anders aussehen als der Urlaub.«

Paul schloss sie ganz fest in die Arme. »Bin ich nicht normalerweise der Skeptiker, der alles mehrfach von allen Seiten betrachtet, bevor er eine Entscheidung trifft?«

Sara hob den Kopf, um ihn anzusehen. »Hast du dich schon entschieden?«

Paul schüttelte den Kopf. »Ich werde nur gemeinsam mit dir die Entscheidung treffen, nach Kanada auszuwandern.« Er ließ sie los und ging vor ihr auf die Knie, dann griff er nach ihrer Hand. »In einem Punkt habe ich mich aber entschieden ...«

Sara spürte, wie sie von heftigem Schwindel erfasst wurde. Er wollte doch nicht etwa ...

»Sara Winter, ich liebe dich. Ich kann mir ein Leben ohne dich nicht mehr vorstellen. Willst du meine Frau werden?«

Mit einem strahlenden Lächeln und einem Herzen voller Glück flüsterte Sara: »Du bist das Beste, was mir je passiert ist. Ja, ich will deine Frau werden und jeden Tag an deiner Seite verbringen.« Ihre Stimme war erfüllt von tiefer Liebe, als sie ihn sanft küsste und sich in seine Arme schmiegte. In diesem Moment wussten sie, dass sie füreinander bestimmt waren und ihre Liebe für immer anhalten würde.

Als Winnie sie am nächsten Tag abholte, musste sie einen kleinen Umweg fahren.

»Ich hoffe, es stört euch nicht, aber ich habe Larry versprochen, eine Bestellung abzuliefern.«

Sara und Paul versicherten beide, dass es ihnen überhaupt nichts ausmachte, und so sahen sie das Haus am Okanagan-Ufer zum ersten Mal. Es lag auf einer Landzunge, die weit in den See hineinragte, und war von einem ausgedehnten Garten umgeben.

Hinter dem Garten erstreckte sich ein dichter Kiefernwald, dessen Bäume sich hoch in den Himmel reckten und ein Gefühl von Mystik und Abenteuer vermittelten. Der Schnee wiederum verwandelte die ganze Umgebung in ein märchenhaftes Winterwunderland.

Das Haus selbst war aus Holzbohlen erbaut und strahlte einen rustikalen Charme aus. Es hatte große Fenster, die einen herrlichen Blick auf den See boten, und an der Vorderseite des Hauses lief eine breite Veranda entlang. In der oberen Etage umschloss ein Balkon das gesamte Gebäude.

Sara fühlte sich sofort von der Schönheit des Hauses und der Landschaft verzaubert, und sie spürte, dass es Paul ebenso erging. Bisher hatte er noch kein Wort gesagt, aber seine Blicke verrieten, was in ihm vorging.

»Es muss ein Traum sein, hier zu leben«, sagte sie begeistert.

»Ich fürchte, das übersteigt unsere finanziellen Möglichkeiten.«

In Winnies Gegenwart unterhielten sie sich auf Englisch.

»Da seid ihr leider zu spät«, sagte sie. »Nachdem der alte Sam im letzten Jahr gestorben ist, haben seine Kinder das Haus verkauft. Ziemlich preiswert, soviel ich weiß. Aber eigentlich kennt niemand den Käufer so richtig, er lässt sich kaum im Dorf blicken. Man erzählt sich, dass er dabei ist, das Haus zu renovieren. Das hatte es auch dringend nötig. Ich wüsste zu gerne, was er inzwischen geschafft hat. Seit Sams Tod hat es niemand mehr von innen gesehen.«

Winnie stieg aus und ging mit dem Päckchen zur Tür. Sara und Paul schauten ihr nach. Ein Mann kam aus dem Haus, nickte nur knapp, nahm das Päckchen entgegen und verschwand wieder. Es sah so aus, als würden die beiden kaum ein Wort miteinander wechseln.

Winnie wirkte ein wenig verwirrt, als sie wieder in den Wagen einstieg.

»Ein seltsamer Mensch«, sagte sie nachdenklich. »Ich komme nicht gern hierher, seit Sam nicht mehr da ist.«

Der Abschied von Springfield fiel ihnen schwer. Vor allem wegen Winnie, ein bisschen auch wegen Larry. Der Ladenbesitzer ließ es sich nicht nehmen, zum Abschied vorbeizukommen. Er brachte belegte Brote, Getränke und Süßigkeiten mit.

»Reiseproviant«, erklärte er strahlend und lehnte empört ab, als Paul dafür bezahlen wollte.

»Ich will kein Geld!« Plötzlich lächelte Larry wieder. »Aber über eine Postkarte aus Deutschland würde ich mich freuen.«

Ihre weitere Reise führte sie in die Stadt Revelstoke. Nach einer Schneeschuhwanderung im Mount-Revelstoke-Nationalpark und einer romantischen Nacht in einem kleinen Hotel ging es weiter nach Banff. Hier schlossen sie sich einer Reisegruppe durch den Banff-Nationalpark an und genossen die spektakuläre Landschaft. Die folgenden beiden Tage dienten der Erholung in einem luxuriösen Spa.

Es schneite die ganze Zeit, während sie ihre Reise in östlicher Richtung fortsetzten. Als sie Calgary erreichten, wurde der Schneefall so stark, dass sie länger als geplant blieben. Trotzdem hatten sie noch genug Zeit für die Provinz Saskatchewan. Im Royal Saskatchewan Museum besichtigten sie die umfangreiche Sammlung von Artefakten und Informationen über die Geschichte und Kultur der Provinz.

Doch die ganze Zeit über blieb Springfield in ihren Gedanken und ganz besonders in ihren Herzen. Sie unterhielten sich jeden Tag darüber.

Schließlich erreichten sie Toronto, ihr Endziel in Kanada. Dort besuchten sie den CN Tower und den Toronto Island Park, doch ihr Hotel in Toronto war bei weitem nicht so luxuriös wie das in Vancouver. Josh lachte, als Sara ihm am Telefon davon erzählte.

»Und vor allem fehlt uns hier ein freundlicher Zimmerkellner, der uns zeigt, wo es die beste Poutine gibt, und der uns mit einer liebenswerten Tante bekannt macht. Wirklich, Josh, unsere Kanadareise wäre nicht mal halb so großartig gewesen, wenn wir dich nicht kennengelernt hätten.«

»Ja, genau«, rief Paul. Sara hatte ihr Handy auf Lautsprecher gestellt, damit er Josh auch verstehen und mit ihm reden konnte. »Wenn du einmal nach Deutschland kommen möchtest, bist du uns jederzeit herzlich willkommen.«

»Dem kann ich nur zustimmen«, pflichtete Sara ihm bei.

Am anderen Ende war es einen Moment mucksmäuschenstill.

»Das Angebot nehme ich gerne an«, kam es schließlich überwältigt zurück.

»Wir würden uns beide sehr freuen«, versicherte Sara noch einmal herzlich.

Josh lachte. »Wie lange habe ich denn noch die Gelegenheit, euch in Deutschland anzutreffen? Oder habt ihr euch etwa in den letzten drei Wochen gegen ein Leben in Kanada entschieden?«

»Nein, wir haben noch keine Entscheidung getroffen«, antwortete Paul. »Du hast also noch genug Zeit, um uns in Deutschland zu besuchen.«

»Wenn wir nicht sogar übermorgen ins Flugzeug steigen und Kanada für immer hinter uns lassen«, sagte Sara, nachdem sie das Gespräch mit Josh beendet hatten.

Paul war sichtlich überrascht und auch ein bisschen erschrocken. »Hast du dich inzwischen gegen eine Auswanderung entschieden?«

»Nein …« Sie zögerte. »Aber ich befürchte, dass wir unseren Traum aus den Augen verlieren, wenn wir wieder in unserem Alltag angekommen sind. Es war eine Sache, diese Reise nach Kanada zu planen. Alles aufzugeben, um in ein anderes Land zu ziehen, ist etwas ganz anderes.«

Paul zuckte mit den Schultern. »Ich sehe da kein Problem. Du arbeitest schon freiberuflich, und ich könnte das auch. Ich bekomme sicher weitere Aufträge vom Verlag und suche mir dazu weitere Auftraggeber. Wir verkaufen unsere Eigentumswohnung, packen unsere Sachen und ziehen hierher.«

»So wie du das sagst, klingt es ganz einfach.«

»Es ist ganz einfach.« Er zog sie an sich und begann plötzlich zu lächeln. »Bis auf die Debatten mit deiner Mutter, wenn wir es ihr sagen. Aber das schaffen wir auch. Vielleicht beschwichtigt sie ja die Aussicht auf unsere Hochzeit.«

»Nur wenn wir ihr die Planung überlassen.« Sara schüttelte den Kopf. »Und das will ich auf keinen Fall. Du kennst die Feiern, die meine Mutter organisiert.«

Paul nickte. »Wir planen einfach alles so, wie wir das wollen, und dann stellen wir deine Mutter vor vollendete Tatsachen.«

»Du hast natürlich recht.« Sara schmiegte sich an ihn. »Es ist die bevorstehende Abreise, die mich so negativ denken lässt. Ich bin noch nicht bereit für die Rückkehr nach Deutschland.«

»Ich auch nicht.« Paul lächelte. »Aber wir kommen ganz bestimmt zurück.«

Es war eher Zufall, dass sie auf dem Weg zu den Niagarafällen einen Kiosk passierten. Oder war es Schicksal, dass ihnen das Navi genau diesen Weg wies und sie die Niagara-Fälle an diesem Tag nicht mehr erreichten?

»Stopp!«, rief Sara.

Paul trat auf die Bremse und schaute sie entgeistert an.

»Was ist?«

»Fahr bitte ein Stück zurück«, bat sie. Sie war sich nicht sicher, ob sie im Vorbeifahren richtig gelesen hatte.

Paul fragte nicht weiter, sondern setzte zurück, und dann lasen sie es beide. Bei diesem Büdchen handelte es sich tatsächlich um einen »Drive-in-Hochzeitskiosk«. Das Brautpaar musste bloß vorfahren, das Fenster herunterkurbeln und die nötigen Dokumente vorlegen. Sobald die Papiere unterschrieben waren, fuhren sie als Ehepaar weiter. Von der Ankunft bis zur Abfahrt sollte die ganze Zeremonie nur zehn Minuten dauern.

Eine ganze Weile sprachen sie kein Wort. Sara spürte ihren Herzschlag, so aufgeregt war sie. Genau so stellte sie es sich vor …

»Lass es uns tun«, stieß Paul plötzlich hervor. »Lass uns jetzt sofort heiraten.« Er machte eine kurze Pause, bevor er ebenso entschlossen hinzufügte: »… und für immer nach Kanada ziehen.«

»Ich kann nicht glauben, dass wir das hier wirklich machen.« Sara strahlte über das ganze Gesicht. Sie war so unfassbar glücklich!

Es ging wirklich alles sehr schnell. Sie brauchten nur die *marriage licence* vorzulegen, die sie problemlos im Office of Vital Statistics erhalten hatten.

»Ja, ich will«, sagte Sara, als Cathy, die sie durch die Zeremonie führte, die alles entscheidende Frage stellte.

»Ja, ich will«, sagte auch Paul.

Keine anderen Menschen. Nur sie beide und Cathy, und um sie herum schneeweiße Stille.

»Herzlichen Glückwunsch!« Cathy gratulierte ihnen herzlich. »Sie sind jetzt Mann und Frau.«

Paul beugte sich zu Sara und küsste sie.

»Ich liebe dich«, flüsterte er.

»Und ich liebe dich«, erwiderte sie.

Ganz tief in ihrem Herzen spürte sie, dass diese Heirat genau die richtige Entscheidung gewesen war.

Cathy hatte ihnen den Tipp gegeben, das letzte Stück zu Fuß zu den Wasserfällen zu gehen. Vorbei an der Rainbow Bridge, die die gleichnamigen Städte Niagara Falls in Kanada und in den USA miteinander verband.

»Das ist der perfekte Ort für ein Paar, das gerade erst geheiratet hat«, hatte sie dann lächelnd hinzugefügt.

Als sie unter der Brücke hindurchgingen, war das Rauschen und Brausen des Wassers bereits zu hören. Und dann eröffnete sich der Blick auf die Fälle. Tosende Wassermassen, die von den American Falls, den Bridal Veil Falls und den Horseshoe Falls in die Tiefe brausten und sich dort vermischten. Die Gischt stob hoch und zeichnete in der Wintersonne einen bunten Regenbogen.

»Das ist einer dieser Momente, die man nie vergisst.«

Erst als Paul ihr zustimmte, wurde Sara bewusst, dass sie ihren Gedanken laut ausgesprochen hatte.

»Sollten wir je uneins sein, brauchen wir nur an diesen besonderen Moment zurückzudenken«, sagte er zärtlich. »So werden wir nie vergessen, wie sehr wir uns lieben.«

Ihren letzten Abend verbrachten sie erneut auf dem CN Tower, diesmal als Ehepaar. Hier konnten sie Abschied nehmen und gleichzeitig zu zweit ihre Hochzeit feiern. Ein gläserner Aufzug brachte sie auf die Aufsichtsplattform. Obwohl ein kalter Wind einzelne Schneeflocken durch die Luft trieb, hielten sie es fast eine halbe Stunde aus.

»Ich möchte am liebsten jede einzelne Minute festhalten«,

sagte Sara traurig. »Kaum vorstellbar, dass wir morgen um diese Zeit bereits wieder in Deutschland sind.«

Paul umschlang sie ganz fest, und gemeinsam genossen sie den Blick über die Lichter der Stadt. Der Lake Ontario war nur zu erahnen. Eine dunkle Fläche, die sich in die Endlosigkeit zu erstrecken schien.

»Du zitterst ja vor Kälte«, sagte er irgendwann. »Lass uns reingehen.«

»Es ist nicht nur die Kälte.« Sara schmiegte sich an ihn. »Ich kann immer noch nicht fassen, dass wir verheiratet sind. Und dass wir für immer nach Kanada ziehen. Ich bin einfach nur glücklich.«

Dem letzten Abend folgte die letzte Nacht. Das frühe Aufstehen am nächsten Morgen, die Fahrt zum Flughafen. Selbst der Abschied von ihrem Mietwagen, der sie von Vancouver bis hierher begleitet hatte, fiel Sara schwer. Liebevoll streichelte sie über die Windschutzscheibe.

»Vielen Dank, dass du uns so zuverlässig durch Eis und Schnee transportiert hast«, sagte sie wehmütig. »Ich wünsche dir immer nur nette Gäste, die dich zu schätzen wissen.«

Paul wirkte ein wenig fassungslos. »Das ist nicht dein Ernst!«

»Natürlich!« Sara warf den Kopf in den Nacken und schaute ihn herausfordernd an. »Ich weiß, dass du anderer Meinung bist, aber ich glaube fest daran, dass auch Gegenstände eine Seele haben.«

Paul küsste sie lachend, dann besorgte er einen der Kofferkulis, die hier überall herumstanden, während ein Mitarbeiter der Autovermietung den Wagen auf Schäden kontrollierte.

Alles war in Ordnung. Paul lud ihr Gepäck auf, dann folgten sie den Hinweisschildern zu ihrem Abflugterminal …

Tränen liefen über Saras Wangen, als das Land unter ihr im dichten Schneetreiben verschwand.

»Wir kommen zurück«, sagte Paul dicht an ihrem Ohr. »Und dann für immer.«

»Ja«, bestätigte sie ebenso leise. »Dann für immer …«

Kapitel 4

»Dein Gesicht ist schneeweiß!« Jeanette betrachtete ihre Tochter eher missbilligend als besorgt. »Aber wer fährt auch schon mitten im Winter nach Kanada, um seinen Urlaub dort zu verbringen?«

»Das liegt an dem langen Flug«, sagte Sara knapp. »Und am Jetlag.« *Besonders aber an den Neuigkeiten, die Paul und ich für euch aus Kanada mitgebracht haben.*

Paul lächelte, als sie ihn anschaute. Er wirkte völlig ungerührt. Wahrscheinlich war er das auch.

Ungeduldig schaute Jeanette auf ihre Armbanduhr, das diamantenbesetzte Weihnachtsgeschenk von Richard. »Wo bleiben Olivia und die Kinder?«

»Kommt Gernot schon wieder nicht?«, fragte Sara überrascht. Gleichzeitig war sie froh, dass der Moment ihrer Enthüllung noch ein bisschen hinausgezögert wurde.

»Gernot hat im Moment sehr viel zu tun«, erwiderte ihre Mutter ausweichend.

»Das hat er doch immer.« Sara spürte ganz deutlich, dass da etwas nicht stimmte. Und wenn sie an das Verhalten ihrer Schwester an Heiligabend dachte …

»Da seid ihr ja.« Richard betrat den Raum. Er begrüßte Paul mit einem Handschlag und wirkte unsicher beim Umgang mit Sara. Schließlich legte er ihr die Hände auf die Schultern und zog sie kurz und ohne jeglichen Körperkontakt an sich. Es war nicht mehr als die Andeutung einer Umarmung, und es war ihnen beiden unangenehm.

Komisch, dass es mir so viel leichter fällt, fremde Menschen zu umarmen, als meine eigenen Eltern zu begrüßen.

Mit ihrer Mutter war es noch viel schlimmer. Umarmungen erfolgten nur an Geburtstagen – und das auch nur, wenn es sich nicht irgendwie umgehen ließ.

»Schön, dass ihr wieder zu Hause seid. Wie hat es euch in Kanada gefallen?«

»Es muss ihnen so gut gefallen haben, dass sie nicht einmal Zeit für eine Postkarte hatten«, warf Jeanette spitz ein.

»Sybille hat nicht geglaubt, dass ihr wirklich in Kanada seid«, verriet Richard lächelnd. »Jeanette hätte es gerne mit einer Postkarte bewiesen. Ich habe ihr aber schon gesagt, dass so eine Karte ein Relikt aus unserer Jugend ist. Ihr jungen Leute schickt ja eher Nachrichten per Handy.«

»Nicht einmal das haben sie gemacht«, beschwerte sich Jeanette. »Wenn sie irgendwo im Schnee steckengeblieben und erfroren wären, hätten wir nie davon erfahren.«

»Spätestens im Frühling«, zog Sara ihre Mutter auf. »Auch in Kanada taut es irgendwann.«

Richard lachte kurz auf, täuschte aber schnell einen Hustenanfall vor, als ihn ein strafender Blick seiner Frau traf.

»Wir haben euch allen eine Postkarte geschickt.« Paul lächelte Jeanette beschwichtigend an. »Es dauert wahrscheinlich ein bisschen, bis sie ankommen.«

Sara nickte und bemühte sich um einen ernsten Gesichtsausdruck. Ihre Mutter musste schließlich nicht wissen, dass sie die Karten erst zwei Tage vor ihrem Abflug eingeworfen hatten. Und das auch nur, weil Paul daran gedacht hatte.

»Wir haben Larry versprochen, ihm eine Karte aus Deutschland zu schicken«, sagte sie. »Und ich finde, Winnie hat auch eine verdient.«

Mit Josh hielten sie und Paul tatsächlich über Handy Kontakt.

»*Larry? Winnie?*« Jeanette runzelte die Stirn. »Was sind das für Leute?«

»Larry betreibt so eine Art Allerlei-Ladencafé.« Sara lachte. »Also ein Geschäft, in dem es so ziemlich alles gibt und in dem du außerdem Kaffee trinken kannst. Muffins und Pancakes bietet er auch an.«

»Und Sandwiches«, ergänzte Paul, um gleich darauf mit weiteren Erklärungen fortzufahren. »Winnie lebt im gleichen Dorf. Sie veranstaltet Führungen und hat uns für die Zeit unseres Aufenthalts sogar in ihrem Haus wohnen lassen. Es war großartig!«

Jeanette rümpfte die Nase, während Richard, der gespannt zuhörte, mit einem sehnsüchtigen Lächeln sagte: »Ein bisschen beneide ich euch um diese Reise. Ich wünschte, ich käme auch mal wieder dorthin.«

Sara zögerte. Sie und Paul schauten sich an. Eigentlich wollte sie warten, bis auch Olivia da war, doch als Paul ihr jetzt zunickte, räusperte sie sich.

»Vielleicht hast du ja bald die Gelegenheit dazu.« Sie lächelte ihren Vater an, doch es war ihre Mutter, die darauf reagierte.

»Was willst du damit sagen?«, hakte Jeanette scharf nach.

Sara holte tief Luft.

»Paul und ich werden auswandern«, ließ sie endlich die Bombe platzen. »Nach Kanada.«

Jeanette stöhnte laut auf und fasste sich mit einer Hand an die Stirn.

»Diese Schwachsinnsidee kann doch nur von dir kommen.« Sie richtete den Blick auf Paul. »Wie hat sie es geschafft, dich zu diesem Unsinn zu überreden?«

Paul blieb wie immer gelassen. »Das haben wir gemeinsam geplant. Deshalb sind wir überhaupt nach Kanada gereist: weil wir feststellen wollten, ob wir uns wirklich ein Leben dort vorstellen können.«

Jeanette starrte ihn an. Ihre Mund öffnete und schloss sich, doch es kam kein Wort über ihre Lippen. Es war einer dieser seltenen Momente, in denen Sara Mitleid mit ihrer Mutter hatte.

»Sei nicht böse …« Sie zögerte, das Wort kam ihr nur schwer über die Lippen. »… Mama. Wir wollten nichts sagen, bevor wir uns nicht ganz sicher sind.«

»Das ist verständlich.« Richard schluckte schwer. »Ihr werdet mir fehlen.«

So viel Gefühl hatte ihr Vater noch nie gezeigt. Sara spürte, wie ihr die Tränen kamen. Sie konnte nichts sagen. Wie gerne hätte sie ihren Vater jetzt umarmt, aber sie traute sich nicht.

Jeanette schaffte es indes sehr schnell, diese Stimmung zu zerstören.

»So ein Unsinn!«, rief sie barsch. »Ihr könnt nach einem dreiwöchigen Urlaub doch nicht festlegen, dass ihr ab sofort in einem anderen Land leben wollt.«

»Das ist keine Entscheidung, die wir kurzfristig getroffen haben«, stellte Paul richtig. »Wir denken schon lange darüber nach.«

Eine ungute Stille breitete sich aus, und dabei hatten sie noch nicht mal alles gestanden.

»Wir müssen euch noch etwas sagen«, begann Sara vorsichtig und stellte sich neben Paul. Als er ihr den Arm um die Schultern legte, fühlte sie sich sicher und geborgen. »Wir haben in Kanada geheiratet.«

»Auch das noch!« Jeanette ließ sich schwer auf einen Sessel fallen. Sie schloss die Augen und bedeckte sie mit ihrer Rechten.

Richard schaute zu ihr, dann zu Sara und Paul.

»Wollt ihr euch nicht setzen?«, fragte er. Wahrscheinlich nur, um überhaupt etwas zu sagen. »Und herzlichen Glückwunsch.« Ein zögerndes Lächeln zeigte sich auf seinem Gesicht. »Auch wenn ich es schade finde, dass wir nicht dabei sein konnten.«

Jeanette öffnete die Augen wieder.

»Wahrscheinlich haben sie das auch schon lange vorher geplant«, sagte sie bitter.

»Nein, das war ein ganz spontaner Entschluss«, widersprach Sara sofort. »Es war …«

Sie dachte an den kleinen Holzstand im Schnee, an ihr Gefühl, dass es genau der richtige Zeitpunkt und Ort war. Doch es spielte keine Rolle, was sie jetzt sagte. Ihre Mutter würde es ohnehin nicht verstehen.

»… unsere Entscheidung«, beendete sie den Satz. »Und wir sind glücklich.« Das klang fast schon ein wenig trotzig, Sara bemerkte es selbst.

Paul offensichtlich auch. Der Druck seiner Hand auf ihrer Schulter wurde ein wenig fester.

Alles ist gut, wollte er ihr damit sagen. Es wäre schön, wenn sie das auch so empfinden könnte.

»Warum?« Jeanette schüttelte den Kopf und fragte gleich noch einmal: »Warum?«

Sara war froh, dass ihre Schwester in diesem Moment zusammen mit den beiden Kindern den Raum betrat.

Noah stürzte sofort auf Sara und Paul zu. Er baute sich vor ihnen auf und schaute erwartungsvoll zu ihnen hoch.

»Habt ihr mir was mitgebracht?«, wollte er wissen.

»Noah!«, rief Olivia empört. Amelie stand neben ihr und hielt sich wie immer schüchtern im Hintergrund.

Noah drehte sich nicht mal um, sondern ignorierte seine Mutter völlig.

Olivia wirkte wütend. »Er bekommt nichts«, sagte sie sehr bestimmt.

Jetzt drehte sich Noah um. »Du bist gemein«, schrie er Olivia an. »Das sag ich Papa.«

»Von mir aus.« Olivia schob ihren Sohn beiseite und umarmte Sara und Paul nacheinander. »Wie schön, dass ihr wieder da seid. Hat euch Kanada gefallen?«

Es klang, als würde Olivia nur aus Höflichkeit fragen. Sie sah müde aus.

Noah stampfte mit den Füßen auf, aber auf den dicken Teppichen war das nicht zu hören. Als er einen wütenden Ton von sich gab, brachte ihn ein Blick seiner Mutter zum Schweigen. Offensichtlich erkannte der kleine Kerl sehr gut, wann es besser war, sich seiner Mama nicht länger zu widersetzen. Er schmollte schweigend.

»Es war toll.« Sara betrachtete ihre Schwester aufmerksam. Sie hätte Olivia gerne gefragt, was mit ihr los war, aber nicht hier, im Kreis der Familie. Außerdem ließ Jeanette es sich nicht nehmen, Saras und Pauls Neuigkeiten gleich zu verkünden …

»Du kannst deiner Schwester gratulieren.« Die Verärgerung lag immer noch unüberhörbar in Jeanettes Stimme. »Sie und Paul haben in Kanada geheiratet.«

Olivias Augen wurden groß, und jetzt zeigte sie deutliches Interesse.

»Was für eine Überraschung«, brachte sie hervor.

»Das ist noch nicht alles«, fuhr Jeanette fort. »Die beiden wollen auch nach Kanada auswandern.«

»Wirklich?« Olivia schaute Sara bestürzt an. »Ich würde euch vermissen.«

Sara zeigte nicht, wie sehr sie sich über ihre Mutter ärgerte. Sie hätte Olivia ihre Entscheidung gern selbst mitgeteilt.

Plötzlich lächelte Olivia. »Ganz herzlichen Glückwunsch euch beiden. Zur Hochzeit und zu dieser Entscheidung.« Sie umarmte Sara und Paul noch einmal. »Ich wünsche euch alles Glück dieser Welt«, sagte sie mit Tränen in den Augen.

Jeanette sprang plötzlich auf. »Gilt eure Eheschließung in Deutschland überhaupt?«

»Wir müssen das beim Standesamt eintragen lassen, damit sind wir dann rechtsgültig verheiratet.«

Jeanette nickte nachdenklich. »Ihr seid dann also standesamtlich verheiratet?«

Sara ahnte, worauf ihre Mutter hinauswollte, doch sie bekam keine Gelegenheit, Paul vorzuwarnen.

Jeanettes Augen glänzten. »Dann bleibt uns ja noch die kirchliche Hochzeit. Ich sehe das schon genau vor mir: das Kleid, die Location, das Ambiente … Wir müssen nur noch überlegen, wen wir einladen.«

»Genau das wollen wir nicht«, lehnte Paul mit entsetzter Miene ab.

»Papperlapapp!« Jeanette machte eine wegwerfende Handbewegung. »Wir haben schließlich gesellschaftliche Verpflichtungen, und denen kann sich auch Sara nicht entziehen.«

»Bitte, Sara, sag was«, bat Paul mit komischer Verzweiflung.

»Wir wollen keine Feier«, versuchte Sara die zunehmende Begeisterung ihrer Mutter zu dämpfen. »Deshalb …«

»Am besten stellt ihr beide eure eigene Gästeliste zusammen.« Jeanette war nicht mehr zu bremsen. »Paul, deine Eltern werden doch bestimmt aus Mallorca kommen?«

Paul schüttelte den Kopf, doch das nahm Jeanette nicht zur Kenntnis.

»Für wann habt ihr eure Auswanderung geplant?«, wollte sie wissen. »So schnell geht das ja bestimmt nicht. Ich muss wissen, wie viel Zeit ich für die Organisation habe …«

»Wir wollen das alles nicht«, fiel Sara ihr grob ins Wort.

»Du heiratest ohne deine Mutter. Du ziehst in ein Land, Tausende von Kilometern entfernt. Und dann willst du mir nicht mal diesen kleinen Gefallen erweisen?« Jeanettes Augen schwammen plötzlich in Tränen.

Jetzt kommt die Nummer mit den Schuldgefühlen, schoss es Sara durch den Kopf. Leider musste sie sich eingestehen, dass ihre Mutter damit erfolgreich war.

»Wir werden schon bald nach Kanada ziehen«, sagte Sara, obwohl sie natürlich wusste, dass das auf keinen Fall so schnell möglich sein würde. Bevor es so weit war, gab es noch viel zu regeln und zu erledigen. »Wir können nebenbei nicht auch noch eine kirchliche Hochzeit organisieren. Außerdem können wir uns das gar nicht leisten.«

Für Jeannette waren das keine akzeptablen Argumente.

»Ihr müsst euch um gar nichts kümmern, und selbstverständlich bezahlen wir deine Hochzeit«, wiegelte sie ab.

»Das können wir auf keinen Fall annehmen«, unternahm Sara einen letzten Versuch, alles abzuwenden.

»Papperlapapp!« Offensichtlich war das Jeanettes neues Lieblingswort. »Wir haben die Hochzeit deiner Schwester bezahlt, also steht dir das auch zu. Das wird eine tolle Feier.«

Jeanette wirkte so glücklich, dass Sara sich geschlagen gab.

Auch Noah war zufrieden, als er später sein Geschenk bekam, ebenso wie Amelie, Olivia und ihre Eltern. Es wurde ein netter Abend, der vor allem durch Jeanettes Hochzeitsplanungen bestimmt wurde.

»Danke, dass ihr sie das machen lasst«, sagte Richard, als er sich von Sara und Paul verabschiedete. »Es bedeutet ihr viel.« Er lächelte. »Und mir auch. Ich freue mich sehr, dass wir eure Hochzeit nun doch noch gemeinsam feiern werden.«

Schweigend traten sie die Heimfahrt an. Als Paul an einer Ampel anhalten musste, wandte er sich ihr zu.

»Ich weiß nicht, was ich sagen soll.«

Sara atmete tief durch. »Ich könnte ihr unter vier Augen …«

»Nein«, unterbrach Paul sie. »Ich habe das Gefühl, dass es deinen Eltern wichtig ist. Lass uns also diese Hochzeit feiern. Es ist eine gute Gelegenheit, uns von unseren Familien und Freunden zu verabschieden.«

Sara strich über seinen Arm. »Du hast recht. Das wird für uns alle ein richtig schöner Abschluss.«

Es folgten anstrengende Wochen, voll mit Behördengängen sowie Treffen mit Maklern und Kaufinteressenten für ihre Wohnung.

Paul führte viele und lange Gespräche mit Verlagen, um zukünftig freiberuflich als Lektor arbeiten zu können, doch die schwierigste Unterredung war für ihn die mit Angus.

»Du gehst weg?« Angus sah ihn fassungslos an. »Du gehst so weit weg, dass ich dich nicht mehr erreichen kann?«

»Ich bin jederzeit über mein Handy und per Mail erreichbar.«

Pauls beruhigende Worte genügten Angus offenbar nicht.

»Und wenn ich dich persönlich sehen muss? Manche Dinge können nicht am Handy geklärt werden.«

»Angus, du bist der einzige Autor, der den Anspruch erhebt, mich persönlich zu sehen. Es ist alles geklärt. Wenn du direkt im Verlag einen Ansprechpartner brauchst, wird sich Mark Feiter um dich kümmern.«

»Ach der …«, antwortete Angus abfällig.

»Alles wird gut. Der Abgabetermin für dein Buch wurde auf das Jahresende verlegt, du kannst also in aller Ruhe schreiben.«

Es war Paul zu diesem Zeitpunkt nicht klar, dass er einen großen Fehler beging, als er launig hinzufügte: »Und sollte das alles nicht reichen, kommst du einfach zu Sara und mir nach Kanada …«

Es ist das Schlimmste, was Jeanette mir antun kann, dachte Sara, als sie zusammen mit ihrer Mutter, Olivia und ihrer Schwägerin Nadja den Hochzeitsalbtraum schlechthin betraten. Der Laden nannte sich »Weiße Wolke«, was nicht so ganz passend war.

Der Vorführraum war in einem zarten Rosa gehalten, und das bedeutete, dass buchstäblich alles rosa war, beginnend mit den Wänden über die flauschigen Teppiche bis zu den Vorhängen. Lediglich die halbrunden Cocktailsessel tendierten mehr zu einem knalligen Pink, und die kleinen runden Tische waren weiß. Darauf standen Kristallgläser und eine Flasche Champagner in einem silbernen Sektkühler. Daneben befanden sich zwei Flaschen eines teuren Mineralwassers sowie Orangensaft. Hochzeitskleider waren nirgendwo zu sehen.

»Es ist ja alles perfekt vorbereitet.« Jeanette klatschte begeistert in die Hände.

»Ja, natürlich.« Die Ladenbesitzerin schaute lächelnd in die Runde. »Mein Name ist Brunhilde Maurer. Wer von Ihnen ist die glückliche Braut?«

Sara war viel zu überrascht, um sich sofort zu melden. Ihre Mutter hatte ihr den Namen der Ladenbesitzerin bereits vor Tagen mitgeteilt, aber eine »Brunhilde« hatte Sara sich ganz anders vorgestellt. Groß, herrisch, nicht mehr ganz jung. In Gedanken hatte sie sich bereits auf Streitgespräche mit dieser Person eingelassen, doch jetzt stand dieses zarte, sehr junge Geschöpf vor ihr und strahlte sie an. Sie wirkte so sympathisch, dass Sara sie auf Anhieb mochte.

»Das ist die Braut.« Jeanette versetzte Sara einen leichten Stoß.

»Ja«, bestätigte Sara und sprach genau das aus, was ihr durch den Kopf ging. »Ich wurde gezwungen, hierherzukommen, und eine Brunhilde habe ich mir ganz anders vorgestellt.«

»Sara!«, entrüstete sich Jeanette, während Brunhilde den Kopf in den Nacken legte und laut auflachte.

»Ich habe schon oft gehört, dass mein Name nicht zu mir passt, aber noch nie, dass jemand gezwungen wurde, in meinen Laden zu kommen.«

»Selbstverständlich ist meine Tochter freiwillig hier.« Jeanette war noch immer empört.

Sara bemerkte die belustigten Blicke, die Olivia und Nadja sich zuwarfen.

»Setzen Sie sich doch bitte.« Brunhilde wies auf die pinkfarbenen Sessel. »Möchten Sie etwas trinken?«

Nadja bat um Orangensaft, während Jeanette und Olivia sich für den Champagner entschieden. Jeanette nippte nur an ihrem Glas, doch Sara bemerkte, dass Olivia ihres in einem Zug leerte.

»Sie kommen bitte mit mir nach nebenan«, sagte Brunhilde zu Sara.

Jeanette, die sich gerade erst in einen der pinkfarbenen Sessel gesetzt hatte, erhob sich wieder.

»Ich begleite dich«, sagte sie energisch.

Brunhilde lächelte sie freundlich an, doch ihre Ablehnung klang ebenso bestimmt.

»Es tut mir leid, aber das ist ein Moment, der ganz allein der Braut gehört. Es zählt zu meinen Geschäftsprinzipien, dass sie sich das Kleid allein und völlig unbeeinflusst aussuchen kann.«

Dafür könnte ich dich umarmen! Sara lächelte Brunhilde dankbar an.

Es war eine schlimme Vorstellung gewesen, dass sie sich mit Jeanette wegen des Kleides auseinandersetzen musste. Bereits in den vergangenen Wochen hatte ihre Mutter unzählige Brautzeitungen gesammelt und ihr immer wieder diese Kleider gezeigt, die Sara einfach nur schrecklich fand: pompöse Prinzessinnenkleider mit weiten Röcken, jedes für sich ein Albtraum aus Tüll und Spitze. Der Schleier sollte lang sein und mit einem Diadem befestigt werden.

Auf Saras eindeutige Kommentare, dass diese Art von Kleid überhaupt nicht zu ihr passte, hatte Jeanette immer mit dem Hinweis reagiert, dass sie es schließlich war, die das Kleid letztendlich bezahlte. Deswegen hatte Sara sich inzwischen zu dem Entschluss durchgerungen, ihr Hochzeitskleid selbst zu kaufen. Auch wenn es ein recht großes Loch in ihr Auswanderungsbudget fressen würde …

Der angrenzende Raum wirkte nach dem Übermaß an Rosa und Pink im Vorführraum recht nüchtern. Die Wände waren weiß, und auf dem Boden lag graues Linoleum. Ringsum befanden sich Stangen, an denen die Hochzeitskleider hingen. Es war eine solche Menge, dass das einzelne Kleid nicht mehr zu erkennen war. Sara nahm lediglich eine geballte Masse aus Tüll und Spitze war. Zwischendurch glitzerte es, teilweise konnte sie Perlen erkennen. Sie fühlte sich völlig erschlagen.

»Wie soll ich da das richtige Kleid finden?«, fragte sie hilflos.

»Dafür bin ich ja da.« Brunhilde schaute sie nachdenklich an, maß sie mit Blicken von Kopf bis Fuß. »Was ist Ihr absolutes No-Go?«

»So ein weites Tüllding.« Sara beschrieb mit den Händen die ausladenden Röcke, die sie in den Brautzeitschriften gesehen hatte.

»Also keine Prinzessinnen-Kleider.« Brunhilde nickte verstehend.

»Aber meine Mutter hätte gerne so ein Kleid für mich.« Sara schaute die Ladeninhaberin an. »Wer ist bloß auf die Idee gekommen, Sie ausgerechnet Brunhilde zu nennen?«

Wie so oft hatte sie das ausgesprochen, was ihr gerade durch den Kopf ging, und brachte Brunhilde damit wieder zum Lachen.

»Meine Mutter erklärt es mit ihrer früheren Vorliebe für die Nibelungensage. Außerdem hat sie wohl erwartet, dass ich wie alle Frauen in ihrer Familie aussehe: groß, kräftig, dunkelhaarig … eben wie eine Walküre.«

Sara musste lachen. »Haben Sie Ihrer Mutter wegen des Vornamens je Vorhaltungen gemacht?«

»Ja, aber sie erwidert darauf immer nur, ich solle froh sein, dass ich nicht während ihrer Vorliebe für griechische Göttinnen zur Welt kam. Sonst hieße ich womöglich Aphrodite oder Gaia.«

Sie lachten beide.

»Ich hätte es nicht für möglich gehalten, dass ich so viel Spaß beim Kauf eines Hochzeitskleides habe«, sagte Sara.

»Dabei haben wir uns noch gar keine Kleider angesehen.« Brunhilde ging zu einem der Ständer und zog ein bombastisches Modell heraus – genau die Art von Kleid, die Sara auf keinen Fall haben wollte.

»Aber …«

»Ich weiß!«, sagte Brunhilde schnell. »Ziehen Sie es bitte trotzdem an.«

Sara zögerte.

»Für Ihre Mutter.« Brunhilde lächelte. »Es ist gut, wenn sie selbst sieht, dass diese Art von Kleid nicht zu Ihnen passt.«

Sara ließ sich überreden. Das Kleid war wunderschön. Der glitzernde Stoff schmiegte sich bis zur Taille eng an, um dann in einen weiten Rock auszulaufen, und der weiße Stoff bildete einen wundervollen Kontrast zu ihren dunklen Haaren. Jede Bewegung vor dem Spiegel gab ihr das Gefühl, sich in einer Märchenwelt zu befinden. Staunend betrachtete sie sich selbst.

»Kann es sein, dass Sie *mich* überzeugen wollen, nicht meine Mutter?«

Im Spiegelbild sah Sara, dass Brunhilde den Kopf schüttelte.

»Das Kleid steht Ihnen ausgezeichnet, aber …« Sie hielt inne, schien nach den richtigen Worten zu suchen.

»Es steht mir, aber es passt nicht zu mir«, half Sara nach.

»Genau das meine ich.«

»Ich bin mir nicht sicher, ob meine Mutter das auch bemerkt. Sie wird wahrscheinlich einfach nur begeistert sein und darauf bestehen, dass ich genau dieses Kleid nehme.«

»Vertrauen Sie mir einfach«, bat Brunhilde. Sie nahm Sara bei der Hand und führte sie nach nebenan.

Jeanette stellte ihr Glas ab und applaudierte begeistert.

»Genau so habe ich mir das vorgestellt«, rief sie entzückt.

Das habe ich befürchtet! Sara hatte das Gefühl, dass das Lächeln auf ihrem Gesicht allmählich einfror. Sie konnte sich nicht vorstellen, dass es ihnen jetzt noch gelang, Jeanette umzustimmen.

»Eigentlich musst du keine weiteren Kleider anprobieren.« Jeanette stand auf. »Ich schlage vor, wir nehmen es.«

Brunhilde hob abwehrend die Hände. »Jede Braut sollte mindestens drei oder vier Kleider anprobieren, bevor sie sich endgültig entscheidet.«

Jeanette war mit dieser Antwort sichtlich unzufrieden, trotzdem gab sie nach.

»Sie sind die Fachfrau«, räumte sie zähneknirschend ein.

Das nächste Kleid, das Sara präsentierte, nannte Brunhilde eine *A-Linie*. Es war schlicht, so wie Sara es sich vorgestellt hatte, aber auch das war nicht ihr Stil. Und da stimmten ihr nicht nur Olivia und Nadja, sondern auch Jeanette zu.

»Und jetzt zu unserem Meerjungfrauenkleid«, sagte Sara mit einem geheimnisvollen Lächeln, als sie den Bügel von der Stange nahm. Noch war das Kleid nicht zu erkennen, sondern lediglich cremefarbene Spitze.

Mit Brunhildes Hilfe streifte Sara es über. Sie musste die Augen schließen, als die Verkäuferin sie vor den Spiegel führte. Sie spürte, dass die Ladenbesitzerin hier und da ein wenig an dem Kleid zupfte und einen Träger zurechtschob.

»Jetzt dürfen Sie gucken«, sagte sie schließlich.

Sara öffnete die Augen und wusste sofort, dass sie ihr Kleid gefunden hatte. Die cremefarbene Spitze umspielte ihre schlanke Figur. Die schmalen Träger waren kaum zu spüren, und der Ausschnitt war tief, ohne zu viel zu zeigen. Selbst Jeanette würde das noch schicklich finden.

Und selbst wenn es ihr nicht gefällt, ich werde dieses Kleid tragen, dachte Sara entschlossen.

Als sie nach nebenan ging, sprang Nadja auf. Sie starrte Sara an und begann zu strahlen, während sich Olivias Augen mit Tränen füllten.

»Du siehst wunderschön aus.«

Jeanette sagte zuerst überhaupt nichts. Ihr Blick wanderte an Sara hinauf und hinunter.

»Ich hätte gerne das andere Kleid für dich gehabt«, sagte sie nach einer Weile. »Aber ich muss zugeben, dass dieses Kleid wie für dich gemacht ist.«

»Danke, Mama«, sagte Sara gerührt.

Kapitel 5

Sara erkannte all die Liebe in Pauls Augen, als sie sein Versprechen wiederholte: »Ich nehme dich zu meinem angetrauten Mann. Ich will dich lieben, achten und ehren alle Tage meines Lebens, in guten und in schlechten Zeiten, in Gesundheit und Krankheit.« Während sie sprach, streifte sie den Ehering über seinen Finger, so wie er es eben bei ihr gemacht hatte.

Pastor Mahler griff nach ihren Händen und legte sie ineinander.

»Die Liebe erträgt alles, sie glaubt alles, sie hofft alles, sie duldet alles.«

Es war mucksmäuschenstill in der Kirche, und dann war überlaut Noahs Stimme zu hören: »Müssen Tante Sara und Onkel Paul noch lange heiraten?«

Natürlich fand die Feier in Blankenese statt und selbstverständlich in Jeanettes und Richards Lieblingsrestaurant, doch heute waren da nur die geladenen Gäste der Hochzeitsgesellschaft zugelassen.

Aus den weit geöffneten Terrassentüren war der Blick frei bis zur Elbe, und man konnte die Schiffe bewundern, die aus der ganzen Welt kamen. Es war ein wundervoller Tag Ende Juni. Die Sonne schien warm von einem wolkenlos blauen Himmel.

Etwas anderes hätte Mutter auch gar nicht zugelassen, dachte Sara amüsiert.

»Wer sind all die Leute?«, flüsterte Paul, als eine Gruppe älterer Männer vorbeiging, die sich mit Gernot unterhielten.

»Geschäftspartner meines Vaters«, gab Sara ebenso leise zurück. »Du erinnerst dich? Meine Mutter war der Meinung, dass sie eingeladen werden müssen. Zumindest ist Gernot so damit beschäftigt, geschäftliche Kontakte zu knüpfen, und geht uns nicht auf die Nerven.«

Tatsächlich sah sie ihren Schwager an diesem Abend kaum.

»Kinder, da seid ihr ja.« Pauls Eltern, Gisa und Udo, kamen zu ihnen.

»Sara, du siehst zauberhaft aus.« Gisa schloss sie herzlich in die Arme. Bestimmt zum vierten Mal, seit sie aus der Kirche gekommen waren. Ihre eigene Mutter hingegen hatte sie nicht ein einziges Mal umarmt.

Ganz schnell schob Sara diese Gedanken beiseite. Sie war glücklich, daran konnte auch das Verhalten ihrer Mutter nichts ändern. Und eigentlich war Sara sogar froh darüber, dass Jeanette heute auf ihre ganz eigene Weise ebenfalls glücklich war. Wenn sie das nicht verband, was dann?

»Schön, dass ihr auch noch gemeinsam mit uns eure Hochzeit feiert.« Pauls Vater Udo strahlte vor Freude. Liebevoll klopfte er seinem Sohn auf die Schulter. »Und ganz offensichtlich hast du die Begeisterung fürs Auswandern von uns geerbt.«

Paul nickte. »Ich hoffe, ihr besucht uns da mal.«

»Familientreffen in Kanada statt auf Mallorca.« Gisa klatschte begeistert in die Hände.

Inzwischen waren auch Nadja und ihr Mann Cornelius dazugekommen. Die beiden warfen sich einen Blick zu, dann schüttelte Nadja den Kopf.

»Soweit es uns betrifft, wird daraus vorerst nichts …«

Sie griff nach Cornelius' Hand. Der spindeldürre Mann überragte sie um einen ganzen Kopf. Zärtlich schaute er auf sie hinab.

»Sag du es ihnen«, forderte er sie auf.

»Wir bekommen ein Baby.« Nadja strahlte vor Glück.

Sara umarmte ihre Schwägerin. »Ich freue mich so für euch!«

Sie schaute an Nadja vorbei – und erstarrte plötzlich.

»Was macht die denn hier?«, fragte sie fassungslos.

Paul folgte ihrem Blick und wirkte mit einem Mal schuldbewusst.

»Tut mir leid, aber ich habe vergessen, es dir zu sagen. Sie ist mit Tobias hier.«

»Wieso bringt Tobias deine Ex zu unserer Hochzeit mit?«

»Es geht ihr nicht gut«, antwortete Paul.

»Ich finde es auch sehr unpassend, dass sie hier auftaucht«, sagte Nadja.

Sie hatte Sara einmal anvertraut, dass sie Larissa nicht ausstehen konnte.

»Das mit Paul und ihr ist doch schon so lange her …« Gisa brach ab, als Larissa näher kam – mit einem verlegenen Lächeln und in einem malvenfarbenen Kleid, das ihren perfekten Körper betonte. Ihre blonden Haare trug sie hochgesteckt. Ihr Make-up war dezent und unterstrich ihre natürliche Schönheit. Sie war die Frau, nach der sich alle umdrehten, wenn sie einen Raum betrat.

»Larissa, wie schön, dich mal wieder zu sehen.« Gisa schloss sie wie selbstverständlich in die Arme.

»Ich freue mich auch sehr.« Nach Gisa umarmte Larissa auch Udo. Als sie sich Nadja zuwandte, trat die einen Schritt zurück.

»Hallo Nadja.« Larissa bedachte Pauls Schwester mit einem spöttischen Lächeln.

Nadja nickte nur knapp.

Cornelius schien überhaupt nicht zu wissen, wie er sich verhalten sollte. Verunsichert schaute er sich um, reichte Larissa schließlich die Hand und murmelte einen flüchtigen Gruß.

Jetzt konzentrierte sich Larissa nur noch auf Paul. Sie flog auf ihn zu und umarmte ihn.

»Herzlichen Glückwunsch. Ich wünsche dir alles, alles Gute. Wenn es ein Mensch verdient hat, glücklich zu werden, dann bist du das.«

»Ich danke dir.« Paul drückte sie fest an sich. Es war ihm anzusehen, wie sehr ihre Worte ihn berührten. »Es freut mich, dass gerade du das sagst.«

Larissas Lachen klang gekünstelt. Sie löste sich aus der Umarmung und schaute ihm unverwandt ins Gesicht.

»Meinst du wegen früher?« Sie machte eine wegwerfende Handbewegung. »Das ist doch alles vorbei und vergessen. Ich bin froh, dass wir immer noch Freunde sind.«

»Ja, das freut mich auch sehr.« Paul griff nach ihren Händen. »Es ist schön, dass du da bist.«

Langsam drehte Larissa sich um. Sie lächelte immer noch, als sie jetzt Sara anschaute, und doch veränderte sich etwas in ihrem Gesicht. Es lag am Ausdruck ihrer Augen, die sich minimal verengten. An der Botschaft, die sie ihr stumm sandte: *Er gehört nicht dir!*

Genau das hatte Larissa einmal zu ihr gesagt. Auf einer Party bei Tobias, als der gesamte Freundeskreis zugegen gewesen war, zu dem Paul bereits gehört hatte, lange bevor er und Sara sich kennenlernten.

Larissa hatte Sara den ganzen Abend nicht aus den Augen gelassen, offensichtlich viel zu viel getrunken, und dann waren sie sich alleine begegnet. Auf der Treppe, die zu den Waschräumen führte.

»Ich war lange vor dir da«, hatte Larissa sie angezischt. »Und ich werde auch noch da sein, wenn du längst wieder verschwunden bist. Er gehört nicht dir!« Dabei hatte ein unheilvoller Glanz in ihren Augen gelegen, und genau dieses Leuchten erkannte Sara auch jetzt wieder.

Als Larissa sie umarmte, hätte Sara sie am liebsten von sich gestoßen. Stattdessen tat sie so, als wäre nichts, und bedankte sich, als Larissa auch ihr gratulierte.

»Ich hoffe, es stört dich nicht, dass ich hier bin«, sagte sie, und ein provozierendes Lächeln umspielte ihre Lippen. »Immerhin bin ich die Vergangenheit deines Mannes.«

»Das stört mich überhaupt nicht«, log Sara. »Wie du schon sagtest, bist du nur die Vergangenheit, während ich Pauls Gegenwart und Zukunft bin.«

Sara konnte erkennen, dass sie Larissa mit ihrer Bemerkung traf. Für einen kurzen Moment verlor Pauls Ex-Freundin die Kontrolle über ihre Mimik. Ihr Gesicht verzerrte sich … doch dann lächelte sie schon wieder.

»Es kann sich so vieles ändern, und zwar innerhalb von ganz kurzer Zeit!«

Nadja trat neben Sara und hängte sich bei ihr ein. Sie hatte offensichtlich jedes Wort verstanden, während Paul sich gerade mit seinen Eltern unterhielt und sie mit Angus bekannt machte.

»Hast du Larissa schon erzählt, dass ihr auswandern werdet?« Nadja schaute Larissa ins Gesicht, als wolle sie sich keine ihrer Reaktionen entgehen lassen. »Die beiden ziehen nach Kanada.«

»Nein!« Larissa schüttelte den Kopf. »Das hätte Paul mir bestimmt erzählt.«

»So wichtig bist du nun wirklich nicht mehr für ihn, dass er solche Pläne ausgerechnet mit dir bespricht.« Nadja drückte Saras Arm ganz fest. »Das geht nur noch die Frau etwas an, die er liebt. – Sara, sag ihr, dass ihr nach Kanada auswandert.«

»Ja«, bestätigte Sara automatisch. »Das haben wir vor, und zwar noch in diesem Jahr.«

Möglicherweise hegte Larissa wirklich die Hoffnung, Paul wieder für sich zu gewinnen, und wahrscheinlich änderte selbst seine Hochzeit mit Sara nichts an ihren Absichten. Doch wenn Paul in Kanada lebte, war er für Larissa nicht mehr erreichbar.

Als würde sie nach Halt suchen, griff sie nach Pauls Arm. Der unterbrach daraufhin seine Unterhaltung und schaute sie befremdet an.

»Du ziehst nach Kanada?«

Paul sah offensichtlich nicht, wie sehr Larissa das schockierte, denn ein strahlendes Lächeln erhellte sein Gesicht.

»Ist das nicht fantastisch? Wie du weißt, habe ich schon lange mit dem Gedanken gespielt.« Paul trat näher an Sara heran und legte ihr einen Arm um die Schultern. »Und jetzt bin ich mit einer Frau verheiratet, die meinen Traum teilt. Wie viel Glück kann ein Mann haben?«

Larissa lächelte schwach. »Dann gibt es ja gleich zwei Gründe, euch zu gratulieren.«

»Ja.« Es war Paul anzusehen, dass er rundherum glücklich und zufrieden war, und das war für Sara ein beruhigendes Gefühl. Larissa hatte ihre Chance vertan. Sie war diejenige gewesen, die die Beziehung beendet hatte, und Paul hatte Sara einmal anvertraut, dass er sehr darunter gelitten hatte. Doch das war jetzt offensichtlich vorbei.

Kurz darauf wurden sie abgelenkt, als ein Besucher eintraf, mit dem niemand gerechnet hatte.

»Josh!«

Josh grinste sie abwechselnd an. Er trug Jeans und T-Shirt, dazu einen unförmigen Rucksack auf dem Rücken. Kein Wunder, dass Jeanette mit aufgebrachter Miene herbeigeeilt kam.

»Entschuldigt bitte meine Aufmachung«, bat er, »aber ich komme direkt vom Flughafen. Ich wollte doch unbedingt bei eurer Hochzeit dabei sein.«

Sara winkte ab. Sie freute sich unbändig, ihn zu sehen.

»Das ist alles nicht wichtig«, versicherte sie. »Hauptsache, du bist da.«

Als Paul und Josh sich begrüßten, bemerkte Sara, dass Larissa sich entfernte. Sie sah sie danach den ganzen Abend nicht mehr und vergaß in all ihrem Glück, dass sie überhaupt da gewesen war.

Nach und nach redeten sie und Paul mit allen anderen Gästen. Jeanette behielt die Fäden in der Hand, und nachdem er sich in einem der Waschräume umgezogen hatte, arrangierte sie sich auch mit dem kanadischen Gast.

Es wurde ein rauschendes Fest. Nach dem Essen spielte eine Band zum Tanz auf. Unterschiedliche Generationen und Gesellschaftsschichten vermischten sich und hatten viel Spaß miteinander.

Jeanette strahlte, weil die Gäste, auf deren Anwesenheit sie so großen Wert gelegt hatte, ihr zur Organisation dieser Hochzeitsfeier gratulierten. Das alles beflügelte sie so sehr, dass sie bis in die frühen Morgenstunden durchhielt und auch noch die letzten Gäste verabschiedete.

»Schade, jetzt ist es vorbei«, sagte sie anschließend betrübt.

Paul schüttelte den Kopf und zog Sara lächelnd in die Arme.

»Ganz im Gegenteil«, sagte er zärtlich. »Jetzt fängt es erst an.«

Josh blieb zwei Wochen in Hamburg und machte danach eine Reise durch Europa, bevor er Ende Juli wieder bei Sara und Paul auftauchte.

»Morgen geht es zurück nach Kanada.« Er grinste. »Und wann kommt ihr?«

»Irgendwann im Oktober«, sagte Sara. »Wir sind noch auf der Suche nach einem Haus.«

Eigentlich hatten sie gehofft, dass sie bereits den Sommer in Kanada verbringen würden, aber es gab einfach zu viele bürokratische Hürden. Außerdem hatten sie erst jetzt einen ernsthaften Interessenten für ihre Wohnung gefunden. Die Verhandlungen liefen allerdings noch.

»Außerdem feiert mein Vater am fünften Oktober seinen fünfundsechzigsten Geburtstag, und er hat durchblicken lassen, dass er uns gerne dabeihätte«, erklärte Sara.

»Aber ihr kommt ganz bestimmt nach Kanada?«, vergewisserte sich Josh.

»Ganz bestimmt!«, versicherten Sara und Paul gleichzeitig.

Zwei Tage nach Joshs Abreise erhielten Sara und Paul endlich ihren *Permanent Residence Status*, der es ihnen ermöglichte, in Kanada zu leben und zu arbeiten.

»Jetzt fehlt uns nur noch ein Haus.« Sara umarmte Paul.

»Und die Unterschrift unter dem Kaufvertrag für unsere Wohnung«, gab Paul zu bedenken. »Ich glaube, wenn wir mit dem Preis noch ein bisschen nach unten gehen, unterschreibt Herr Bormann sofort.«

»Lass uns warten, bis wir für uns das richtige Objekt gefunden haben«, bat Sara und küsste ihn auf den Mund. »Kannst du uns heute Abend eine Pizza bestellen? Ich muss noch arbeiten.«

Aktuell saß sie an der Übersetzung der Bedienungsanleitung eines Luftreinigers, die sie spätestens übermorgen abgeben musste.

Sie hatte sich gerade in die Arbeit vertieft, als Paul zu ihr kam, sein Notebook in den Händen und sichtlich aufgeregt.

»Das musst du dir ansehen«, stieß er hervor.

Er setzte sich neben sie, klappte den Deckel hoch und präsentierte ihr ein Haus, das sie sofort erkannte.

»Das ist doch …«

»Genau!« Vor Aufregung ließ er sie nicht ausreden. »Das ist das Haus am Ufer des Okanagan Lake in Springfield. Es steht zum Verkauf.«

Saras Blick fiel auf den Preis, der unterhalb des Fotos angegeben war.

»Das können wir uns nicht leisten«, stellte sie traurig fest. »Das ist ein Drittel mehr, als wir eingeplant haben.«

»Ich weiß.« Paul wirkte für einen kurzen Moment ziemlich mutlos, doch gleich darauf war er wieder voller Hoffnung. »Ich rede mit der Bank«, sagte er eifrig. »Und ich versuche, den Verkäufer runterzuhandeln.«

»Winnie hat gemeint, das sei ein komischer Typ«, erinnerte ihn Sara.

»Ob ich Winnie bitten soll, mit ihm zu reden?« Er schaute sie fragend an, dann schüttelten beide gleichzeitig mit dem Kopf.

Winnie meldete sich inzwischen kaum noch bei ihnen. Sie hatte das einmal damit entschuldigt, dass sie gerade in den Sommermonaten viele Führungen hatte, doch Sara war sich nicht sicher, ob Joshs Tante überhaupt großen Wert darauf legte, den Kontakt zu ihnen zu halten.

»Und wenn wir Josh fragen?«

»Dann würde er genau das machen, was wir beide gerade ausgeschlossen haben.« Paul schmunzelte ein wenig. »Er würde Winnie einspannen.«

Sara zuckte mit den Schultern. »Also müssen wir auf ein Wunder hoffen.«

Am nächsten Tag telefonierte Sara mit ihrer Schwester, um mit ihr gemeinsam zu überlegen, was sie ihrem Vater zum Geburtstag schenken wollten.

»Ein paar freie Tage, wo auch immer«, schlug Olivia spontan vor. »Nur weit genug weg von Mama, damit er sich ein bisschen erholen kann.«

Sara musste lachen. »Ich glaube, er fühlt sich durch sie nicht so gestresst. Immerhin hält er es schon siebenunddreißig Jahre mit ihr aus.«

»Mir fällt einfach nichts ein.« Olivia stöhnte. »Was schenkt man Menschen, die schon alles haben?«

»Ich finde die Idee mit einer kurzen Auszeit gar nicht so schlecht«, sagte Sara nachdenklich. »Vielleicht eine gemeinsame Schiffsreise. Es muss ja keine riesige Kreuzfahrt sein.« Ein bisschen kleinlaut fügte sie hinzu: »Etwas allzu Teures können wir uns so kurz vor unserer Auswanderung auch nicht leisten.«

»Wie sieht es denn aus mit euren Plänen?«, erkundigte sich Olivia. »Es wird dich nicht allzu sehr wundern, dass ich mich über jeden Tag freue, den ihr länger bleibt.«

»Dabei ist es in deinem Fall eigentlich egal, ob wir in Hamburg oder in Kanada leben«, erwiderte Sara prompt. »Wir sehen uns ohnehin kaum.«

»Ja, das stimmt.« Mit einem Mal war alle Fröhlichkeit aus Olivias Stimme gewichen. »Und ich weiß auch, dass das vor allem an mir liegt.«

»In letzter Zeit hatte ich auch nicht viel Zeit«, versuchte Sara ihrer Schwester das schlechte Gewissen zu nehmen. »Die ganzen Vorbereitungen, der Verkauf der Wohnung, dazu noch mein Job … Wir kratzen jeden Cent zusammen. Eigentlich haben wir unser Traumhaus ja schon gefunden …« Sara lachte, auch wenn ihr eigentlich nicht danach zumute war. »Leider können wir uns das nicht leisten. Paul will zwar versuchen, mit dem Verkäufer zu verhandeln und bei der Bank um einen Kredit zu bitten, aber ich fürchte, dass er wenig Erfolg haben wird.«

»Das tut mir aufrichtig leid.« Olivia verstummte einen Moment. »Ich drücke euch beide Daumen, dass ihr doch noch irgendwie zu eurem Traumhaus kommt«, sagte sie dann. »Auch wenn ich dich nicht gerne nach Kanada ziehen lasse.«

»Besucht uns einfach, wenn wir da leben. Dann wirst du unsere Faszination für das Land besser verstehen.«

»Mit Familie?«, zog Olivia sie auf.

»Natürlich kannst du die Kinder mitbringen …« Sara machte eine kurze Pause. »Und von mir aus auch Gernot.«

»Lass uns noch ein bisschen über Papas Geburtstagsgeschenk nachdenken und in ein paar Tagen wieder miteinander telefonieren«, wechselte Olivia rasch das Thema.

Sara war einverstanden und verabschiedete sich von ihrer Schwester.

Zwei Stunden später erhielt sie einen Anruf, der sie überraschte. Auf dem Display stand »*Papa*«.

Sara hatte die Handynummer ihres Vaters eingespeichert, obwohl er sie noch nie angerufen hatte.

»Hallo, Papa«, meldete sie sich beunruhigt. »Ist etwas passiert?«

»Können wir uns morgen in meinem Büro treffen?«

Sara antwortete nicht sofort.

»Bist du noch da?«, rief ihr Vater ungeduldig in den Hörer.

»Ja.« Sara hatte sich noch immer nicht von ihrer Überraschung erholt. »Warum rufst du mich an?«

»Das sagte ich doch gerade. Ich möchte, dass du morgen zu mir ins Büro kommst.«

»Kannst du mir nicht einfach am Telefon …«

»Nein«, fiel er ihr ins Wort. »Ich möchte persönlich mit dir reden. Passt dir zehn Uhr?«

Das ganze Telefonat war so ungewöhnlich, dass sie automatisch zustimmte.

»Bis morgen.« Damit war das Gespräch beendet.

In den nächsten Stunden waren Sara und Paul mit der Frage beschäftigt, was Richard wohl mit ihr besprechen wollte.

»Und dann auch noch in seinem Büro. Warum hat er mich nicht in die Villa bestellt?«

»Vielleicht soll deine Mutter nichts von dem Gespräch mitbekommen«, überlegte Paul. »Kann es sein, dass er eine Überraschung für sie geplant hat und dazu deine Hilfe braucht?«

»Ja … Vielleicht …« Sara dachte nach. »Und natürlich werde ich ihm helfen, wenn er mich darum bittet. Es macht mich aber verrückt, dass ich bis morgen warten muss, bevor ich erfahre, was er von mir will.«

Pünktlich um zehn Uhr erschien Sara am nächsten Tag in der Firma ihres Vaters. Sie war als junges Mädchen das letzte Mal hier gewesen.

Richards Sekretärin, Jutta Müller, kannte sie nicht und wusste trotzdem sofort, wer sie war.

»Auf dem Schreibtisch Ihres Vaters steht ein Foto von Ihnen und Ihrer Schwester. Und natürlich von Ihrer Mutter.« Jutta Müller lächelte. »Herzlichen Glückwunsch noch zur Hochzeit.«

»Vielen Dank. Ich hätte nie gedacht, dass mein Vater in der Firma über private Dinge redet oder sogar Fotos von uns auf seinem Schreibtisch aufstellt.«

»Ihr Vater spricht oft von Ihnen. Ich glaube, er ist sehr stolz auf Sie.«

Sara wusste nicht, was sie dazu sagen sollte. Jutta Müller schien ihren Vater besser zu kennen als sie selbst.

»Gehen Sie durch«, sagte die Sekretärin mit einer Handbewegung in Richtung Bürotür. »Ihr Vater wartet bestimmt schon auf Sie.«

Sara nickte, doch als sie an der Tür klopfte, fühlte sie sich mit einem Mal beklommen.

Ihr Vater saß hinter seinem massiven Schreibtisch und notierte gerade etwas. Lächelnd stand er auf und kam mit ausgestreckter Hand auf sie zu.

»Schön, dass du da bist«, begrüßte er sie.

»Falls du mich neugierig machen wolltest, ist dir das hervorragend gelungen.« Sara setzte sich auf den bereitstehenden Stuhl vor dem Schreibtisch, während ihr Vater wieder dahinter Platz nahm.

Richard räusperte sich. Er schien nicht so richtig zu wissen, wie er anfangen sollte.

Sara versuchte sich ihre zunehmende Ungeduld nicht anmerken zu lassen.

»Was ist los, Papa?«

Als ihr Vater begann, wurde Sara bewusst, dass er keineswegs nach den richtigen Worten gesucht hatte, sondern lediglich die Spannung steigern wollte.

»Ich habe gehört, dass ihr in Kanada ein Haus gefunden habt.«

»Hat Olivia dir das erzählt?« Sara wartete seine Antwort nicht ab, sondern sprach gleich weiter. »Ein Haus gefunden wäre zu viel gesagt. Es ist ein Traum an einem See, aber wie das mit

Träumen so ist …« Sie hob lächelnd die Hände. »… sie lassen sich nur selten realisieren.«

»Dem würde ich nicht unbedingt zustimmen«, sagte Richard langsam.

Allmählich begriff Sara. »Ich will kein Geld von dir, Papa!«

»Das weiß ich doch.« Richard lächelte sanft. »Du hast mich noch nie um Geld gebeten, ganz im Gegensatz zu Olivia.«

»Olivia?« Sara starrte ihren Vater verblüfft an. Ausgerechnet Olivia? Warum fragte sie nicht einfach ihren Mann? Oder waren die Spannungen zwischen den beiden mittlerweile so groß, dass Gernot ihr kein Geld mehr gab?

»Nicht für sich«, erwiderte Richard ausweichend. »Sondern …« Er brach ab. Für einen Moment wirkte es, als sei er tief in seine Gedanken versunken. »Es wäre deiner Schwester bestimmt nicht recht, wenn ich mit dir darüber rede«, hub er dann wieder an. »Und das ist auch nicht das Thema. Fakt ist, dass dir die Summe zusteht, die auch Olivia bekommen hat. Und da Olivia das ebenso sieht, hat sie mich gestern nach eurem Telefonat angerufen.«

»Aber du hast schon die Hochzeit bezahlt.«

Ein Lächeln umspielte seine Lippen. »Eine Hochzeit, die du eigentlich nicht wolltest. Du und Paul habt trotzdem zugestimmt und mir einen großen Gefallen erwiesen, indem ihr Jeanette die Organisation der Feier überlassen habt. Sie war glücklich, und dafür zahle ich wiederum sehr gern.«

Sara erkannte, wie sehr ihr Vater ihre Mutter liebte.

Ich hoffe für dich, dass sie diese Liebe im gleichen Maß erwidert, dachte sie.

Aber vielleicht war es ja so. Sie war nun einmal in einer Familie großgeworden, in der Gefühle nicht gezeigt wurden.

»Es ist nett, dass du dir solche Gedanken machst, Papa. Aber wir brauchen dein Geld wirklich nicht. Paul und ich arbeiten, außerdem haben wir einen Käufer für unsere Wohnung gefunden.«

Dass der aber wahrscheinlich nicht zum regulären Preis kaufen wollte, verschwieg sie.

Richard ignorierte ihren Einwand. »Wie viel fehlt euch denn für die Erfüllung eures Traums?«

Stockend nannte Sara ihm die Summe.

Ihren Vater schien das nicht sonderlich zu beeindrucken. Er schrieb etwas auf, dann schob er einen Scheck über den Schreibtisch.

»Mein Hochzeitsgeschenk an dich und Paul«, sagte er herzlich.

Sara schüttelte den Kopf. »Papa, das kann ich nicht annehmen.«

»Du kannst natürlich auch warten, bis ich tot umfalle und dir dein Erbe ausgezahlt wird ...«

»Papa!«, rief Sara entsetzt.

Richard lächelte und schob den Scheck noch ein Stückchen weiter in ihre Richtung. »Es wäre mir eine große Freude, wenn ich euch dabei helfen kann, euren Traum wahr werden zu lassen.«

»Danke, Papa.« Sara stand auf, ging um den Schreibtisch herum und umarmte ihren Vater, der ebenfalls aufgestanden war. Sie mochte ihn gar nicht mehr loslassen, diesen großen, kräftigen Mann, der ihr heute zum ersten Mal einen Blick in seine Gefühlswelt erlaubt hatte.

Einen Moment hielt ihr Vater sie ganz fest umschlungen, doch dann wurde es ihm offensichtlich zu viel. Er räusperte seine Gefühlsseligkeit weg und schob Sara von sich. Sein Lächeln wirkte ein wenig verlegen.

»Es tut mir leid, aber ich muss mich schon wieder von dir verabschieden«, erklärte er entschuldigend. »Ich habe in fünf Minuten ein wichtiges Telefonmeeting und möchte mich noch darauf vorbereiten.«

Sara spürte einen Kloß im Hals. Sie überlegte, ob sie ihrem Vater sagen sollte, wie lieb sie ihn hatte. Doch als sie ihm ins Gesicht schaute, wurde ihr bewusst, dass ihn solche Worte überforderten.

Paul war ebenso fassungslos wie sie, als sie ihm später den Scheck vorlegte.

»Können wir das wirklich annehmen?«

»Es war Papa sehr wichtig, dass wir das tun. Außerdem hat Olivia auch Geld von ihm bekommen. Oder vielmehr Gernot. Jedenfalls habe ich das so verstanden.«

»Der unfehlbare Gernot, der ständig mit seinem angeblichen Vermögen prahlt, hat Geld von deinem Vater benötigt?« Paul lachte schadenfroh.

»Bitte sag nichts, wenn du ihm das nächste Mal begegnest«, bat Sara nervös.

»Natürlich nicht.« Paul runzelte unwillig die Stirn. »Du solltest mich eigentlich besser kennen.«

»Entschuldige bitte.« Sara setzte sich zu ihm an den Esstisch. »Ich bin noch ganz verwirrt. Ohne dass es ausgesprochen wurde, ist heute Morgen so viel zwischen Papa und mir passiert.«

Paul klappte den Deckel seines Notebooks zu, das vor ihm auf dem Tisch stand.

»Willst du darüber reden?«

»Später.« Sara musste sich erst selbst mit dem auseinandersetzen, was die Begegnung mit ihrem Vater in ihr ausgelöst hatte. Sie deutete auf Pauls Laptop. »Zeig mir doch bitte noch einmal das Haus.«

Paul ließ sich nur zu gern ablenken. Er strahlte über das ganze Gesicht, während er ihr das Holzhaus am See präsentierte.

Beim ersten Mal hatte sie nur flüchtig durch die Bilder gescrollt, weil für sie ohnehin festgestanden hatte, dass sie sich dieses Objekt einfach nicht leisten konnten. Doch jetzt betrachtete sie aufmerksam jedes Foto. Den großen Wohnraum mit den verglasten Verandatüren, die einen traumhaften Blick auf den See boten. Daran anschließend die recht altmodisch anmutende Küche.

»*Vorsichtig renoviert, um den Charme vergangener Tage zu erhalten*«, stand in der Beschreibung.

Vom Flur aus führte eine breite, geschwungene Treppe in die obere Etage. Auch dazu wurde wieder die sorgfältige Restaurierung erwähnt.

In der oberen Etage gab es sechs Zimmer unterschiedlicher Größe, alle mit einem Ausgang zum umlaufenden Balkon, und drei Bäder.

»Wir könnten Zimmer vermieten. So eine Art Bed & Breakfast.« Offensichtlich hatte Paul sich darüber schon im Vorfeld Gedanken gemacht. »Ich habe mal ausgerechnet, wie viel wir damit verdienen können, um einen Bankkredit abzuzahlen. Jetzt können wir das immer noch machen, aber damit Geld verdienen.«

Sara war sich noch unschlüssig. Sie betrachtete die nächsten Bilder, auf denen der Kamin im Wohnraum zu sehen war. Durch die gläserne Verandatür konnte sie Schneeflocken sehen.

Der Raum war behaglich eingerichtet. Ein breites Sofa, tiefe Sessel und flauschige Teppiche. Die Einrichtung stand mit zum Verkauf.

»Da könnten wir in ein paar Monaten sitzen und abwechselnd ins Feuer oder auf den See schauen, während es draußen schneit.«

Sara interessierte sich im Moment eher für die Aussagen im Text. Eine trat besonders hervor: *Privatverkauf! Keine Maklergebühr!*

»Das ist alles zu schön, um wahr zu sein.« Nachdem seit ihrer Rückkehr aus Kanada alles so schleppend verlaufen war, konnte sie kaum daran glauben, dass sich das Blatt nun wenden sollte. Und tatsächlich gab es ja noch immer einen Punkt, der nicht abgehakt war … »Wir haben die Wohnung noch nicht verkauft. Und das Geld brauchen wir, um uns unser Traumhaus zu kaufen.«

»Alles wird gut.« Paul lächelte zuversichtlich. »Wir können es uns jetzt leisten, Herrn Bormann tatsächlich mit dem Preis ein wenig entgegenzukommen.«

Sara begann zu strahlen, hatte aber gleichzeitig Angst, sich zu sehr zu freuen.

Es war, als würde sich ab diesem Tag alles zum Besseren wenden. Frank Bormann unterschrieb den Kaufvertrag für die Wohnung, ohne einen weiteren Versuch zu unternehmen, den Preis zu drücken, und der Kauf ihres Traumhauses in Kanada gestaltete sich auch ohne Probleme.

Da das Haus in Kanada möbliert war, konnten sie sich die teuren Verschiffungskosten ihrer Möbel sparen. Nur die Dinge, die ihnen wirklich wichtig waren, nahm eine Spedition als Beiladung mit nach Kanada. Die Kosten waren zwar überschaubar, dafür hatten sie keinen festen Liefertermin.

Ihre Notebooks, die sie beide beruflich benötigten, kamen ins Handgepäck; und die Reisetaschen mit ihrer Kleidung gaben sie am Abend vor ihrer Abreise auf.

Es war seltsam, ein letztes Mal durch die leere Wohnung zu gehen. Sara spürte eine stille Wehmut in sich, die im Moment sogar die Vorfreude auf die Zukunft dämpfte.

Paul erging es offenbar nicht anders.

»Wir waren sehr glücklich hier«, sagte er mit belegter Stimme.

Sara griff nach seiner Hand. »Das bleiben wir, wo immer wir auch sind …«

Kapitel 6

Auf den Tag genau zehn Monate, nachdem sie das erste Mal hier angekommen waren, landeten sie erneut auf dem *International Airport Vancouver*. Heute erwartete sie kein grauer Himmel und keine verschneite Landschaft. Stattdessen wurde der mattblaue Himmel von herbstlichem Sonnenlicht erhellt.

»Wir sind zu Hause«, sagte Paul.

Sara schaute ihn überrascht an. »Empfindest du schon so?«

»Ich wollte wissen, wie es sich anfühlt, wenn ich es ausspreche. Aber nein, es ist noch nicht wie zu Hause, sondern wie gerade angekommen.«

»Das ist kein schlechtes Gefühl«, sagte Sara nachdenklich und begann plötzlich zu lachen. »Und schließlich ist ja auch nicht der Flughafen unser Zuhause, sondern das Haus am Okanagan Lake. Ich kann es kaum abwarten, dass wir endlich da sind.«

Ein Ruck ging durch die Maschine, als sie aufsetzte. Viele Passagiere klatschten Beifall. Sara nicht.

»Warst du nicht zufrieden mit der Landung?«, fragte Paul amüsiert.

»Ich habe einmal gelesen, dass sich bei manchen Piloten die Freude über das Klatschen in Grenzen hält. Immerhin drücken die Passagiere damit aus, dass sie froh sind, wieder heil auf dem Boden angekommen zu sein.«

»Also, in meinem Fall ist das definitiv so.« Paul grinste. »Da ich die Technik nicht verstehe, ist es für mich immer wieder ein Wunder, dass sich ein stählernes Ungetüm in die Luft erhebt und erst nach einer Weile wieder hinunterkommt.«

»Ich kann dir die Technik gerne erklären.«

Diesmal wirkte Paul überrascht. »Sag bloß, du hast auch schon Bedienungsanleitungen für Flugzeuge übersetzt?«

»Nein, dazu haben die Hersteller ihre eigenen Leute. Aber ich habe einmal eine Broschüre für eine Fluggesellschaft übersetzt, die Seminare für Passagiere mit Flugangst veranstaltet. Da gab es viele technische Informationen. Vielleicht wäre das auch etwas für dich.«

»Lieber nicht. So groß ist meine Flugangst noch nicht. Aber das ändert sich vielleicht, wenn ich zu viele technische Details kenne und weiß, was alles kaputtgehen kann.«

Sara lachte laut auf. Sie nahm Pauls Hand und drückte sie ganz fest.

»Vorerst gibt es keine Flüge mehr für uns beide«, versprach sie.

»Ja, das ist …« Er verstummte und wirkte einen Moment sehr in sich gekehrt. Dann schaute er sie wieder an. »… beruhigend?« Sein Blick wurde fragend. »Oder nicht?«

Sara war erschrocken. »Zweifelst du inzwischen an unserer Entscheidung?«

Paul schüttelte sofort den Kopf. »Es ist immer noch mein Wunsch, hier zu leben. Ich habe nur manchmal Angst, dass wir nicht alles bedacht haben. Und wenn ich dann versuche, mir auszumalen, was alles passieren könnte …« Er brach ab. »Verdammter Angus«, stieß er hervor. »Er hat mir in den vergangenen Wochen zu viele Horrorgeschichten von Auswanderern erzählt.«

»Vielleicht hat er gehofft, dass er dich so umstimmen kann. Bist du sicher, dass all diese Geschichten der Wahrheit entsprechen?«

»Nein.« Paul lachte jetzt auch wieder. »Ich wünschte, er würde endlich so viel Energie und Fantasie in seinen Roman investieren. Er muss unbedingt bald abgeben.«

»Schafft er das?«

»Er muss.« Paul wirkte jetzt ziemlich verbissen. »Ich könnte möglicherweise eine weitere Verlängerung im Verlag erwirken, aber das will ich nicht. Ich bin nun Freiberufler. Wir brauchen das Honorar, das ich für die Bearbeitung seines Romans bekomme.«

»Dann hoffe ich inständig, dass du noch andere Autoren betreust, die zuverlässiger sind.«

»Ja, einige. Das weißt du doch«, sagte er. Es klang aber ein bisschen so, als müsse er sich selbst beruhigen.

»Alles wird gut«, versicherte Sara. »Ich hatte damals auch Angst, als ich meine Festanstellung aufgegeben habe, um freiberuflich zu arbeiten.«

»Ich habe keine Angst.« Paul verzog das Gesicht zu einem sehr bemühten Lächeln, gab dann aber zu: »Ich bin nur ein bisschen unsicher.«

Inzwischen hatte die Maschine die Landebahn verlassen und rollte vor dem Flughafengebäude aus. Trotz der Ansage der Flugbegleiterin, dass bitte alle angeschnallt bleiben sollten, bis sie die endgültige Parkposition erreicht hatten, sprangen die ersten Passagiere auf, öffneten die Boxen über den Sitzen und drängten zu den Ausgängen, als die Türen geöffnet wurden.

Sara und Paul gehörten auch diesmal wieder zu den Letzten, die das Flugzeug verließen.

»Danke, dass Sie mit *Canada Flight* geflogen sind«, verabschiedete sich die Flugbegleiterin mit einem strahlenden Lächeln. Ganz so, als wäre das kein einstudierter Spruch, sondern Worte, die von Herzen kamen. »Wir wünschen Ihnen einen angenehmen Aufenthalt in Vancouver.«

Sie bedankten sich und gingen Hand in Hand zum Gepäckband. Als sie dort ankamen, hatten sich die anderen Mitreisenden bereits darum versammelt und die ersten Koffer trafen ein.

Auch hier ließen Sara und Paul sich Zeit. Sich irgendwo dazwischenzudrängen war nicht ihre Art, außerdem war von ihrem Gepäck ohnehin noch nichts zu sehen.

Immer mehr Reisende zogen mit ihren Koffern ab, die Reihen lichteten sich. Nur von Saras und Pauls Gepäck war nichts zu sehen.

»Seltsam«, wunderte sich Sara. »Es müsste doch wenigstens eines unserer Gepäckstücke schon einmal vorbeigerollt sein.«

»Wir haben schon abends eingecheckt. Wenn unser Gepäck morgens zuerst eingeladen wurde, kommt es natürlich jetzt zuletzt«, versuchte sich Paul an einer Erklärung, doch so richtig schien er selbst nicht daran zu glauben. Er wirkte besorgt.

Sara blieb ruhig. Sie würden ohnehin noch etwas in Vancouver bleiben. Paul hatte von zu Hause aus mit zwei Autohändlern Kontakt aufgenommen, denn sie brauchten einen fahrbaren Untersatz.

Außerdem wollten sie Josh überraschen. Er wusste nicht, dass sie an diesem Tag anreisten, um für immer zu bleiben. Auch Winnie hatten sie nicht informiert, aber der Kontakt beschränkte sich ohnehin bloß auf sehr kurze und seltene Grüße.

Irgendwann war ihnen beiden klar, dass ihr Gepäck nicht mehr kommen würde. Also suchten sie den Schalter von *Canada Flight* auf und schilderten dort ihr Problem.

Der Mitarbeiter, Rob, war zwar freundlich und sehr bemüht, konnte aber dennoch vorerst nicht feststellen, was mit ihren Koffern und Reisetaschen passiert war. Er zeigte sich erleichtert, weil sie über Nacht in Vancouver blieben, und notierte ihre Handynummern.

»Bis morgen ist das Gepäck bestimmt da. Wir rufen dann sofort an.«

Eigentlich hatten sie sich ihren Start in Kanada anders vorgestellt. Sie fühlten sich beide unwohl, weil sie ihre Kleidung nicht wechseln konnten. Die nächste Enttäuschung erlebten sie abends, als sie bei *Pete's* einkehrten und dort erfuhren, dass Josh nicht mehr in Vancouver war.

»Er arbeitet seit gestern in New York«, berichtete Pete, »zunächst zur Probe. Aber vielleicht versetzt ihn die Hotelkette ganz dorthin.«

Sara lächelte traurig. »Eigentlich wollten wir ihn überraschen, und nun sind wir die Überraschten.«

Pete servierte ihnen eine besonders große Portion Poutine. Es schmeckte köstlich, aber der Abend war einfach nicht so, wie sie ihn sich vorgestellt hatten.

Immerhin klappte es am nächsten Tag mit dem Autokauf. Paul zeigte ihr einen gebrauchten Chevrolet mit Allradantrieb.

»Damit kommen wir auch gut durch den Schnee.« Stolz betrachtete er das Fahrzeug, dann schaute er Sara fragend an. »Gefällt er dir auch?«

»Ich finde ihn perfekt.« Sie stellte sich auf die Zehenspitzen und küsste ihren Mann auf den Mund.

»Gibst du mir die Schlüssel?«, fragte sie.

»Du willst den Wagen fahren? Mitten durch Toronto?«

»Ich bin auch durch Hamburg gefahren«, erinnerte sie ihn lächelnd.

»Ja …« Paul schaute sie unschlüssig an, dann betrachtete er den Wagen.

»Machst du dir tatsächlich Sorgen, dass ich das Auto beschädigen könnte?«

Paul schmunzelte. »Ich werde jetzt bestimmt keine abfälligen Bemerkungen über Frauen am Steuer machen. Obwohl mir da schon die eine oder andere einfällt …«

»Ich war gerade so weit, dass ich auf die erste Fahrt mit dem Wagen verzichten wollte.« Sara streckte die Hand aus. »Aber das kannst du jetzt vergessen.«

Lachend überreichte Paul ihr den Wagenschlüssel und nahm selbst auf dem Beifahrersitz Platz. Während sie das Auto sicher zurück zu ihrem Hotel fuhr, telefonierte Paul mit *Canada Flight*. Er stellte das Telefon laut, damit Sara mithören konnte.

»Leider ist Ihr Gepäck noch nicht aufgetaucht.« Der Mann, der sich als Al vorgestellt hatte, entschuldigte sich. »Wir wissen auch noch nicht, wo es sich gerade befindet. Rufen Sie doch morgen noch einmal an.«

»Morgen sind wir fast vierhundert Kilometer von Vancouver entfernt. Wir leben am Okanagan Lake.«

Sara musste leise lachen, weil in Pauls Stimme trotz aller Verärgerung Stolz mitschwang. *Wie leben am Okanagan Lake!* Das klang wirklich großartig.

»Ich fürchte, ich kann trotzdem nicht weiterhelfen.« Die Stimme war freundlich, aber sehr unverbindlich.

»Kann ich Rob sprechen?«

»Rob ist heute leider nicht da. Er könnte Ihnen aber auch keine andere Auskunft erteilen.«

Sekundenlang war es auf beiden Seiten der Leitung sehr still.

Al setzte zuerst wieder an. »Ich möchte Ihnen gern die Nummer unseres Büros in Deutschland geben. Für uns hier sieht es ganz danach aus, als wäre Ihr Gepäck nicht in die Maschine nach Vancouver geladen worden.«

»Ja, geben Sie mir bitte die Nummer.« Paul klang bereits resigniert, und der Anruf in Deutschland half ihnen auch nicht weiter.

»Wir werden aber alles tun, damit Ihnen das Gepäck so schnell wie möglich zugestellt wird« war alles, was man ihnen versprach.

»Ich nehme Sie beim Wort«, sagte Paul nachdrücklich und ließ sich von der Mitarbeiterin noch einmal ihren Namen nennen.

»Mein Name ist Moll«, sagte sie ein wenig hoheitsvoll. »Britta Moll.«

Sara und Paul erreichten ihr Haus am Okanagan Lake am frühen Abend. Es war bereits dunkel, sie waren erschöpft von der langen Fahrt, und dann nahm Paul auch noch den falschen Weg, weil das Navigationsgerät ihre neue Adresse nicht kannte. Die Lichtkegel der Scheinwerfer fraßen sich durch die Dunkelheit, aber da war nichts zu sehen außer dem schmalen Schotterweg vor ihnen und rechts und links Bäume.

»Verdammt«, fluchte Paul. »Das muss doch irgendwo hier sein.«

»Vielleicht bist du zu früh abgebogen.« Sara starrte durch die Windschutzscheibe. »Ich habe das Gefühl, es geht leicht bergauf.«

»Quatsch.«

Sara atmete tief durch, um nicht im gleichen groben Tonfall zu antworten. Sie waren beide erschöpft von der langen Fahrt, und diese Suche nach ihrem Haus forderte ihre letzten Reserven. Ein ungutes Schweigen breitete sich zwischen ihnen aus, und das war eine völlig neue Erfahrung für Sara – natürlich auch für Paul.

»Tut mir leid«, sagte er reuevoll. »Und du hast recht, wir fahren wirklich bergauf.«

»Wir müssen zurück.«

»Meinst du, das wüsste ich nicht?«

»Ich sage besser überhaupt nichts mehr.«

»Es tut mir leid«, entschuldigte er sich ein weiteres Mal. »Wir wären lieber in Vancouver geblieben und morgen früh losgefahren, um bei Tageslicht hier anzukommen. Aber es konnte ja niemand wissen, dass dieses verdammte Navi unsere Adresse nicht kennt.« Seine Stimme wurde zunehmend lauter, während er sprach, und zum Abschuss schlug er mit der Hand aufs Lenkrad.

»Hältst du bitte an?«, bat Sara sanft.

»Du willst jetzt aber nicht aussteigen, oder?« Er holte tief Luft. »Ich kann ja verstehen, dass du sauer auf mich bist, aber …«

»Ich bin nicht sauer, ich will dich nur am Steuer ablösen.«

»Ist das dein Ernst? Ich habe das Auto heute erst gekauft!«

Sara verschränkte die Arme vor der Brust. »*Jetzt* bin ich sauer.«

Paul hielt tatsächlich an, doch nicht um mit ihr den Platz zu tauschen, sondern um den Wagen zu wenden.

»Der Weg ist viel zu schmal!«, rief sie erschrocken aus.

»Irgendwo muss ich es versuchen. Es gibt ja hier weit und breit keine Abzweigung.«

Sara sagte nichts mehr, doch das mulmige Gefühl wurde stärker, als Paul das Lenkrad einschlug. Vorsichtig setzte er vor, dann wieder zurück. Millimeterarbeit, die seine ganze Konzentration erforderte. Endlose Zeit verstrich. Kein anderes Fahrzeug folgte diesem Weg. Sie waren völlig auf sich gestellt.

Sara verlor jegliches Zeitgefühl und wünschte sich nur noch, hier endlich wegzukommen. Wahrscheinlich ging es Paul ebenso, weil er sich plötzlich nicht mehr nur millimeterweise vorantastete, sondern so kräftig auf das Gaspedal trat, dass der Wagen nach hinten schoss. Ein gewaltiger Stoß erschütterte das ganze Fahrzeug, untermalt von einem lauten Krachen. Pauls Fuß rutschte von der Kupplung, der Motor erstarb.

Plötzlich waren sie von Stille umgeben, während sich die Lichter der Scheinwerfer irgendwo zwischen den Bäumen verloren.

»Scheiße!«, stieß Paul irgendwann hervor.

»Ich hätte es nicht besser ausdrücken können.« Sara war wütend. Auf Paul? Auf sich selbst? Oder nur auf die Situation an sich? Sie hatte keine Ahnung. Auf jeden Fall fühlte sie sich völlig erschöpft und wollte hier endlich weg. Sie sehnte sich nach einem Bett …

»Was machst du da?«, rief sie erschrocken aus, weil Paul in diesem Moment die Wagentür öffnete.

»Nachsehen, was mit dem Wagen ist.« Er wollte aussteigen, doch Sara griff nach seinem Arm. »Bitte, lass mich hier nicht allein.«

»Ich gehe doch nur ein paar Schritte ums Auto.«

»Das ist viel zu gefährlich«, flüsterte sie. »Da draußen könnte ein Bär sein.«

Sie beugte sich ein wenig vor und schaute angestrengt durch die Windschutzscheibe. Bewegte sich da nicht etwas zwischen den Bäumen? War da nicht ein Schatten, der auf sie zukam?

Wortlos sprang Paul aus dem Wagen und ließ sie in einer Mischung aus Angst und Wut zurück. Als er nur wenige Minuten später wieder einstieg, überwog die Wut. Fest presste sie die Lippen aufeinander und verkniff sich einen Kommentar. Alles, was ihr jetzt auf der Zunge lag, würde bloß zu einem heftigen Streit führen.

Auch Paul schwieg, konzentrierte sich nur noch darauf, den Wagen komplett zu wenden. Endlich hatte er es geschafft, und sie standen in der Richtung, aus der sie gekommen waren.

Paul atmete erleichtert auf, doch Sara schwieg weiterhin.

»Geschafft!« Obwohl sie ihn nicht anschaute, entnahm sie dem Klang seiner Stimme, dass er lächelte. »Und es sieht gar nicht so schlimm aus. Nur eine Beule.«

Unwillkürlich musste sie ebenfalls lächeln, auch wenn ihr Ärger sich nicht vollständig auflöste. Es blieb ein winziger Hauch Missbehagen irgendwo ganz tief in ihr, doch das überspielte sie mit einem Lachen.

»Jetzt kann alles nur noch besser werden«, sagte sie – wahrscheinlich, um sich selbst Mut zu machen.

Tatsächlich fanden sie ihr neues Zuhause dieses Mal auf Anhieb. Nachdem sie das Ende des Weges erreicht hatten, in den sie irrtümlich eingebogen waren, mussten sie nur ein paar Meter weiterfahren, um die richtige Abzweigung zu nehmen. Und dann lag es vor ihnen: ihr Haus am Okanagan Lake.

Es war genau so, wie sie es in Erinnerung hatten. Selbst in der Dunkelheit behielt es seinen Charme, mit einer Veranda im Erdgeschoss und dem umlaufenden Balkon im Obergeschoss.

Der Blick auf den See war atemberaubend, besonders jetzt, in dieser sternklaren Nacht, in der sich das Mondlicht auf der glatten Oberfläche spiegelte. Leise plätscherte das Wasser am Ufer, und der Ruf eines Waldkauzes war zu hören.

»Endlich zu Hause.« Sara schmiegte sich an Paul.

Er legte ihr einen Arm um die Schultern und zog sie fest an sich.

»Genau so habe ich mir den ersten Moment hier mit dir vorgestellt!«

Noch nie zuvor hatte Sara gespürt, wie sehr sie für das neue Kapitel in ihrem Leben bereit war.

»Wenn wir jetzt noch unser Gepäck hätten, wäre alles perfekt«, sagte Paul.

»Es ist auch so perfekt.« Nach der beschwerlichen Anreise wollte Sara alles positiv sehen. Das Holzhaus am Okanagan Lake erschien ihr wie ein Ort der Ruhe und Entspannung, ein Anker im Meer der Aufregung der letzten Stunden.

Der Klang des Sees in der Nacht war wie eine sanfte Melodie, die ihre Seele berührte und die Sinne erweckte; jedes Plätschern des Wassers ein leises Versprechen, dass von jetzt an alles gut werden würde.

Paul nahm den Arm von ihrer Schulter.

»Lass uns reingehen.«

Während er zum Haus ging, zog er die Schlüssel aus der Hosentasche.

Sara folgte ihm und wartete geduldig, bis er die Haustür aufgeschlossen hatte. Im sanften Licht des Vollmonds, das durch die offene Tür fiel, konnte sie erkennen, wie er mit einer Hand die Wand neben sich abtastete. Sie hörte das klickende Geräusch, als er den Schalter drückte. Alles blieb dunkel.

»Du wartest am besten hier, während ich den Sicherungskasten suche«, schlug Paul vor und verschwand in der Dunkelheit des Hauses.

Plötzlich hörte Sara ein lautes Krachen, und Paul fluchte laut. Dann waren seine Schritte zu hören, die sich entfernten.

»Paul!«

Er antwortete nicht.

Sie schaltete die Taschenlampe an ihrem Handy ein und wollte ihm gerade folgen, als Paul zurückkehrte. Er klang deprimiert, als er ihr die neueste Hiobsbotschaft überbrachte …

»Es liegt nicht an der Sicherung – der Strom wurde abgestellt.«

Kapitel 7

Eine dünne Nebelschicht bedeckte den See. Der Kauz war verstummt, dafür vernahm sie das melodische Zwitschern einer Einsiedlerdrossel, die noch nicht in den Süden aufgebrochen war.

Lächelnd lehnte sich Sara gegen einen der Balken, die von der Veranda nach oben führten und den Balkon abstützten. Ihre Hände umschlossen einen zur Hälfte gefüllten Kaffeebecher.

In einem der Küchenschränke hatte sie einen Camping-Gaskocher und einen spärlichen Rest Instantkaffee gefunden, der gerade für zwei Tassen sehr dünnen Kaffee reichte. Der Umgang mit der Gaskartusche hatte ihr ein wenig Angst gemacht, doch umso mehr genoss sie jetzt das warme Getränk.

Nun stand sie hier, schaute über den See und fühlte sich einfach nur wohl. Die dunklen Schatten der vergangenen Nacht hatten sich aufgelöst. Sie war erfüllt von Optimismus und dem festen Glauben, dass sich von heute an alles finden würde.

»Hallo, da bist du ja.« Paul stand an der Tür. Verschlafen, mit verwuscheltem Haar und nacktem Oberkörper. Er umschlang sich mit beiden Armen.

»Du solltest dir etwas anziehen«, schlug Sara vor.

Paul nickte und sah dabei sehnsüchtig auf ihre Tasse.

»Das riecht nach Kaffee«, stellte er fest. »Haben wir wieder Strom?«

Sara schüttelte den Kopf und berichtete von ihrem Fund im Küchenschrank.

»Wir könnten unseren Tag mit einem Frühstück bei Larry beginnen«, schlug sie dann vor. »Ich bin mal gespannt, ob er uns noch erkennt.«

»Nachdem du ihm Postkarten aus allen Hamburger Stadtbezirken geschickt hast, wird er bestimmt noch wissen, wer wir sind.« Paul schmunzelte. »Aber ich glaube, in der kurzen Zeit hätte er uns auch so nicht vergessen.« Er rieb sich die Arme. »Eine warme Dusche wäre jetzt schön.«

»In der Küche kommt nur kaltes Wasser aus dem Hahn.« Sara schüttelte sich leicht. »*Sehr* kaltes Wasser.«

»Ohne Strom läuft die Heizung nicht.« Paul schwieg einen Moment. »Unseren ersten Tag hier habe ich mir anders vorgestellt«, gestand er schließlich. »Eigentlich ist bisher alles schiefgegangen, was irgendwie schiefgehen konnte.«

Sara stellte ihre Tasse ab und umarmte ihn.

»Ab jetzt wird alles gut«, meinte sie zuversichtlich.

Larry war nicht in seinem Laden, als sie eintraten.

»Ich komme sofort«, war seine Stimme aus dem Off zu hören.

Sara wies auf die Wand hinter dem Tresen, wo all ihre Postkarten hingen.

Paul interessierte jedoch etwas völlig anderes. Er schnupperte hörbar.

»Riechst du das?« In der Luft lag das Aroma frisch aufgebrühten Kaffees, vermischt mit dem Duft gebackener Pancakes.

Larry kam aus dem Hinterzimmer in den Laden.

»Da bin ...« Überrascht brach er ab, dann zog ein breites Lächeln über sein Gesicht. »Ihr seid wieder da? Was für eine Freude!« Mit ausgebreiteten Armen kam er auf sie zu und umarmte zuerst Sara, dann Paul. Anschließend trat er einen Schritt zurück und betrachtete sie lächelnd. »Ich habe es nicht wirklich geglaubt. Winnie auch nicht.«

Sara und Paul schauten einander erstaunt an.

»Was meinst du?«, fragte Sara.

»Wir haben beide nicht geglaubt, dass ihr noch einmal nach Springfield kommt.«

»Das stimmt«, war eine Stimme hinter ihnen zu hören. Als sie sich umwandten, stand da Winnie und strahlte sie an. »Ich war fest davon überzeugt, dass wir uns nie wiedersehen. Ich habe schon so oft Touristen durch die Gegend geführt. Alle wollen wiederkommen, aber nur die wenigsten tun es.«

Winnie hielt kurz inne.

»Deswegen habe ich mich kaum bei euch gemeldet«, sprach sie dann weiter und lächelte verlegen. »Ich will mich nicht zu sehr an Menschen gewöhnen, die nur einen kurzen Abstecher hier machen und die ich anschließend nie wieder sehe.«

»Du wirst uns wahrscheinlich ganz oft sehen …« Diesmal war es Sara, die eine kurze Pause machte. »Willst du es den beiden sagen?«, wandte sie sich dann an ihren Mann.

Paul verzog das Gesicht zu einem breiten Grinsen.

»Sara und ich leben jetzt hier in Springfield«, brachte er es sofort auf den Punkt. »Wir haben das Haus am See gekauft.«

Atemlose Stille breitete sich aus. Der Blick, den Winnie und Larry sich zuwarfen, drückte nicht gerade Begeisterung aus.

»Warum habt ihr das gemacht?« Larry wirkte geradezu erschüttert.

»Ja«, stimmte Winnie ihm sofort zu. »Wieso habt ihr uns nicht vorher gefragt?«

Paul wirkte verwirrt. Oder war er enttäuscht? Sara war es jedenfalls. Offenbar hatte ihre Überraschung nicht den gewünschten Effekt.

Paul runzelte die Stirn. »Es sieht fast so aus, als ob ihr uns nicht hier haben möchtet.«

»Sorry«, entschuldigte sich Winnie. »Das hat nichts mit euch zu tun.«

»Ganz bestimmt nicht«, versicherte Larry hastig. »Es liegt am Haus.«

Winnie nickte eifrig. »Wir hätten euch nicht empfohlen, ausgerechnet dieses Haus zu kaufen.«

»Aber ... es ist wunderbar«, kam es stockend über Pauls Lippen.

»Ja.« Sara wehrte sich gegen das Gefühl des Unbehagens, das Winnies und Larrys bedrückte Mienen in ihr auslösten. »Wir haben nicht lange überlegt, nachdem wir es auf einer Immobilienseite im Internet entdeckt hatten.«

»Es tut mir leid«, entschuldigte Winnie sich schon wieder. »Ich hätte euch im Januar mehr über das Haus erzählen sollen, das wird mir jetzt klar. Aber woher sollte ich wissen, dass ausgerechnet ihr die Käufer seid?«

»Bisher war es nur ein Gerücht, dass der letzte Besitzer das Haus verkauft hat«, ergänzte Larry mit finsterer Miene. »Übrigens zu einem völlig überhöhten Preis. Wenn ich daran denke, in welchem Zustand Sams Haus war ...« Er presste die Lippen aufeinander.

»Er hat es renoviert, und es sieht alles sehr gut aus.« Trotz ihrer Worte war Sara zutiefst verunsichert. »Eigentlich fehlt nur der Strom.«

»Ja.« Paul nickte. »Wir wissen bloß nicht, an welchen Stromversorger wir uns wenden müssen.«

»Das mache ich für euch.« Larry war offensichtlich froh, dass er irgendwie helfen konnte. »Ich erledige den Anruf sofort.«

Nachdem er sich in den Nebenraum zurückgezogen hatte, um von dort aus zu telefonieren, war es einen Moment lang ganz still.

»Ich hoffe sehr, dass es keine weiteren Probleme in eurem neuen Haus gibt.« Ein vorsichtiges Lächeln breitete sich auf Winnies Gesicht aus. Sie kam näher, und dann umarmte sie Paul und Sara ebenfalls. »Es ist mir eine große Freude, dass ihr hierhergezogen seid.«

Larry kam lächelnd zurück.

»Alles klar«, sagte er. »Heute Nachmittag habt ihr Strom.«

Sara folgte Pauls Blick und entdeckte eine offene Tür auf der anderen Seite des Raums, durch die sie in eine kleine Küche sehen konnten.

»Ich dachte, ihr könnt jetzt eine kleine Stärkung gebrauchen«, sagte Larry. »Pancakes und Kaffee?«

»Strom und Frühstück.« Sara spürte unendliche Erleichterung. »Das ist so perfekt.« Fragend schaute sie Winnie an. »Du bleibst doch auch?«

Winnie nickte lächelnd.

Mit einem tiefen Seufzer der Zufriedenheit ließ Sara sich auf das Plüschsofa fallen. So allmählich stellte sich das Gefühl ein, dass sie hier angekommen war. Noch nicht vollkommen, aber mit jedem Augenblick ein bisschen mehr.

Ein weißer Pick-up rauschte an ihnen vorbei, als sie später den Laden mit gefüllten Einkaufstüten verließen. Ein bärtiges Gesicht musterte sie, dann war der Wagen auch schon verschwunden.

Sie hatten zu diesem Zeitpunkt noch keine Ahnung, dass sie sich an diesen Anblick gewöhnen mussten und gleichzeitig inständig hoffen würden, dass er endlich bei ihnen anhielt …

»Wir – haben – Strom!« Sara betonte jedes einzelne Wort, nachdem sie zu Hause auf den Schalter gedrückt hatte und tatsächlich das Licht angegangen war. Die aufflammende Lampe verstärkte das Gefühl, dass ihr Haus zu einem Zuhause wurde.

Allerdings musste sie sofort wieder an die betretenen Mienen von Winnie und Larry denken, nachdem Paul ihnen gesagt hatte, dass sie dieses Haus gekauft hatten.

Alles ist gut! Wenn sie sich das nur oft genug selbst sagte, würden diese Worte auch irgendwann in ihrem Bewusstsein ankommen.

Alles ist gut!

»Jetzt dürfte es nur noch ein bisschen wärmer sein.« Paul rieb sich die Hände. »Ich schaue mal nach der Heizung.«

Sara hielt nicht viel von der Idee. »Vielleicht sollten wir jemanden kommen lassen.«

»Um die Heizung einzuschalten?« Paul verzog das Gesicht zu einem schiefen Grinsen. Er schien selbst nicht zu wissen, ob ihre Frage ihn eher amüsieren oder verärgern sollte. »Ich glaube, das schaffe ich auch allein.«

»Klar«, erwiderte Sara, doch sie merkte selbst, dass es wenig überzeugt klang.

Während Paul in den Anbau hinter dem Haus ging, wo sich die Heiztherme befand, wandte sie sich dem Küchenbereich zu, um die Einkäufe auszupacken. Auch hier drückte sie auf den Lichtschalter. Ein lauter Knall ertönte – und es wurde wieder vollkommen dunkel.

Sara stand da wie erstarrt. Was war das?

Kurz darauf kam Paul zurück.

»Verdammt, die Heizung funktioniert nicht«, rief er aufgebracht. »Und wieso ist es hier so dunkel?«

Als Sara ihm kurz erzählte, was passiert war, atmete er erleichtert auf.

»Das erklärt natürlich alles. Die Sicherung ist rausgeflogen.« Er wandte sich um und verließ den Raum wieder.

Es dauerte keine zwei Minuten, bis Sara erneut den Knall vernahm. Und dann gleich noch ein drittes Mal.

Fluchend tauchte Paul wieder auf.

»Das klappt nicht. Die Sicherung springt immer wieder raus.« Er holte tief Luft. »Was hast du gemacht?«

Der anklagende Ton verschlug ihr die Sprache. Allerdings nur für ein paar Sekunden.

»Gibst du mir etwa die Schuld an dem Sicherungsproblem?« Sie zeigte mit dem Finger auf sich.

»Ja … Nein …« Er verstummte. »Entschuldige bitte«, sagte er schließlich. »Es macht mich einfach nervös, dass ständig etwas Neues passiert.« Die nächste Frage formulierte er sehr vorsichtig. »Was hast du gemacht, bevor die Sicherung rausgesprungen ist?«

»Etwas ganz Normales«, sagte sie bissig und wies auf den Schalter an der Wand. »Ich wollte das Licht einschalten.«

»Wahrscheinlich ist die Lampe kaputt.« Paul legte den Schalter um und ging zurück in den Anbau. Kurz darauf flammte das Licht im Eingangsbereich wieder auf.

So ein Theater wegen einer kaputten Lampe.

Die kurze Auseinandersetzung mit Paul wirkte immer noch in ihr nach, auch wenn Sara sich selbst sagte, dass es albern war. Vielleicht lag es auch nicht nur an dem kurzen Wortwechsel, sondern an der Situation insgesamt. So wie Paul es eben ausgedrückt hatte: *Es macht mich einfach nervös, dass ständig etwas Neues passiert.*

»Mach dich nicht verrückt«, sprach sie sich selbst Mut zu. »Es ist nur eine defekte Lampe.«

»Die Heizung ist kaputt!« Mit diesen Worten kehrte Paul ins Haus zurück.

Was es ein Fehler gewesen, dieses Haus zu kaufen?

Die Frage lag in der Luft, auch wenn weder Sara noch Paul es direkt aussprachen.

»Es ist so kalt hier drin«, sagte Sara. Wenn wenigstens ihr Gepäck da wäre, dann könnte sie ihren dicken Winterpullover anziehen. Im Schlafzimmerschrank hatten sie Decken gefunden, die allerdings merkwürdig rochen. Es widerstrebte ihr, sich darin einzuwickeln. »Vielleicht sollten wir versuchen, den Kamin anzuzünden.«

Paul nickte zustimmend, doch in seinem Blick lagen Zweifel, als er den Kamin betrachtete. Dann ging er hinaus. Als er zurückkam, brachte er Holzscheite mit.

»Das Holz habe ich im Anbau gesehen, als ich die Heizung einschalten wollte«, erklärte er. »Viel ist es nicht«

Sara holte die Papiertüten, in die ihre Einkäufe eingepackt gewesen waren, und zerknüllte sie. In einer der Küchenschubladen hatte sie bereits am Morgen Streichhölzer gefunden.

»Ich habe noch nie ein Kaminfeuer angezündet.« Paul lächelte. Es war das erste Mal seit Stunden.

Er legte zuerst das zerknüllte Papier in den Kamin und schichtete dann die Holzscheite darüber. Schließlich entzündete er ein Streichholz. Das Papier brannte sofort. Die Flammen züngelten hoch und leckten am Holz.

»Wow!«, rief Paul beeindruckt. »Ich habe Feuer gemacht.«

Sara stieß ihn lachend an. »Tom Hanks alias Chuck Noland hat das Feuer aber ohne Zündhölzer gemacht, wenn du hier schon Filmzitate benutzt, um mit deiner Leistung anzugeben.«

»Ich gebe nicht an«, erwiderte er hoheitsvoll, lachte dann aber selbst laut auf.

Damit entspannte sich die Stimmung zwischen ihnen endlich – bis Pauls Handy klingelte. Er nahm das Gespräch an und meldete sich. Dann lauschte er eine Weile, während sich zunehmende Fassungslosigkeit in seinem Gesicht abzeichnete.

»Das gibt es doch nicht«, sagte er irgendwann. »Wie kann denn so was passieren?«

Darauf folgte offensichtlich ein Redeschwall, jedenfalls sagte Paul nichts mehr, sondern hörte nur noch zu.

»Ja«, erwiderte er schließlich. »Ich hoffe, es dauert jetzt nicht mehr allzu lange.«

Sein Abschiedsgruß klang nicht besonders freundlich.

»Sie haben unser Gepäck gefunden.« Paul schaute Sara unzufrieden an. »Es ist auf dem Weg nach Tonga.«

»Auf Tonga ist es bestimmt warm«, sagte Sara sehnsüchtig.

»Etwas Besseres fällt dir dazu nicht ein?«

Sara zuckte mit den Schultern. »Was auch immer ich dazu sage, das Ergebnis bleibt dasselbe: Unser Gepäck ist noch nicht da.«

Er sagte nichts.

»Wir müssen einkaufen. Wir brauchen frische Wäsche, Kleidung zum Wechseln. Handtücher, Badetücher …« Sie brach ab, machte eine wegwerfende Handbewegung. »Vergiss die Badetücher, wir haben ja kein warmes Wasser.«

Unvermittelt brach sie in Tränen aus – und war darüber ebenso erschrocken wie Paul. Er kam auf sie zu und nahm sie in die Arme.

»Wir bekommen warmes Wasser«, versicherte er ihr. »Ich muss nur einen Heizungsmonteur finden. Und dann … Verdammt!«, schrie er auf und ließ sie so unvermittelt los, dass sie taumelte.

Plötzlich roch Sara nicht nur, was jetzt schon wieder passiert war, sie sah es auch. Grauer Rauch quoll aus dem Kamin.

»Du hast den Abzug nicht geöffnet«, warf sie Paul vor.

Er warf ihr einen kurzen Blick zu, der so voller kalter Wut war, wie sie es noch nie bei ihm gesehen hatte. Er rannte in die Küche, riss einen Topf aus einem der Schränke und füllte ihn mit Wasser. Dann lief er zurück zum Kamin und löschte die Flammen.

Inzwischen hatte sich in der unteren Etage so viel Rauch ausgebreitet, dass es im Hals kratzte. Sara riss alle Fenster auf und ließ frische, damit aber auch sehr kalte Luft herein. Dabei kämpfte sie mit sich, um nicht erneut in Tränen auszubrechen. Nichts war so, wie sie es sich vorgestellt hatte, und bereits jetzt, so kurz nach ihrer Ankunft, ertappte sie sich bei dem Gedanken, dass sie am liebsten in die nächste Maschine zurück nach Hamburg gestiegen wäre …

Schweigend hatten sie die Spuren des qualmenden Kamins beseitigt. Der beißende Geruch lag allerdings noch immer in der Luft.

Zum Abendessen begnügten sie sich mit belegten Broten. In der Küche fehlte es an allem. Es gab drei Tassen, die weder in

Form noch Farbe zueinanderpassten, einen Löffel, drei Messer und seltsamerweise unendlich viele Eierbecher. Auf dem Herd stand ein Wasserkessel, sonst gab es keine Töpfe.

Paul blieb auch während des Essens sehr einsilbig. Sara ahnte, wie es in ihm aussah. Ihr ging es ja selbst nicht besser.

»Ich gehe ins Bett«, sagte er, als sie fertig waren.

»Ich bleibe noch ein bisschen hier unten sitzen«, beschloss sie. »Ich kann sowieso noch nicht schlafen.«

Er nickte und wollte gehen, doch dann besann er sich und hauchte ihr einen Kuss auf die Stirn. »Bis morgen.«

»Schlaf gut«, erwiderte sie. Dann war sie allein.

Sara war froh, dass sie und Paul ihre Notebooks im Handgepäck mitgebracht hatten. Eigentlich wollte sie ein wenig arbeiten, doch dann geriet sie auf die Seite eines Online-Shops mit einem riesigen Angebot. Sie surfte durch die Seiten, bestellte Töpfe und Geschirr, außerdem Wäsche und Kleidung für sich und Paul. Neue Bezüge, Kissen und Decken für das Schlafzimmer. Handtücher und Badetücher ...

Sara verdrehte die Augen. Eine warme Dusche kam ihrer Vorstellung vom Paradies im Augenblick ziemlich nahe. Optimistisch vertraute sie darauf, dass es nicht mehr lange dauern würde, bis die Heizung funktionierte und sie endlich warmes Wasser hätten. Also legte sie noch einen flauschigen Bademantel und Nachthemden in den virtuellen Warenkorb. Irgendwann musste sie sich bremsen, bevor sie in einen wahren Kaufrausch geriet.

Mit dem beruhigenden Gefühl, dass sie innerhalb der nächsten achtundvierzig Stunden mit dem Nötigsten ausgestattet sein würden, schlief sie schließlich auf dem Sofa ein.

Kapitel 8

Es war erfreulich, dass sich ihre kanadischen Freunde mit Vorhaltungen zurückhielten.

»Ihr braucht Hilfe«, stellte Larry fest. Er und Winnie schauten sich an, nickten gleichzeitig und nannten unisono den Namen Jeff.

»Wer ist Jeff?«, fragte Paul.

In diesem Moment fuhr draußen der weiße Pick-up vorbei, den sie schon einmal gesehen hatten.

»Das ist Jeff.« Larry zeigte durch das Ladenfenster. Gleich darauf schüttelte er den Kopf. »Es ist allerdings fraglich, ob er Zeit für euch hat.«

»Jetzt kann ich mich erinnern, dass Winnie seinen Namen bereits einmal genannt hat«, sagte Paul. »Und auch daran, dass er der einzige Handwerker hier in der Gegend ist. Kann er denn auch eine Heizung reparieren?«

Winnie und Larry antworteten wieder gleichzeitig.

»Jeff kann alles.« Die beiden schauten sich an und lachten.

Larry ging hinter seinen Tresen und schrieb eine Nummer auf.

»Du wirst hartnäckig sein müssen«, warnte er, als er Paul den Zettel reichte. »Du wirst ihn nie direkt, sondern immer nur seine Mailbox erreichen.«

»Wenn es sein muss, werfe ich mich vor seinen Wagen«, drohte Paul. »Die Heizung muss endlich funktionieren.« Er schaute Sara an, zärtlich, aber auch ein wenig verlegen. »Und alles andere auch.«

Seit dem vergangenen Abend war die Stimmung zwischen

ihnen sehr angespannt gewesen. Paul hatte sich von einer Seite gezeigt, die Sara nicht an ihm kannte. Der Gedanke, dass es umgekehrt ebenso war, lag nahe.

Als sie an ihren Aufenthalt hier im Januar dachte, an all die Hoffnungen, mit denen sie hierhergekommen waren, musste sie schon wieder gegen die Tränen ankämpfen.

Ja, vor allem alles andere! Es war für Sara unvorstellbar, wie sie es verkraften sollte, wenn sie und Paul sich inmitten all dieser Schwierigkeiten verlieren würden. Sie nickte ihm zu und lächelte schwach zurück.

Paul wählte bereits die Nummer. Ungeduldig trat er von einem Fuß auf den anderen.

»Wirklich nur die Mailbox«, sagte er nach einer Weile.

»Gib mir das Handy.« Larry streckte seine Hand aus. »Vielleicht geht es schneller, wenn ich Jeff eine Nachricht hinterlasse.«

Paul war sofort einverstanden.

»Hallo Jeff, hier ist Larry.« Er grinste in die Runde. »Ruf bitte sofort zurück, wenn du diese Nachricht hörst. Es ist dringend.« Er gab Paul das Smartphone zurück. »Wie wäre es mit Kaffee und Pancakes?«, erkundigte er sich wie bereits am Vortag. »Ihr wisst schon: Nach einem guten Frühstück sieht die Welt wieder ganz anders aus.«

Schweigend machten sie sich eine halbe Stunde später auf den Heimweg. Paul sprach zuerst.

»Es tut mir leid«, entschuldigte er sich leise. »Es ist alles so …« Er schien nach dem richtigen Wort zu suchen.

»… enttäuschend«, beendete Sara seinen Satz.

Paul fuhr rechts ran und stoppte den Wagen. Dann wandte er sich ihr zu und griff nach ihrer Hand.

»Ja, so geht es mir auch. Ich habe es mir nicht so schwierig vorgestellt.«

Sara nickte zustimmend.

Paul presste kurz die Lippen aufeinander, bevor er die alles entscheidende Frage stellte.

»Möchtest du zurück nach Hamburg?«

»Nein!« Sara antwortete so spontan, dass es sie selbst überraschte. »Gestern Abend hatte ich kurz den Gedanken«, gab sie nach kurzem Zögern zu. »Aber eigentlich ist es nicht das, was ich mir wünsche.«

Paul wirkte erleichtert. »Ich auch nicht. Vielleicht war der Kauf des Hauses ein Fehler?«

»Ich weiß es nicht.« Sara lächelte ihn an, froh darüber, dass sie endlich wieder ganz normal miteinander sprachen. »Vielleicht haben wir zu schnell entschieden. Oder wir hätten hierherkommen sollen, um es uns vor dem Kauf anzusehen.«

»Wenn Kanada nur nicht so weit weg gewesen wäre, und die Anreise nicht so teuer.« Paul seufzte. »Außerdem haben wir uns durch die idyllische Lage blenden lassen, als Winnie mit uns hier war, und durch die Fotos im Internet.«

Sara drückte ganz fest seine Hand. »Aber es ist sinnlos, darüber nachzudenken. Das Haus gehört jetzt uns ... und trotz aller Probleme mag ich es.«

Paul beugte sich zu ihr hinüber. Offensichtlich wollte er sie küssen, doch in diesem Moment rauschte der weiße Pick-up erneut an ihnen vorbei. Ein bärtiges Gesicht schaute kurz zu ihnen, dann war er schon wieder weg.

»Jeff!« Paul ließ sie los. In aller Hast startete er den Motor und wollte wenden, doch der Wagen des Handwerkers war bereits nicht mehr zu sehen.

»So ein verdammter Mist!«, fluchte Paul.

»Ich will, verdammt noch mal, das Wort *verdammt* nicht mehr hören.« Sara grinste ihn an.

Paul grinste zurück. »Okay«, stimmte er zu. »Ich werde versuchen, meine Flüche zu variieren.«

»Oder du nimmst dir vor, ganz darauf zu verzichten.«

»Oder das.« Paul gab Gas und schlug den Weg zu ihrem Haus am See ein.

Sara kam es so vor, als wäre es im Haus noch kälter als draußen. Wenn erst einmal die Heizung funktionierte …

Es nutzte alles nichts, sie musste spätestens am kommenden Montag die Übersetzung an ihren Auftraggeber mailen. Sinnigerweise war es die Bedienungsanleitung einer elektrischen Heizung.

»Wir sollten uns einen elektrischen Heizlüfter zulegen!« Wieso kam ihr der Gedanke erst jetzt? »Wer weiß, wann dieser Jeff Zeit für uns hat.«

Paul machte eine ausholende Handbewegung. »Bis auf das Bad ist das hier unten ein riesiger, offener Raum. Da bringt so ein Heizlüfter überhaupt nichts.«

»Aber wir können zumindest unsere Arbeitszimmer oben beheizen«, rief Sara eifrig.

»Unsere Arbeitszimmer?«

Sara erinnerte ihn an ihren Abgabetermin. »Ich muss arbeiten. Irgendwo …« Sie hielt inne. »Und ich brauche endlich wieder so etwas wie Normalität«, fuhr sie nach einer Weile fort. »Das Gefühl, zu Hause zu sein, auch wenn alles noch nicht perfekt ist. Meine Arbeit, dich. Und wir brauchen auch unsere Honorare, weil da wahrscheinlich einige Handwerkerrechnungen auf uns zukommen.«

»Ich wäre froh, wenn erst einmal ein Handwerker auf uns zukommen würde«, sagte Paul trocken, doch dann nickte er zustimmend. »Du hast natürlich recht. Wir brauchen Normalität – und wir brauchen Geld. Große Ersparnisse haben wir nicht mehr.« Paul wirkte mit einem Mal sehr besorgt. »Ich hoffe nur, dass Angus' Manuskript bald eintrifft, damit ich mit der Arbeit beginnen kann. Ich habe das Honorar bereits fest eingeplant.«

Sara war ein wenig erschrocken. Bisher hatten sie sich nie

Gedanken um Geld machen müssen. Obwohl sie als Freiberuflerin gut verdiente, gab es durchaus Zeiten, in denen die Auftragslage dünn war. Doch aufgrund von Pauls Festanstellung hatten sie sich immer auf sein regelmäßiges Gehalt verlassen können. Diese Sicherheit gab es nun nicht mehr.

Paul schien ihr die Sorgen anzusehen.

»Wir werden nicht verhungern«, versicherte er ihr, aber sein Lächeln wirkte bemüht.

»Weil wir wahrscheinlich vorher erfrieren.« Auch Sara zwang sich zu einem Lächeln, wurde jedoch gleich darauf wieder ernst. »Ich könnte nachfragen, ob ich zusätzliche Übersetzungsaufträge bekomme.«

»Sara, mach dir bitte nicht so viele Sorgen.«

Wenigstens einer von uns muss ernsthafte Überlegungen darüber anstellen, wie es weitergeht. Bittere Worte, die sie aber nur in Gedanken formulierte, damit es nicht gleich wieder zu neuen Spannungen kam. Dafür gestand sie ihm jetzt ihre Einkäufe am vergangenen Abend.

»Nur notwendige Dinge«, fügte sie rasch hinzu. »Aber ich fürchte, ich habe viel Geld ausgegeben.«

»Wir schaffen das schon.« Paul trat auf sie zu und umarmte sie. »Ich sorge jetzt erst einmal für einen Heizlüfter, während du dir oben dein Zimmer aussuchst. Und dann bringe ich dir so viel Kaffee, wie du willst.«

Saras innere Anspannung ließ nach.

»Zwischendurch quatsche ich Jeffs Mailbox so voll, dass er gar nicht anders kann, als sich endlich zu melden. Natürlich telefoniere ich auch noch mit *Canada Flight* …« Seine Miene verfinsterte sich, »… bevor ich ein sehr ernsthaftes Gespräch mit Angus führen werde. Seit unserer Abreise habe ich nichts mehr von ihm gehört.«

Sara machte sich bewusst, wie sehr auch Paul unter Druck stand.

»Lass mich auch etwas machen«, bat sie. »Mit Angus musst du selbst reden, aber ich kann Jeff aufs Dach steigen. Vor allem aber kann ich dir die Anrufe mit *Canada Flight* abnehmen.«

»Es wäre wunderbar, wenn du bei der Airline anrufen würdest.« Paul nannte ihr die Nummer, und Sara gab sie direkt in ihr Smartphone ein. »Das ist die Durchwahl von Britta Moll.«

Aufgrund der Zeitverschiebung von sechs Stunden war es noch zu früh, um die Fluggesellschaft in Hamburg zu kontaktieren, also richtete sich Sara erst einmal in ihrem neuen Büro ein.

Sie entschied sich für den kleinsten Raum im Obergeschoss – aus der rein praktischen Erwägung heraus, dass er am schnellsten zu beheizen war.

Das Zimmer war schlicht, aber gemütlich eingerichtet. Der Vorbesitzer hatte ein Einzelbett an die Wand geschoben, und darüber hing ein Regalbrett. Ein kleiner Tisch, an dem sie arbeiten konnte, stand unter dem Fenster und bot einen großartigen Blick auf den See. Sara konnte sich keinen besseren Arbeitsplatz vorstellen.

Direkt daneben war die Balkontür. Sara trat hinaus und wusste bereits jetzt, dass sie im nächsten Sommer viele Stunden hier verbringen würde. Sie konnte sich an dem atemberaubenden Blick nicht sattsehen. Das Blau des Himmels spiegelte sich sanft im Okanagan Lake. Die Wellen tanzten im Rhythmus des Windes und erstrahlten im Licht der Sonne wie Tausende funkelnde Diamanten.

Nach einer Weile trieb sie die Kälte zurück ins Haus. Sie schloss die Balkontür, blieb dann aber noch ein paar Minuten am Fenster stehen.

Als Paul den Raum betrat, wandte sie sich kurz um. »Du musst dir das unbedingt ansehen.«

Paul trat hinter sie und umschlang sie mit beiden Armen. Die Wärme seines Körpers übertrug sich auf sie. So war es auszuhalten. Immer.

»Ich glaube, wir haben alles richtig gemacht«, sagte sie leise. Dann drehte sie sich um und blickte Paul direkt in die Augen.

»Ich liebe dich«, flüsterte er. Er nahm ihr Gesicht in seine Hände und küsste sie zärtlich. Einen wundervollen Augenblick lang schien die Welt stillzustehen.

Sie schmiegte sich an ihn und erwiderte seinen Kuss.

Als sie sich schließlich voneinander lösten, wusste sie, dass dieser Moment für immer in ihrem Herzen bleiben würde.

Nachdem Paul das Haus verlassen hatte, telefonierte sie mit Britta Moll. »Wir brauchen endlich unser Gepäck.«

»Ich bin untröstlich«, versicherte die Sachbearbeiterin von *Canada Flight*, und so, wie sie es sagte, nahm Sara ihr das sogar ab.

»Wieso?«, hakte sie mit dem unbehaglichen Gefühl nach, dass Britta Molls Einleitung nichts Gutes verhieß. »Ist unser Gepäck etwa immer noch auf Tonga?«

Wären wir Millionäre, könnten wir unserem Gepäck hinterherreisen und auf Tonga die Wärme genießen, bis unsere Heizung endlich funktioniert.

»Nein, natürlich nicht!« Es klang so, als wäre Britta Moll darüber selbst sehr erfreut. Doch dann gab sie ziemlich kleinlaut zu: »Es ist jetzt auf dem Weg nach Kuba.«

Sie verstummte und schien auf eine Reaktion zu warten, doch Sara schwieg.

»Ich habe wirklich keine Ahnung, wie das passieren konnte. Na ja, Kuba oder Kanada. Beides beginnt mit K.«

»Da hatten wir ja noch Glück, dass unser Gepäck nicht nach Kambodscha geschickt wurde«, erwiderte Sara.

Ihre Ironie prallte jedoch völlig an Britta Moll ab.

»Ich bin froh, dass Sie das so positiv sehen. Ja, Kuba ist sehr viel näher an Kanada als Kambodscha. Ich werde veranlassen, dass Ihr Gepäck von da aus gleich zu Ihnen weitergeleitet wird.«

»Wie lange wird das dauern?«

»Zwei, höchstens drei Tage«, versicherte Britta Moll. »Ich werde mich sofort darum kümmern.«

»Das klingt gut.« Sara konnte der Frau nicht wirklich böse sein, dazu war Britta Moll viel zu freundlich.

»Ich wünsche Ihnen alles Gute in Kanada. Und grüßen Sie Ihren Mann«, sagte die Sachbearbeiterin.

Sara bedankte sich und beendete das Gespräch. Es war ihr zu kalt, um sich ruhig an den Schreibtisch zu setzen, und Paul war immer noch unterwegs. Sie hoffte inständig, dass er sein Versprechen wahr machen konnte und nicht ohne einen Heizlüfter zurückkam.

Sara fror inzwischen so sehr, dass sie zitterte. Als jemand laut gegen die Eingangstür hämmerte, dachte sie zuerst, dass Paul seinen Schlüssel vergessen hatte. Mit einem strahlenden Lächeln riss sie die Tür auf …

»Ich bin Joey!«

Der Mann war etwa Mitte zwanzig, sehr groß, sehr dünn und stand inmitten vieler Pakete, die er rund um sich herum aufgebaut hatte. In der Auffahrt zum Haus parkte ein Lieferwagen mit dem Emblem der kanadischen Post. Sara konnte es kaum fassen, dass ihre Bestellungen vom Vorabend tatsächlich heute schon ausgeliefert wurden.

»Hallo, Joey. Ich bin Sara.«

»Ich weiß!« Strafend schaute er sie an. »So viele Pakete musste ich noch nie für eine einzige Person schleppen.«

»Wir sind zu zweit«, rechtfertigte sich Sara. »Außerdem sind wir gerade erst hier eingezogen, und das sind alles Dinge, die wir unbedingt brauchen.«

Joey fasste sich mit einer Hand in den Rücken. »Ich habe Probleme mit der Bandscheibe.«

Sara bemühte sich um eine schuldbewusste Miene. »Das tut mir leid.«

»Ich kann die Pakete jetzt nicht auch noch ins Haus tragen.«

»Das mache ich schon«, versicherte Sara hastig.

Sie unterschrieb das Formular, das er ihr präsentierte, und entschuldigte sich bei ihm für die Umstände, die sie ihm mit ihrer Bestellung bereitet hatte.

»Schon gut.« Er schaute sie abwartend an und bewegte sich nicht von der Stelle.

»Oh, einen Moment, bitte.« Sie lief zurück ins Haus und kramte einige Münzen aus ihrer Geldbörse. Es waren fast fünf kanadische Dollar, die sie ihm in die Hand drückte, umgerechnet etwas mehr als drei Euro.

Joey starrte auf die Münzen in seiner Hand, dann steckte er sie in die Hosentasche.

»Geizig ist sie auch noch«, hörte Sara ihn murmeln, als er wieder zu seinem Lieferwagen schlurfte.

Als Paul zurückkam, hatte Sara noch nicht alle Pakete ins Haus getragen. Sie lief auf ihn zu und sah, dass er tatsächlich einen Heizlüfter vom Rücksitz nahm.

»Der gehört Larry«, berichtete Paul. »Er leiht ihn uns, bis die Heizung funktioniert.« Er schaute auf die letzten drei Pakete, die noch vor dem Haus standen. »Und wie ich sehe, hast du wirklich ordentlich eingekauft.«

»Das ist nicht alles.« Sara dachte an die aufgetürmten Stapel, die bereits im Flur standen.

»Mir ist alles recht, wenn es nur endlich warm und gemütlich wird.« Paul ging vor ihr her. Trotz seiner Worte stutzte er kurz, als er die vielen Pakete entdeckte. Er wandte sich zu ihr um und grinste.

Sie grinste zurück und ging noch einmal nach draußen, um den Rest zu holen.

Paul trug den Elektroheizer in ihr Büro und steckte den Stecker in die Steckdose. Lächelnd schaute er sie an.

»Gleich wird es warm«, prophezeite er und drückte auf den Schalter.

Es gab einen lauten Knall, den sie inzwischen nur zu gut kannten.

»Verda…« Paul brach ab und verbesserte sich: »Verflixt, schon wieder die Sicherung.« Er verließ das Zimmer und kam nach wenigen Minuten zurück. »Versuchen wir es noch einmal.«

Seine Stimme klang mutlos. Er legte den Finger auf den Schalter und drückte ihn vorsichtig nach unten. Diesmal begann der Lüfter zu laufen. Warme Luft strömte aus den Öffnungen … und dann knallte es erneut.

»Hör auf.« Sara legte ihre Hand auf seinen Arm. »Es klappt einfach nicht. Wir brauchen unbedingt einen Handwerker. Wenn Jeff sich nicht meldet, suchen wir uns eben einen anderen.«

Obwohl er immer noch enttäuscht wirkte, nickte Paul zustimmend.

»Ja, das ist wohl die beste Lösung. Ich rufe Jeff noch einmal an, und wenn er sich dann nicht meldet, mache ich mich gleich morgen auf die Suche nach einem Handwerker, der Zeit für uns hat.«

»Ich gehe jetzt duschen«, erklärte Paul, nachdem sie zusammen die Pakete ausgepackt hatten.

Sara schaute ihn entgeistert an. »Wir haben kein warmes Wasser.«

Paul seufzte tief auf. »Ich wage es trotzdem. Ich halte es einfach nicht mehr aus! So schmutzig und verschwitzt, wie ich mich fühle, brauche ich einfach eine Dusche.«

»Ich auch …« Sara zögerte.

»Und anschließend werde ich saubere Wäsche anziehen. Und die Jeans, die du für mich bestellt hast.« Paul schloss genüsslich die Augen.

»Himmlisch!« Sara sehnte sich auch so sehr nach einer Dusche. Nach dem Gefühl von Sauberkeit ... Gestern und heute hatten sie lediglich Wasser auf dem Herd erwärmt, um sich von Kopf bis Fuß abzuwaschen. Aber das war nicht vergleichbar.

Sara dachte an das Wasser, das auf ihren Körper prasselte, und an den Duft von Shampoo und Duschgel, der das Bad erfüllte. Sie konnte es kaum erwarten, sich endlich wieder frisch zu fühlen. Dafür konnte sie es bestimmt ertragen, dass das Wasser kalt war.

Hinterher würde sie in den weichen Bademantel schlüpfen, warmen Tee trinken und sich in Pauls Arme schmiegen. Sie konnten unter den neuen, sauberen Decken miteinander kuscheln.

Sara lächelte und hüllte sich in diese Träume ein, die zumindest ihre Seele wärmten. Dann folgte sie Paul ins Bad und trat gerade ein, als er den Wasserhahn aufdrehte.

Ein metallisches Klopfen war zu hören, das immer lauter wurde. Paul verließ hastig die Duschkabine.

»Was ist das?«, rief er entsetzt.

»Igitt!« Sara trat erschrocken einen Schritt zurück, als brauner Schlamm aus dem Duschkopf quoll.

Paul passte auf, dass er nicht mit der Brühe in Berührung kam, als er den Wasserhahn zudrehte. Dann wandte er sich Sara zu.

»Es reicht. Pack deine neuen Sachen ein, wir verbringen die Nacht in einem Hotel. Wir werden köstlich essen, duschen, in einem sauberen Bett schlafen und alles vergessen, was uns das Leben gerade schwermacht.«

»Eigentlich muss ich arbeiten«, wandte Sara ein.

»Nimm dein Notebook mit. Während du morgen in dem warmen Hotelzimmer übersetzt, mache ich mich auf die Suche nach einem Handwerker.«

Das von Paul ausgewählte Hotel war nur vierzig Kilometer entfernt und lag, ebenso wie ihr Haus, am Ufer des Okanagan Lake.

Es erstreckte sich über vier Etagen und wirkte wie ein kleiner Palast. Das Entree war halbrund und mit Marmorfliesen ausgelegt. Zu beiden Seiten des Eingangsgebäudes befanden sich weitere Gebäude mit den Hotelzimmern und Suiten. Das Highlight war der beheizte Pool auf dem Dach. Warmes Wasser!

Ihre Suite war geräumig und luxuriös eingerichtet. Es gab ein großes Kingsize-Bett mit weicher Bettwäsche, eine Sitzecke mit bequemen Sesseln und ein modernes Badezimmer mit einer großen Badewanne und einer ebenerdigen Dusche.

Sara gönnte sich ein Schaumbad, während Paul gleichzeitig duschte. Danach schlüpften sie in ihre weichen Bademäntel und kuschelten sich auf dem breiten Sofa aneinander.

Sara seufzte. »So wohl habe ich mich schon lange nicht mehr gefühlt.«

»Geht mir genauso.« Paul hatte die Augen geschlossen und wirkte so erschöpft, wie Sara ihn noch nie gesehen hatte.

»Geht es dir wirklich gut?«, fragte sie besorgt.

Er öffnete die Augen und lächelte. »Ich bin nur schrecklich träge. Am liebsten würde ich die nächsten Stunden nicht mehr aufstehen. Aber das gibt sich gleich wieder«, versicherte er. »Ich brauche nur noch ein paar Minuten, dann ziehe ich mich an. Ich habe dir ein tolles Essen im Hotelrestaurant versprochen, und das bekommst du …«

Sara legte ihm die Hand auf den Mund und brachte ihn so zum Verstummen.

»Wir lassen uns das Essen aufs Zimmer bringen«, bestimmte sie. »Ich habe auch keine Lust mehr, mich fertig zu machen, um auszugehen.«

Pauls Blick wurde etwas wehleidig. »Wir sind alt.«

»Noch nicht ganz.« Sara lachte. »Aber wir sind auf dem besten Weg dazu. Und eigentlich ist es auch genau das, was ich mir immer gewünscht habe: zusammen mit dir alt zu werden.«

Am nächsten Morgen wurde sie von Pauls Stimme geweckt.

»Es ist das letzte Mal, dass ich anrufe! Wenn ich innerhalb der nächsten Stunde keine Antwort bekomme, suche ich mir einen anderen Handwerker!«

Damit beendete er das Gespräch. Seine wütende Miene nahm einen schuldbewussten Ausdruck an, als er sah, dass sie wach war.

»Entschuldige, ich wollte dich nicht wecken.«

»Wen hast du angerufen?«, fragte sie, obwohl sie es bereits ahnte.

»Dieser unsägliche Jeff hat sich immer noch nicht gemeldet.« Paul stierte eine Weile dumpf vor sich hin. Dann angelte er wieder nach seinem Handy. »Na gut, dann eben nicht«, murmelte er. »Ich suche jetzt wirklich nach einem anderen Handwerker.«

Er googelte ein wenig und schien schnell fündig zu werden. Doch bereits der erste Anruf ernüchterte ihn offenkundig.

»Nicht mehr in diesem Jahr?« Seine Stimme klang fassungslos. »Aber wir haben erst Oktober. Sollen wir etwa den ganzen Winter ohne Heizung auskommen? Wir brauchen so schnell wie möglich einen Handwerker. Außerdem kommt dunkler Schlamm aus unserer Dusche. Sie haben doch ein Unternehmen für Heizung und Sanitär …«

Sein Anrufer schien ihn unterbrochen zu haben. Paul lauschte eine Weile. Seine Miene drückte zuerst Ärger, dann zunehmende Resignation aus.

»Trotzdem vielen Dank«, verabschiedete er sich schließlich.

»Er kommt nicht«, stellte Sara fest.

Paul schüttelte den Kopf. »Aber höflich war er. Jedenfalls hat er sich immer wieder entschuldigt.«

»Vielleicht meldet Jeff sich ja doch noch.«

»Vielleicht …«

Im Grunde wussten sie beide, dass Jeff sich nicht melden würde. Erst recht nicht nach der Ansage, die Paul eben auf dessen Mailbox hinterlassen hatte.

Paul straffte sich. »Wir bleiben das ganze Wochenende hier. Ich will an unser Haus und den ganzen Ärger einfach nicht mehr denken. Du kannst in Ruhe arbeiten, und vielleicht hast du zwischendurch ein wenig Zeit, sodass wir gemeinsam etwas unternehmen können.«

Sara schaute ihn zweifelnd an. »Diese Suite ist bestimmt ziemlich teuer. Können wir uns das überhaupt leisten?«

»Nein.« Grinsend schüttelte Paul den Kopf. »Wir machen es trotzdem. So wie es im Moment aussieht, sparen wir enorm an Handwerkerkosten.«

Paul versuchte es weiterhin. Er erreichte an diesem Samstag nicht alle Handwerker, deren Nummern er im Internet gefunden hatte, doch von denjenigen, mit denen er sprach, hatte niemand Zeit. Einige gaben auch zu, dass ihnen der Weg nach Springfield schlichtweg zu weit war.

Sara versuchte, nicht hinzuhören und sich ausschließlich auf ihre Arbeit zu konzentrieren.

Zwischendurch schwammen sie gemeinsam in dem beheizten Pool auf dem Dach des Hotels.

Die Zeit verging viel zu schnell. Nach einem ausgiebigen Frühstück am nächsten Tag mussten sie bereits auschecken.

Ein bleigrauer Himmel begleitete sie auf der Rückfahrt.

»Es ist verrückt«, sagte Sara, als sie fast zu Hause waren, »aber trotz allem liebe ich unser Haus. Wenn es nicht so kalt wäre, würde ich mich sogar über die Heimkehr freuen.«

»Ich auch.« Paul lächelte ihr kurz zu, bevor er sich wieder auf den Weg konzentrierte. »Ich habe übrigens beschlossen, die Heizung selbst zu reparieren. Im Internet gibt es einige Tutorials, die sich mit dem Thema befassen.«

»Das ist keine gute Idee«, entfuhr es Sara. »Ich sage nur: Staubsauger.«

»Er hat halt nicht gut gesaugt«, warf Paul ein.

»Nach deiner Reparatur hat er überhaupt nicht mehr funktioniert. Außerdem erinnere ich dich an den Toaster. Der fing nach deinen Bemühungen an zu brennen. Nein, Paul, ich bin strikt dagegen, dass du etwas an der Heizung machst.«

Paul trat hart auf die Bremse, weil in diesem Moment der weiße Pick-up aus einer Seitenstraße schoss und ihnen die Vorfahrt nahm. Entschuldigend hob Jeff die Hand, und dann war er auch diesmal wieder vorbei.

»Irgendwann erwische ich den«, brummte Paul.

»Ja, aber nicht heute.« Sara strich ihm sanft über den Arm. »Lass uns einfach nach Hause fahren und den restlichen Sonntag genießen. Morgen überlegen wir dann, wie es weitergeht.«

Als sie ausstiegen, löste sich ein Schatten aus dem Eingangsbereich des Hauses und kam auf sie zu. Sara erblickte ihn zuerst. Wie erstarrt blieb sie stehen.

Paul, der direkt hinter ihr ging, stieß gegen sie. Dann bemerkte auch er den Mann, der vorwurfsvoll ausrief: »Wo bleibt ihr denn so lange? Ich warte hier schon seit Stunden.«

»Angus!« Paul war sichtlich erschüttert. »Was, zum Teufel, machst du denn hier?«

Kapitel 9

»Das ist ja eine nette Begrüßung.« Angus war sichtlich einge-schnappt. Neben ihm stand ein riesiger Koffer.

»Was machst du hier?«, wollte Paul wissen.

»Blöde Frage«, knurrte Angus. »Euch besuchen natürlich. Warum sollte ich sonst vor eurer Tür stehen?«

Sara dachte an die kaputte Heizung und die nicht funktio-nierende Wasserleitung im oberen Stockwerk. An die fehlerhafte Stromleitung, die sofort alle Sicherungen herausspringen ließ, wenn sie überlastet wurde. Das alles mündete in dem Satz: »Wir sind aber so gar nicht auf Besucher eingerichtet.«

»Ihr habt mich eingeladen …« Angus verstummte kurz, dann fuhr er fort: »Auf eurer Hochzeitsfeier. Und nicht nur mich …« Wieder brach er ab.

»Lasst uns erst einmal hineingehen«, schlug Paul vor.

»Das erste vernünftige Wort, das ich seit meiner Ankunft höre.« Mürrisch trat Angus zur Seite und ließ ihnen den Vortritt. Erst als er in dem großen Wohnraum stand, veränderte sich seine Miene. Staunend schaute er sich um und drehte sich dabei einmal um sich selbst. »Das ist ja fantastisch!« Er rieb sich die Arme. »Es dürfte nur ein bisschen wärmer sein.«

»Genau das ist das Problem.« Sara erklärte ihm, dass die Hei-zung defekt war und dass es sich als beinahe unmöglich erwies, einen Handwerker zu finden.

»Dann friere ich eben mit euch«, erwiderte Angus treu-herzig.

»Was machst du hier?«, wiederholte Paul seine Frage von vorhin, diesmal allerdings vorsichtig, beinahe schon sanft.

»Wieso bist du nicht in Deutschland und arbeitest an deinem Roman?«

»Ich komme nicht voran …«

Misstrauen blitzte in Pauls Augen auf. »Wie weit bist du denn?«

»Wenn ich dir das sage, schickst du mich sofort zurück nach Deutschland.« Angus grinste verlegen. »Ich habe aber mein letztes Geld für das Ticket nach Kanada zusammengekratzt. Ich kann also erst wieder zurück, wenn ich mein Honorar habe.«

Paul wusste offensichtlich nicht, was er darauf sagen sollte. Auch Sara war sprachlos.

»Oder ich müsste mir das Geld für den Rückflug von euch leihen.« Angus' Blick wechselte zwischen ihr und Paul hin und her, blieb schließlich aber an seinem Lektor hängen. »Ich kann nicht schreiben, wenn du nicht in der Nähe bist«, sagte er kläglich.

»Wir können ihm kein Rückflugticket bezahlen«, gab Sara zu bedenken. »Erst recht nicht nach dem Wochenende in diesem Luxushotel.«

Paul hob kurz die Schultern. In seinen Augen entdeckte sie ein amüsiertes Leuchten.

»Wir können ihn aber auch nicht vor die Tür setzen«, fuhr Sara fort.

»Warum nicht?«, fragte Paul scheinbar ungerührt.

»He!«, rief Angus empört. »Ich kann euch hören.«

»Warum hast du dich vor deinem Abflug nicht gemeldet?« Paul schaute ihn streng an. »Ich habe dich so oft angemailt und dir unzählige Nachrichten auf der Mailbox hinterlassen. Du hast dich nicht ein einziges Mal zurückgemeldet.«

»Weil ich dich überraschen wollte.« Das klang ziemlich lahm.

»Ist doch jetzt egal«, mischte sich Sara ein. »Angus ist nun einmal da.« Sie legte dem Schriftsteller einen Arm um die Schultern. »Es ist ja nicht so, dass wir uns nicht über deinen Besuch freuen, aber du musst dich hier im Haus auf viele Unzulänglichkeiten einstellen.«

Angus winkte ab. »Das macht mir nichts. Ich brauche nur ein Plätzchen zum Schreiben.«

»Und ich werde darauf achten, dass du schreibst!«, drohte Paul ihm an.

»Genau das war der Plan.« Angus grinste breit. »Wo kann ich schlafen?«

Sara zeigte auf die Treppe. »Such dir ein Zimmer aus, wir haben ja genug.«

»Aber nicht das große Doppelzimmer am Ende des Gangs«, rief Paul ihm nach, als Angus tatsächlich nach oben ging. »Das ist unsers.«

»Ich habe das passende Zimmer für mich gefunden.« Angus wirkte begeistert, als er wieder nach unten kam. »Und dabei nehme ich euch nicht einmal viel Platz weg. Ich habe mich für den kleinen Raum gleich neben der Treppe entschieden.«

»Aber den hat …«, begann Paul, doch Sara fiel ihm hastig ins Wort. »Das ist okay. Du kannst das Zimmer haben.«

»Super!« Angus griff nach seinem Koffer. »Dann werde ich mich mal häuslich einrichten.«

Paul wartete, bis oben die Tür ins Schloss fiel. »Aber du wolltest den Raum doch als Arbeitszimmer nutzen.«

»Das kann ich immer noch, wenn er wieder verschwunden ist.« Sara stieß einen tiefen Seufzer aus. »Auch wenn ich befürchte, dass es lange dauern wird, bis wir uns wieder von ihm verabschieden können.«

»Stört er dich nicht?« Paul schaute sie besorgt an.

»Ich mag Angus.« Sara begann plötzlich laut zu lachen. »Hoffentlich tauchen hier nicht nach und nach alle Leute auf, die wir eingeladen haben.«

Paul starrte sie entsetzt an. »Das ist nicht lustig!«

Sara hörte auf zu lachen. »Ganz bestimmt nicht, wenn es wirklich passiert.« Sie hing kurz ihren Gedanken nach und schüttelte schließlich den Kopf. »Aber ich glaube nicht, dass wir mit weiteren Besuchern rechnen müssen …«

Paul war frustriert, weil er trotz intensiver Suche auch an diesem Morgen keinen Handwerker fand.

»Ich weiß nicht, was ich noch machen soll«, sagte er mutlos. Eingehüllt in dicke Pullover und Jacken saßen er und Sara an dem großen Esstisch.

»Lass uns noch einmal mit Larry reden«, schlug Sara vor. »Oder mit Winnie. Vielleicht haben sie eine Idee.«

In diesem Moment kam Angus die Treppe heruntergeschlendert. Auch er trug seine Winterjacke und hatte die Hände tief in den Taschen vergraben. Sein Blick heftete sich auf die Kaffeetasse, die vor Sara stand.

»Ist das etwa heißer Kaffee?«, fragte er sehnsüchtig.

Sara nickte, doch es war Paul, der etwas sagte.

»Was machst du hier?«, wollte er wissen.

Angus grinste. »Mal nachschauen, ob es etwas Warmes zu trinken gibt.«

»Angus!«

»Schon gut.« Er zog die Hände aus seiner Jackentasche. »Es ist zu kalt zum Schreiben. Meine Finger frieren an der Tastatur fest.«

»Typisch Schriftsteller«, brummte Paul. »Übertreibt wie immer.«

»Aber er hat recht, es ist sehr kalt.« Sara umschloss ihren Kaffeebecher mit beiden Händen, doch der war inzwischen nur noch lauwarm. »Wir sollten uns wirklich noch einmal mit Larry und Winnie zusammensetzen«, kam sie auf das ursprüngliche Thema zurück.

Angus kam zu ihnen an den Tisch. »Wer sind Winnie und Larry?«

»Wir haben die beiden während unseres Urlaubs hier kennengelernt«, berichtete Sara. »Inzwischen sind sie gute Freunde.«

»Und was ist mit diesem Jeff?«, fragte Angus weiter. »Den Namen habt ihr ja auch ein paarmal erwähnt.«

»Jeff ist der einzige Handwerker hier in der Umgebung. Leider hat er keine Zeit für uns.«

»Oder keine Lust, bei uns zu arbeiten«, ergänzte Paul bitter.

»Warum rufen Winnie oder Larry nicht bei ihm an, um ihn um Hilfe zu bitten?«, fragte Angus verständnislos.

»Sie erreichen auch nur seine Mailbox.« Ein frustrierter Seufzer kam über Pauls Lippen. »Das heißt, einmal hat er Winnie danach zurückgerufen und ihr zugesagt, sich bei uns zu melden. Was aber nie passiert ist. Und nachdem meine letzte Nachricht an ihn nicht besonders freundlich war, wird er sich ganz bestimmt nicht mehr melden.«

»Ich kann mir nicht vorstellen, dass es in einem so riesigen Land wie Kanada keine Handwerker gibt.« Angus schüttelte verständnislos den Kopf.

»Natürlich gibt es Handwerker, vor allem in den Städten. Die meisten wollen aber wegen der weiten Anreise nicht hierherkommen – und weil sie ohnehin genug zu tun haben.«

Paul nahm sein Smartphone in die Hand und betrachtete es eine Weile, legte es dann aber wieder weg.

»Du denkst hoffentlich nicht schon wieder darüber nach, die Heizung selbst zu reparieren?« Mit einem unguten Gefühl schaute Sara ihn an.

»Ja …« Er nickte, schüttelte aber gleich darauf den Kopf. »Nein.«

»Warum eigentlich nicht? Es gibt so tolle Tutorials im Internet, und ich könnte Paul helfen.«

»Du bist handwerklich begabt?«

»Äh …«

Sara winkte ab. »Vergiss es.« Sie stand auf, als es an der Tür klopfte. »Vielleicht ist das ja Jeff«, sagte sie hoffnungsvoll.

»Oder weitere Überraschungsgäste. Kannst du dich noch daran erinnern, wen wir alles eingeladen haben?«

»Alle.« Sara lachte, als sie Pauls entsetztes Gesicht sah.

Sie ging zur Haustür und riss sie auf. Winnie stand davor. In den Händen hielt sie einen Korb, in dem sich ein Brotlaib und ein Paket Salz befanden.

»Ich habe es leider nicht früher geschafft, euch zu besuchen.« Winnie reichte Sara den Korb. »Soweit ich weiß, ist es eine alte Tradition in Deutschland und anderen europäischen Ländern, dass Brot und Salz als Symbol für Wohlstand, Gesundheit und Glück in ein neues Zuhause gebracht werden.«

Sara freute sich. »Ein bisschen Glück können wir wirklich brauchen. Vielen Dank, Winnie, das ist sehr nett von dir. Komm doch rein.«

Winnie folgte ihr an den Tisch, an dem die Männer saßen. Beide erhoben sich, und Sara machte Winnie mit Angus bekannt.

Winnie schaute sich interessiert um.

»Hier hat sich nichts verändert«, stellte sie fest. »Nur die Küche wurde erneuert, und hier stehen andere Möbel.«

»Das soll darüber hinwegtäuschen, dass dieses Haus eigentlich eine Ruine ist.« Pauls Stimme klang bitter, obwohl er lächelte.

»Wir haben noch immer Probleme mit der Heizung«, sagte Sara. »Der Kamin funktioniert nicht, und aus den Wasserleitungen oben kommt nur Schlamm.«

Winnie nickte verständnisvoll. »Das tut mir leid für euch. Das muss wirklich nervig sein. Und wenn ihr das Haus in diesem Zustand verkauft, wäre das bestimmt auch ein finanzieller Verlust für euch.«

»Sie müssten erst einmal einen Käufer finden«, wandte Angus ein. »So wie ich die beiden kenne, werden sie nicht so betrügerisch vorgehen wie der Vorbesitzer und eine schön gestrichene Ruine verkaufen.«

Sara und Paul sahen sich an und schüttelten gleichzeitig den Kopf.

»Wir wollen nicht verkaufen«, sagte Sara.

»Vielleicht könnt ihr den Vorbesitzer zur Rechenschaft ziehen«, überlegte Winnie laut. »Unter Umständen könnt ihr den Kauf sogar rückgängig machen und bekommt euer Geld zurück.«

»Wir wollen das Haus behalten«, wandte Paul diesmal ein, aber weder Winnie noch Angus beachteten ihn.

»Die beiden brauchen einen guten Anwalt.« Angus grinste Winnie an. »Sind die in Kanada auch so schwer zu bekommen wie Handwerker?«

»Keine Ahnung.« Winnie grinste zurück. »Ich habe zum Glück noch nie einen gebraucht.«

»Hallo!«, rief Paul laut und winkte dabei. »Wir sind auch noch da.«

Winnie und Angus wandten sich zu ihm um.

»Wir verkaufen nicht«, sagte Paul noch einmal. »Wir wollen das Haus behalten.«

»Wir brauchen lediglich Handwerker, damit alles in Ordnung gebracht wird.« Sara kam sich allmählich vor wie eine Schallplatte, die immer wieder dasselbe Lied abspielte.

»Da komme ich ja genau richtig.« Winnie schaute sie schmunzelnd an. »Ich wollte euch zu meiner Geburtstagsfeier am kommenden Wochenende einladen. Larry kommt ebenfalls, und auch Josh wird da sein. Er freut sich sehr darauf, euch wiederzusehen. Außerdem habe ich ein paar Leute aus dem Dorf eingeladen, die ihr noch nicht kennt.« Winnies Stimme wurde leise und sehr geheimnisvoll, als sie hinzufügte: »Und dann kommt einer, den ihr im wahrsten Sinne des Wortes nur flüchtig kennt. Sozusagen im Vorbeifahren.«

»Jeff?«, rief Sara aufgeregt.

»Er kommt jedes Jahr zu meinem Geburtstag.« Winnie lächelte. »Und da kann er euch nicht mehr entwischen.«

»Er wird begeistert sein«, prophezeite Sara. Herzlich lächelte sie Winnie an. »Wir kommen auf jeden Fall. Aber nicht nur wegen Jeff, sondern vor allem deinetwegen.«

»Ich freue mich sehr.« Winnie wandte sich zum Gehen. »Es tut mir leid, dass ich nicht länger bleiben kann.«

»Das verstehe ich, du hast bestimmt Führungen«, vermutete Sara.

»Nein.« Grinsend schüttelte Winnie den Kopf. »Mir ist es bei euch einfach nur zu kalt.« An der Tür drehte sie sich noch einmal um und zeigte auf Angus. »Bringt euren Freund mit. Er scheint in Ordnung zu sein.«

Angus machte eine Verbeugung und zog dabei einen imaginären Hut. »Ich fühle mich geehrt und nehme die Einladung gerne an.«

Kapitel 10

»Wo ist Angus?« Paul wirkte verärgert. »Er ist schon wieder nicht an seinem Arbeitsplatz. Ich wollte ihm eine Rückmeldung zu den letzten Seiten seines Romans geben, kann ihn aber nirgendwo finden.«

Sara nickte verständnisvoll, als plötzlich ein lautes Krachen ihre Unterhaltung unterbrach. Mörtelteile regneten aufs Sofa, und aus der Decke ragten zwei zappelnde Beine hervor.

Bevor Sara und Paul reagieren konnten, brach Angus vollends durch die Decke und stürzte genau auf die Couch.

»Angus ist wieder da.« Sara wusste selbst nicht, wieso sie das sagte. Wahrscheinlich stand sie noch unter Schock. Sie eilte zum Sofa. »Ist dir etwas passiert?«

Angus begann sich vorsichtig zu bewegen. »Ich hätte mir das Genick brechen können«, stammelte er.

Paul starrte auf das Loch in der Decke. »Wie ist das überhaupt passiert?«

Angus schüttelte den Kopf und sah ihn mit glasigen Augen an. Ihm schien jetzt erst so richtig bewusst zu werden, in welcher Gefahr er geschwebt hatte.

»Ich wollte nur einen Blick in die leeren Zimmer werfen. Und als ich das ganze Gerümpel in diesem Raum gesehen habe, bin ich neugierig geworden. Ich wollte mir das alles genau anschauen. Einfach mal gucken, ob zwischen dem Gerümpel etwas Wertvolles ist, das ihr zu Geld machen könnt … Na ja, und dann war der Boden unter mir plötzlich weg.«

Angus hatte den Sturz tatsächlich unbeschadet überstanden. Nachdem sie sich alle von dem Schrecken erholt hatten, gingen sie gemeinsam nach oben. Der Raum, in dem der Boden nachgegeben hatte, war das große, leere Zimmer, in dem alles Mögliche abgestellt wurde: stapelweise Kisten, alte Möbel, ein paar Fahrräder und sogar ein kleines Boot. Und inmitten des Durcheinanders war das Loch im Boden zu sehen.

Paul zog die Tür zu und schloss sie ab. »Da geht vorerst niemand mehr rein«, bestimmte er. »Noch mehr Arbeit für einen Handwerker, der nie hier auftaucht.«

Angus nickte mit finsterer Miene. »Habt ihr eigentlich noch nicht daran gedacht, diesen Jeff einfach bei sich zu Hause aufzusuchen und so lange zu bleiben, bis er sich diese Baustelle endlich ansieht?«

»Ich bin ein paarmal bei ihm vorbeigefahren, aber da habe ich ihn nie angetroffen.«

Sara kicherte. »Er hat eben zu viel zu tun.«

Paul und Angus schauten sie entgeistert an.

»Und was ist daran so witzig?«, fragte Angus.

»Nichts!«, antwortete Paul für sie.

»Stimmt, das ist nicht lustig.« Trotz ihrer Worte musste Sara gegen einen Lachflash ankämpfen, der ganz tief aus ihrem Bauch aufstieg – und sich dann nicht mehr unterdrücken ließ. Sie begann zu lachen und konnte sich kaum mehr beruhigen. Die fassungslosen Blicke der beiden Männer erheiterten sie nur noch mehr.

»Angus' Beine, die von der Decke baumeln …«, japste sie. »Das Haus … Alles ist kaputt … Ich … Ich kann nicht mehr.«

Übergangslos begann sie zu weinen.

Paul zog sie in die Arme und streichelte ihr tröstend über den Rücken. Aber ebenso wie bei dem Lachanfall eben konnte sie sich auch jetzt nicht beruhigen.

»Ich lass euch mal ein bisschen in Ruhe«, murmelte Angus und ging.

Als sie allein waren, standen sie einfach nur da, und Paul hielt sie in den Armen, ohne ein Wort zu sagen. Offenbar wartete er darauf, dass sie sich von selbst wieder beruhigte.

»Es tut mir leid«, entschuldigte sie sich irgendwann.

»Alles gut«, versicherte er schnell. »Ich weiß doch genau, was du fühlst. Das hier ist für uns beide zu viel.«

»Ich habe große Angst, dass wir das alles nicht bewältigen können.« Entsetzen erfasste sie, als ihr ein noch schlimmeres Szenario in den Kopf kam. »Oder dass irgendwann das ganze Haus über uns zusammenbricht. Vielleicht gibt es oben noch weitere morsche Stellen, über die wir uns jeden Tag bewegen, ohne zu ahnen, dass wir uns in Lebensgefahr befinden und …«

Paul verschloss ihr den Mund mit einem Kuss. »Wir schaffen das!«

Die Sicherheit in seiner Stimme beruhigte sie viel mehr, als seine Worte es vermochten.

Bunte Ballons und Lampions zierten Winnies Haus. Die Fenster waren hell erleuchtet, Lachen und fröhliche Stimmen drangen nach draußen. Niemand hörte ihr Klingeln.

Angus, der einen riesigen Blumenstrauß in der Hand hielt, drückte die Türklinke nach unten.

»Es ist nicht abgeschlossen«, stellte er fest.

»Wir können doch nicht einfach reingehen«, wandte Sara ein.

Angus grinste. »Warum nicht? Wir sind doch eingeladen.« Damit betrat er das Haus und ging vor.

Sara und Paul schauten sich an, dann folgten sie Angus, der inzwischen vor der offenen Tür des völlig überfüllten Wohnzimmers stand. Paul trug den Geschenkkorb, der mit allerlei Leckereien gefüllt war. Larry hatte sich als große Hilfe erwiesen, weil er genau wusste, was Winnie gerne aß.

Sie holten Angus an der Tür zu dem großen Wohnraum ein. Noch hatte sie niemand bemerkt.

Eine bunte Girlande hing über dem Kamin, und das Sofa war mit Kissen in verschiedenen Farben bedeckt. Überall standen und saßen Menschen herum. Sara kannte die meisten nicht.

Auf einer langen Tafel war das Büfett aufgebaut, dessen Mittelpunkt die mit Kerzen geschmückte Geburtstagstorte bildete. In der Mitte der Torte steckte ein Cake Topper, der verriet, dass Winnie heute fünfundvierzig Jahre alt wurde.

Auf Beistelltischen standen Getränke und Snacks für die Gäste bereit.

»Du lieber Himmel, wie viele Leute sind das eigentlich?« Angus stellte diese Frage ausgerechnet in dem Moment, als die Gespräche und das Lachen kurz verstummten. Alle Gesichter wandten sich ihnen zu.

Winnie löste sich aus dem Pulk der Gäste und kam zu ihnen.

»Das sind alles Freunde aus Springfield, und dazu gehört ihr jetzt auch. Schön, dass ihr da seid.« Winnie wandte sich an die anderen. »Das sind Sara und Paul aus Deutschland. Wir ihr bestimmt alle schon gehört habt, wohnen sie in Sams Haus am Fluss.« Sie wies auf Angus. »Angus kommt ebenfalls aus Deutschland und ist gerade zu Besuch bei Sara und Paul. Ich freue mich sehr, dass ihr heute Abend die Gelegenheit habt, die drei kennenzulernen.«

Verhaltener Applaus war zu hören, in den Joey allerdings nicht einstimmte.

»Ihr bleibt für immer?«, fragte er missmutig. »Wenn wir Freunde werden sollen, müsst ihr eure Kaufsucht in den Griff bekommen.«

»Joey!« Winnie sah den Postboten von Springfield erzürnt an.

Joey rieb sich den Rücken. »Ich habe noch immer Schmerzen von den ganzen Paketen, die ich schleppen musste.«

»Mach dir nichts daraus«, flüsterte Winnie Sara zu. »Joey ist manchmal ein bisschen seltsam, aber ansonsten nett.«

Jetzt drängte sich Josh nach vorn. »Ich habe mich so darauf gefreut, euch wiederzusehen.«

»Wie geht es dir in New York?«, wollte Sara wissen.

»New York ist fantastisch!«, rief Josh begeistert aus. »Leider muss ich morgen schon wieder zurück, aber spätestens an Weihnachten bin ich in Springfield, dann können wir zusammen etwas unternehmen.«

Ein älterer Mann mit Bart und Halbglatze drängte sich vor. Seine wasserblauen Augen blickten verweisend auf Sara und Paul, bevor er sich an Winnie richtete.

»Leider haben sich deine neuen Freunde noch nicht bei mir vorgestellt.«

»Sara und Paul, das ist Owen Kent.« Ein amüsiertes Glitzern war in Winnies Augen zu sehen. »Er ist so etwas wie der Ortsvorsteher von Springfield.«

»*So etwas wie der Ortsvorsteher?*«, wiederholte Owen Kent und streckte das Kinn vor. »Ich *bin* der Ortsvorsteher.«

»Natürlich, Owen, entschuldige bitte.« Winnie wandte sich wieder Sara und Paul zu. »Also, Owen *ist* unser Ortsvorsteher. Wenn es irgendwelche Fragen gibt, könnt ihr euch jederzeit an ihn wenden.«

Owen schien diese Antwort zufriedenzustellen, jedenfalls nickte er zustimmend.

Paul nutzte die Gelegenheit. »Ja, da habe ich gleich eine Frage …«, begann er. »In unserem Haus gibt es einiges zu tun. Wir brauchen dringend einen Handwerker, finden aber keinen.«

Owen nickte die ganze Zeit, während Paul sprach.

»Jeff!«, rief er anschließend und schnippte mit den Fingern. »Wo ist Jeff?«

»Ich bin hier, Owen.« Ein großer, bärtiger Mann tauchte hinter Owen auf. Sara und Paul erkannten das Gesicht, das sie bisher nur im Vorbeifahren gesehen hatten.

»Jeff ist Handwerker.« Owen wirkte stolz und war offensichtlich davon überzeugt, das Problem gelöst zu haben.

»Das wissen wir.« Sara schaute Jeff unverwandt in die Augen, während sie sprach. »Aber er hat offensichtlich keine Zeit.«

»So ist es«, bestätigte Jeff.

»Unsere Heizung funktioniert nicht, ebenso wenig die Wasserleitung im Obergeschoss. Die Sicherung springt raus, sobald wir mehr als zwei Lampen einschalten. Und jetzt haben wir auch noch ein riesiges Loch in der Decke.«

Jeff nickte mit ungerührter Miene. »Klingt nach sehr viel Arbeit.«

Owen tätschelte Jeffs Schulter. »Du nimmst dir doch die Zeit und hilfst den jungen Leuten.« Das war eher ein Befehl als eine Frage.

»Aber sie wollen meine Hilfe nicht mehr.« Offensichtlich eine Anspielung auf Pauls Anruf. »Ich habe jedes Wort noch genau im Ohr.« Er grinste breit, als er zitierte: »Es ist das letzte Mal, dass ich anrufe! Wenn ich innerhalb der nächsten Stunde keine Antwort bekomme, suche ich mir einen anderen Handwerker!«

Winnie stieß ihn an. »Hättest du dich sonst bei ihnen gemeldet?«

»Ja … Irgendwann …«, erwiderte er vage. »Sobald ich etwas Zeit gehabt hätte.«

»Also nie«, schlussfolgerte Winnie trocken. »Bitte sei doch so nett und schau dir das einmal an. Ich möchte, dass Sara und Paul in Springfield bleiben.«

Jeffs Miene wurde weich. Er lächelte Winnie auf eine Art und Weise an, die zeigte, wie sehr er sie mochte.

»Also gut«, gab er sich geschlagen. »Ich komme am Montag um neun.«

»Da haben wir gleich noch einen Grund zu feiern«, sagte Winnie fröhlich. »Danke, Jeff.«

»Ja, danke, Jeff«, schloss sich Sara an. »Und danke, Winnie, dass du ihn überredet hast.«

»Das versuche ich schon seit Tagen.« Winnie lachte. »Ich bin gerade selbst sehr überrascht, weil er endlich zugestimmt hat.«

Sie schaute Jeff an, doch diesmal wich er ihrem Blick aus.

»Ich finde, wir haben uns heute genug über die Arbeit unterhalten. Jetzt habe ich frei und will deinen Geburtstag feiern.«

In diesem Moment kam Angus zu ihnen. Zusammen mit Larry und einer umwerfend schönen Frau mit tiefschwarzem Haar.

Larry strahlte. »Sara, Paul, ich möchte euch Bonnie vorstellen, meine Ehefrau.«

Sara war so überrascht, dass sie im ersten Moment nicht wusste, was sie sagen sollte. Mit offenem Mund starrte sie Bonnie an. Als ihr das bewusst wurde, riss sie sich zusammen und streckte Bonnie die Hand entgegen.

»Das freut mich sehr«, sagte sie. »Ich bin Sara.«

»Ich weiß.« Bonnie lächelte. »Larry hat so viel von dir erzählt, dass ich fast schon eifersüchtig war.«

»Dazu besteht nun wirklich kein Grund.« Sara starrte Bonnie weiterhin an. Das war zweifellos die schönste Frau, die sie je gesehen hatte. Die tiefschwarzen Haare hatte sie zu einem lockeren Dutt aufgesteckt, und die Augen leuchteten in einem tiefen, dunklen Blau.

Larry umfasste die Taille seiner Frau. Bonnie war fast einen Kopf größer als er.

»Schön, dass ihr euch endlich kennenlernt«, sagte er sichtlich erfreut.

»Sara hatte Mitleid mit dir.« Paul lachte. »Sie dachte, du wärst ein einsamer Mann, der …«

»Halt die Klappe.« Sara stieß ihm mit dem Ellbogen leicht in die Seite.

Larry lachte nur. »Ich bin ein sehr glücklicher Mann«, beteuerte er. »Mit einer wundervollen Frau und fünf zauberhaften Kindern.«

»So viel zu deiner Theorie«, zog Paul sie weiter auf.

Sara lachte nur und hauchte ihm einen Kuss auf den Mund.

Er umschlang sie mit beiden Armen. »Jetzt glaube ich fest daran, dass alles gut wird.« Paul lachte, doch dann wurde er für einen kurzen Moment wieder ernst. »Ich freue mich sehr. Diese gute Nachricht haben wir beide gebraucht.«

Sie hatten allen Grund, an diesem Abend ausgelassen zu feiern. Sie aßen gut, tranken eindeutig zu viel und schlossen Freundschaften mit den wunderbar seltsamen Menschen aus Springfield. Manche waren eher seltsam, andere ganz besonders wunderbar. Vor allem aber waren es die Menschen, die zukünftig ihren Weg begleiten würden.

Irgendwann in den frühen Morgenstunden hatte es geschneit. Paul schlief noch, als Sara aufstand. Auch von Angus war nichts zu hören, obwohl er normalerweise sehr früh wach war. Wahrscheinlich hatte auch er noch mit den Nachwirkungen der Feier zu kämpfen.

Sara hatte Kopfschmerzen und einen schalen Geschmack im Mund. Wie schön wäre jetzt eine Tasse Kaffee …

Fest in ihre Bettdecke gewickelt, stand sie am Fenster und schaute hinaus in die weiße Pracht. Woran lag es nur, dass ihr die Schneekälte heute viel beißender erschien?

Es war zu kalt, um auf diese Frage eine Antwort zu finden. Es war auch zu kalt, um nach unten zu gehen und Kaffee zu kochen, also schlüpfte sie zurück ins Bett.

Paul gab ein grunzendes Geräusch von sich, drängte sich ganz dicht an sie und umschlang sie mit beiden Armen.

So war es auszuhalten. Lächelnd schloss Sara die Augen und schlief wieder ein.

Das nächste Mal wachte sie auf, weil Paul sie schüttelte.

»Was ist denn?«, murrte sie.

»Hörst du nicht die Stimmen? Wir haben Besuch.«

Sara drehte sich zur anderen Seite. »Das ist bestimmt Angus.«

»Und der führt neuerdings Selbstgespräche?«

Die Stimmen kamen näher, dann klopfte es an der Tür.

»Paul! Sara!«

»Wir stellen uns einfach tot«, flüsterte Paul.

»Wir sind wach!«, rief Sara laut.

Die Tür flog auf, und dann schoss ein kleiner Schatten heran. Mit Volldampf sprang er zu ihnen ins Bett. Noah!

An der Tür standen Olivia und Amelie neben Angus.

»Tante Sara«, krähte Noah fröhlich. »Ich bin jetzt in Kanada. Zusammen mit meiner Mama und Amelie.«

Kapitel 11

»Mir ist kalt«, klagte Amelie.

»Ja, es ist kalt«, bestätigte Sara, die gerade nach unten kam und ihre Nichte gehört hatte.

Angus stand in der Küche und kochte Kaffee; Olivia saß mit den Kindern auf der Couch am Kamin. Alle drei trugen ihre dicken Wintermäntel. Außerdem hatte Angus ihnen die muffigen Decken gegeben, die Sara eigentlich entsorgen wollte.

»Wieso seid ihr hier?« Sara schaute ihre Schwester fragend an. »Und warum habt ihr nicht vorher angerufen? Ich hätte dir davon abgeraten, nach Kanada zu kommen. Unsere Heizung funktioniert nicht, und wir können auch im Kamin kein Feuer entzünden.«

»Das konnte ich ja nicht wissen.« Olivia sprach sehr leise. Sie schien den Tränen nahe zu sein. »Es war ein spontaner Einfall.«

Sara betrachtete ihre Schwester aufmerksam. Impulsive Reaktionen gehörten sonst nicht unbedingt zu ihrem Repertoire.

»Was ist los?«, fragte sie direkt.

Olivia warf einen schnellen Blick auf die Kinder und drückte so aus, dass sie in deren Beisein nicht reden wollte. Das war auch nicht nötig. Die Antwort übernahm Noah.

»Mama und Papa haben sich gezankt«, berichtete er. »Ganz doll. Und dabei sagen die immer, dass Amelie und ich uns nicht streiten dürfen.«

»So ist das nicht«, widersprach Olivia. »Papa und ich waren nur nicht einer Meinung.«

Noah schaute seine Mutter verständnislos an. »Wenn ich eine andere Meinung als Amelie hab, darf ich sie aber nicht anschreien.«

Olivia wirkte verlegen und schien nicht zu wissen, was sie darauf antworten sollte. Sara wiederum wusste nicht, wie sie ihrer Schwester klarmachen sollte, dass sie bei diesen Temperaturen unmöglich bleiben konnte, erst recht nicht mit den Kindern. Hilflos schaute sie sich nach Paul um, doch es war Angus, der ihr unerwartet zur Seite sprang.

»Könnt ihr beide mir vielleicht helfen?«, wandte er sich an die Kinder. »Irgendwo im Küchenschrank müssten Schokoladenkekse sein, aber ich kann sie nicht finden.«

Noah sprang sofort auf und lief zu ihm, doch Amelie zeigte sich wie immer schüchtern und griff nach der Hand ihrer Mutter.

»Ich glaube, deine Mama muss dringend etwas mit deiner Tante besprechen.« Angus kam näher und ging vor dem Mädchen in die Hocke. »Du musst keine Angst vor mir haben, ich bin ein ganz Netter.«

»Mami hat gesagt, dass ich nie mit Fremden mitgehen darf.«

»Ja, da hat deine Mutter recht.« Angus nickte zustimmend. »Aber du gehst ja nicht weg, du bleibst hier im Haus. Und Paul ist auch da. Ich heiße übrigens Angus.«

»Das weiß ich doch.« Amelie lächelte ihn plötzlich an, was sehr ungewöhnlich für sie war. »Du warst doch dabei, als Tante Sara und Onkel Paul ihre Hochzeit gefeiert haben.«

»Du hast ein sehr gutes Gedächtnis«, lobte Angus. »Hilfst du deinem Bruder und mir, die Kekse zu suchen?«

Amelie nickte. Sie ließ Olivia los und griff vertrauensvoll nach Angus' Hand.

»Komm doch bitte mal mit mir nach oben.« Sara zeigte auf die Treppe.

Olivia stand auf und folgte ihr.

Als die beiden Schwestern in Saras und Pauls Schlafzimmer waren, setzte sich Sara aufs Bett. Sie klopfte auf den Platz neben sich und gab ihrer Schwester so zu verstehen, dass sie sich zu ihr gesellen sollte.

»Was ist passiert?«

Olivia atmete tief durch und begann zu erzählen. »Es ist Gernot. Wir streiten uns schon seit Wochen. Er ist … Er will …« Sie geriet ins Stocken und schüttelte kaum merklich den Kopf. »Es geht um alles, und ich weiß nicht, was ich tun soll. Ich habe es einfach nicht mehr ausgehalten. Ich musste weg, brauchte Abstand.«

»Ich verstehe«, sagte Sara, obwohl sie nicht wirklich wusste, worum es eigentlich ging. Olivia war offensichtlich nicht bereit, die genauen Gründe zu erläutern. »Aber das alles ist gerade ziemlich schwierig. Wir haben weder warmes Wasser noch eine funktionierende Heizung, und es ist eiskalt hier. Wie soll das gehen mit den Kindern?«

Olivia schaute sie bedrückt an. »Ich wusste einfach nicht, wohin. Mama und Papa …« Wieder brach sie ab. »Du weißt, wie sehr die beiden Gernot verehren. Mama würde ohnehin mir die Schuld an allem geben. Ich traue es ihr durchaus zu, dass sie mich mit der Anweisung, mich unverzüglich mit Gernot zu vertragen, aus dem Haus wirft.«

»Ich fürchte, ich kann dir da nicht widersprechen.« Sara dachte einen Augenblick nach. »Und wenn du mit den Kindern in ein Hotel ziehst? Wenigstens so lange, bis unsere Heizung funktioniert …«

»Vergiss es.« Olivia schüttelte den Kopf. »Unmittelbar nachdem ich die Flüge gebucht habe, hat Gernot meine Kreditkarte sperren lassen.«

»Wie seid ihr dann von Vancouver nach Springfield gekommen?«

»Ich hatte mit der Buchung eine Menge Bargeld abgehoben.« Olivia lächelte bitter. »Ich kenne Gernot. Ich wusste, dass er diesen Schritt gehen würde, also habe ich vorgesorgt. Ich habe ein Auto gemietet, und das muss ich morgen wieder abgeben, aber ich weiß nicht, wie ich dann wieder zurückkommen soll.«

Olivia brach in Tränen aus, und Sara umarmte ihre Schwester.

»Das ist wirklich unser kleinstes Problem. Paul fährt mit unserem Auto hinter dir her und bringt dich anschließend wieder zurück.« Plötzlich fiel ihr ein, dass Jeff für den nächsten Tag seinen Besuch angekündigt hatte. »Oder ich mache das«, sagte sie aus diesem Gedanken heraus. »Das wird sich alles finden.«

»Danke, Sara.« Olivia putzte sich geräuschvoll die Nase. »Es tut mir leid, dass ich euch so viele Umstände bereite, aber ich habe gestern nur noch gehandelt und nicht mehr nachgedacht.«

Sie schaute zu Boden und schien mit ihren Gedanken ganz weit weg zu sein.

Sara wartete darauf, dass sie mehr erzählte, aber dazu war Olivia offensichtlich noch nicht bereit.

Als sie wieder nach unten kamen, saßen die Kinder mit Angus am Küchentisch und malten.

»Der Angus hat uns ganz warm gemacht«, rief Noah aus. »Nur die Finger kann er nicht warm machen, aber die stecke ich immer in die Tasche, wenn sie zu kalt sind. Und wir haben ganz leckere Kekse.«

»Und wieso ist euch warm?«, fragte Sara überrascht.

»Wir haben eine Heizung unter dem Po«, lautete Noahs überraschende Antwort.

Angus und Paul lachten laut auf.

Paul stand in der Küche und bereitete einen Salat zu. Auf der Anrichte stand bereits ein Korb mit Brot, und neben dem Campingkocher befanden sich zwei Dosensuppen.

»Wir haben uns eben noch einmal die Heizung angesehen.« Paul hob beide Hände, als Sara die Brauen hochzog. »Wir haben nur mal kurz auf den Knopf gedrückt, aber da tut sich nichts. Und dabei haben die Kinder etwas entdeckt …«

»Kannst du endlich auf den Punkt kommen?«, fragte Sara ungeduldig. »Was habt ihr gefunden?«

»Einen ganzen Karton voller Wärmflaschen«, erwiderte Paul stolz.

»Schade, dass wir die nicht schon vorher gesehen haben«, sagte Angus. »Oder selbst auf die Idee gekommen sind, uns diese Dinger zu besorgen. Damit können wir die Zeit überbrücken, bis Jeff endlich da war. Die Kinder sitzen übrigens drauf und haben je ein Wärmekissen im Rücken. Den beiden ist jetzt angenehm warm.«

»Die Finger nicht«, stellte Noah noch einmal klar. »Aber mein Po ist schön warm.«

»Warum habt ihr euch keine elektrische Heizung besorgt?«, fragte Olivia. »Wenigstens übergangsweise?«

»Das haben wir, aber mit der kommt unsere Sicherung nicht klar«, verriet Sara seufzend. »Damit kann ich euch auch gleich sagen, dass ihr nie mehr als zwei Lampen einschalten dürft. Den Herd können wir überhaupt nicht nutzen …«

»Das wird ja immer schlimmer!« Olivia stöhnte. »Warum habt ihr in euren Mails nichts von euren Schwierigkeiten erwähnt?«

»Wir wollten nicht, dass ihr euch Sorgen macht«, behauptete Sara, auch wenn das nicht ganz der Wahrheit entsprach. Sie hatte in erster Linie an das gedacht, was ihre Mutter sagen würde: »Ich habe ja gewusst, dass das nicht gut geht. Ihr kommt sofort nach Hause.«

Olivia durchschaute sie. »Du willst nicht, dass Mama es weiß.«

Sara nickte ertappt.

»Dann hoffe ich für euch, dass sie nicht auch irgendwann plötzlich vor der Tür steht.«

»Hat sie das denn vor?«, fragte Sara erschrocken. »Hat sie etwas in der Richtung erwähnt?«

»Nein«, versicherte Olivia schnell. »Sie hat nichts gesagt. Aber mit mir spricht sie ja auch kaum noch, seit …«

Olivia brach ab und presste die Lippen fest aufeinander. Sie wirkte erschrocken. Ganz so, als hätte sie bereits zu viel gesagt.

Ihr Verhalten und vor allem das, was ihre Schwester nicht sagte, verrieten Sara, dass die Situation zwischen Gernot und ihr schlimmer sein musste, als Olivia es angedeutet hatte.

Paul brachte sie auf andere Gedanken.

»Schau mal«, sagte er und drehte sich um. Er lüpfte seinen Pullover, und Sara konnte sehen, dass er darunter eine Wärmflasche festgebunden hatte. »So lässt es sich wirklich aushalten. Und wir haben massenhaft von den Dingern.«

»Wahrscheinlich hat der Vorbesitzer sie zu genau dem Zweck gekauft«, mutmaßte Sara. »Er wusste ja, dass die Heizung nicht funktioniert.«

»Und alles andere auch nicht.« Angus zog Noah den Schal zurecht, als der verrutschte. Dann sprach er weiter. »Lasst euch das nicht gefallen. Ihr müsst euch wenigstens die Handwerkerkosten zurückholen.«

»Dazu müssen uns erst einmal solche Kosten entstehen.« Paul grinste.

»Morgen kommt Jeff.« Sara lächelte in die Runde. »Er hat es versprochen ...«

Kapitel 12

Um Punkt neun Uhr fuhr der weiße Pick-up vor. Mit seinen Jeans und dem karierten Flanellhemd entsprach Jeff optisch zu hundert Prozent dem Klischee des amerikanischen Handwerkers.

Sara und Paul begrüßten ihn gemeinsam.

»Danke, dass du gekommen bist.«

Sara war sehr erleichtert, doch Jeff blieb wortkarg.

»Ich habe es versprochen«, erwiderte er lapidar. »Könnt ihr mir zeigen, was nicht in Ordnung ist?«

Sara, die den Anbau bisher gemieden hatte, war überrascht, als sie den alten Verteilerkasten zum ersten Mal sah. Sie kannte nur die modernen Sicherungen, die sie in ihrer Hamburger Wohnung gehabt hatten, doch das hier waren fest verschraubte alte Keramiksicherungen.

Jeff betrachtete die Vorrichtung eine ganze Weile, ohne ein Wort zu sagen. Dann wandte er sich der Heizung zu. Sara hatte den Eindruck, dass sich seine Miene zunehmend verfinsterte, als er die Abdeckung abschraubte und das Innere inspizierte.

Danach gingen sie zurück ins Haus und zeigten ihm den Kamin. Während Paul ihm die Probleme schilderte, nickte Jeff ein paarmal, als wüsste er schon, wo der Fehler lag. Anschließend leuchtete er mit einer Lampe in den Kaminabzug.

Zu guter Letzt präsentierten sie ihm das Bodenloch im ersten Stock. Allerdings öffneten sie nur die Zimmertür; niemand betrat den Raum, auch Jeff nicht. Er schien ohnehin zu einer Entscheidung gekommen sein.

»Es tut mir leid, aber da kann ich euch nicht helfen. Die Arbeiten würden Wochen in Anspruch nehmen.«

Die Enttäuschung traf Sara wie ein harter Schlag, und es verschlug ihr die Sprache.

Bei Paul schienen sich Enttäuschung und Ärger miteinander zu vermischen. Er ignorierte Jeff völlig und schaute Sara an.

»Er hat es uns doch versprochen, nicht wahr? Das hat er doch?«

»Nein, das habe ich nicht«, stellte Jeff richtig. Er blieb völlig ruhig, wirkte ungerührt. »Ich habe lediglich versprochen, dass ich heute um neun Uhr komme. Das Versprechen habe ich gehalten. Jetzt habe ich mir alles angesehen und bin zu dem Entschluss gekommen, dass ich diese Arbeiten nicht übernehmen kann. Dafür habe ich weder die Zeit noch die Leute.«

In dem Moment wurde die Tür zum Nebenraum aufgerissen. Noah stürmte in den Flur – und blieb abrupt stehen, als er die drei Erwachsenen sah. Olivia und Amelie kamen ebenfalls aus dem Zimmer.

Noah erholte sich schnell von seiner Überraschung. Er stellte sich vor Jeff und schaute vertrauensvoll zu ihm auf.

»Machst du, dass alles wieder warm wird?«

Der Junge hatte Deutsch gesprochen, deshalb übersetzte Sara seine Worte für Jeff.

Jeff wirkte verwirrt. Er schaute von Noah zu Amelie und wieder zurück.

»Ich hatte keine Ahnung, dass hier Kinder leben.«

»Meine Schwester Olivia ist gestern mit ihrem Sohn und ihrer Tochter hier angekommen«, erklärte Sara. »Sie werden eine Weile bleiben.«

Jeffs Verhalten änderte sich augenblicklich. Er nickte Noah lächelnd zu und strich ihm über den Kopf, dann wandte er sich wieder Paul und Sara zu.

»Morgen kann ich euch sagen, was das alles kosten wird. Dann besprechen wir auch, wann ich mit den Arbeiten beginnen kann.« Er machte eine kurze Pause. »Preiswert wird das allerdings nicht«, fügte er noch hinzu, dann drehte er sich um und ging. Dabei zog er sein Handy aus der Tasche und telefonierte bereits, als er nach unten ging. Ganz deutlich waren seine Worte zu verstehen: »He, Norman, für deinen Umbau habe ich vorerst keine Zeit. Wir müssen das aufs Frühjahr verschieben.«

Was der unbekannte Norman daraufhin sagte, war nicht zu hören, doch Jeff blieb unerbittlich.

»Nein, das geht nicht anders. Hier frieren Kinder, das hat Vorrang!«

Noah schaute Sara fragend an. »Warum spricht der Mann so komisch?«

»Jeff spricht Englisch«, erklärte Sara. Sie beugte sich zu dem Jungen hinunter und schloss ihn fest in die Arme. »Das hast du ganz prima gemacht.«

Noah lächelte geschmeichelt, dann lief er zu seiner Mutter.

»Was hab ich denn gemacht?«, flüsterte er so laut, dass ihn jeder verstehen konnte.

»Wegen dir und Amelie wird der Mann nun alles reparieren, was kaputt ist.« Olivia zwinkerte Sara zu. »Es war wohl doch eine gute Idee, dass ich mit den Kindern nach Kanada gekommen bin.«

»Die beste Idee überhaupt!« Sara war unglaublich erleichtert.

»Ja, finde ich auch«, stimmte Paul ihr zu. Er lächelte seine Schwägerin an. »Dafür habt ihr drei ein lebenslanges Besuchs-recht bei uns.«

Jeff erschien bereits eine Stunde später. Einen Kostenvoran-schlag hatte er noch nicht dabei, dafür einen Generator und eine elektrische Heizung, die bedeutend stärker war als die von Larry. Den Stromerzeuger brachte er im Anbau unter, dann legte er ein Kabel bis in den großen Wohnraum. Anschließend zeigte er Paul und Angus, wo sie im Generator Öl nachfüllen mussten.

»Rechtzeitig«, fügte er mit erhobenem Zeigefinger hinzu.

»Verstehe.« Angus nickte sachverständig. »Sonst geht der Generator kaputt.«

»Nein«, sagte Sara.

Jeffs überraschter Blick amüsierte sie. Er schien sich sehr darüber zu wundern, dass ausgerechnet sie, die Frau in dieser Runde, ein wenig Ahnung hatte.

»Dieser Generator schaltet sich von selbst aus, wenn er kein Öl mehr hat.«

»Richtig«, brummte Jeff, dabei schaute er sie immer noch erstaunt an. »Es geht um die Kinder. Sie sollen nicht frieren.«

»Wir achten darauf«, versprach Paul.

Jeff verschwand auch diesmal wieder, ohne sich zu verabschieden. Er winkte nur kurz, dann war er weg.

»Woher hast du gewusst, dass sich der Generator selbst abschaltet?«, wollte Angus wissen.

»Weil ich die Bedienungsanleitung für dieses Modell übersetzt habe. Vor ungefähr einem Jahr.«

»Du schreibst Bedienungsanleitungen für Generatoren?«

»Nicht nur für Generatoren, sondern generell für technische Geräte.«

»Das habe ich nicht gewusst.« Beinahe ehrfürchtig schaute Angus sie an. »Ich habe von Technik überhaupt keine Ahnung.«

»Paul auch nicht.« Sara lachte.

»Aber du …« Angus staunte immer noch. Sein Blick wanderte über die defekte Heizung. »Kannst du so etwas nicht reparieren?«

»Ich könnte die Bedienungsanleitung übersetzen, und das in drei Sprachen.«

»Kannst du auch Romane übersetzen?«

»So haben Paul und ich uns kennengelernt.« Sara schmiegte sich an ihren Mann, als er einen Arm um ihre Schultern legte.

Angus wandte sich Paul zu. »Warum hast du mir das nie erzählt?«

»Ich wusste nicht, dass dich der Beruf meiner Frau interessiert. Eigentlich hatten wir immer andere Themen zu besprechen. In erster Linie ging es darum, wann dein nächstes Buch endlich fertig ist.«

»Ja.« Angus blickte verlegen zu Boden.

»Wo wir gerade beim Thema sind …«, begann Paul.

»Natürlich konnte ich bei der Kälte hier nicht arbeiten«, beantwortete Angus die Frage, die Paul noch gar nicht gestellt hatte. »Und abgesehen davon …« Er brach ab.

»Ja?«, hakte Paul nach.

Angus zuckte mit den Schultern. »Ich bin leer«, sagte er betrübt. »Ich habe keine Ideen. Da ist einfach nichts mehr.« Er schlug sich auf die Brust.

»Soll ich den Abgabetermin noch einmal verschieben lassen?«

Sara ahnte, wie schwer Paul diese Frage fiel. Er rechnete so fest mit dem Honorar, das er für die Bearbeitung des Manuskripts bekam.

»Mal sehen«, erwiderte Angus ausweichend. »Lass mir noch ein paar Tage Zeit.«

»Kommt schnell rein«, rief Olivia. »Hier wird es tatsächlich warm.«

»Hier drin ist jetzt Sommer.« Noah hüpfte durchs Zimmer, doch plötzlich hielt er inne. »Können wir die Heizung mit nach draußen nehmen und im Schnee spielen?«

»Das geht leider nicht«, erklärte Angus dem Kleinen. »Wenn sie warm wird, würde der Schnee schmelzen. Außerdem ist die Heizung nicht dafür gemacht, draußen zu sein. Im Schnee würde sie nicht funktionieren.«

»Warum nicht?« Der Fünfjährige wollte es genau wissen.

Angus richtete sich auf. »Wie soll ich das erklären?«

Paul startete einen Versuch. »Die Heizung funktioniert, indem sie Wärme erzeugt und in den Raum abgibt. Wenn sie draußen im Schnee steht, würde die Wärme sehr schnell verloren gehen. Außerdem können die Bauteile der Heizung durch die Kälte beschädigt werden. Deshalb ist es wichtig, dass die Heizung immer in geschlossenen Räumen verwendet wird, wo sie ihre Aufgabe effektiv erfüllen kann ...«

Er brach ab, als er in die verständnislosen Kinderaugen blickte.

»Eigentlich ist es ganz einfach«, unternahm Angus einen weiteren Versuch. »Kanada ist ein riesengroßes Land.« Er breitete seine Arme ganz weit aus. »Und die Heizung ist zu klein, um ganz Kanada aufzuwärmen.«

Das leuchtete Noah sofort ein.

»Jetzt hat Onkel Paul das bestimmt auch verstanden«, meinte er hoffnungsvoll.

Nachmittags fuhren Olivia und Paul nach Kelowna, um den Mietwagen abzugeben. Paul hatte gestern mit der Mietwagenfirma telefoniert und erfahren, dass es in Kelowna eine Station gab, bei der sie den Wagen zurückgeben konnten. Es war eine große Erleichterung, dass sie nicht den ganzen Weg nach Vancouver fahren mussten.

Die Kinder hatten keine Lust gehabt, mitzufahren. Sie tobten nun durch den Raum und spielten Verstecken, während Sara zusammen mit Angus an dem großen Esstisch saß. Beide hatten ihre Notebooks aufgeklappt. Sara hatte eine Anfrage für neue Übersetzungen bekommen und war noch dabei, die Mail zu beantworten. Natürlich würde sie die Aufträge übernehmen. Jeder Cent, den sie verdienen konnte, war wichtig. Zumal Paul sein Honorar erst später bekommen würde, weil Angus einfach nicht fertig wurde.

Und es würde noch länger dauern. Oben war es zu kalt zum Arbeiten, hier unten vermutlich zu laut ...

Sara schaute zu Angus, der ihr gegenübersaß, und stellte zu ihrer großen Überraschung fest, dass seine Finger förmlich über die Tastatur seines Laptops flogen. Der Kinderlärm schien ihn nicht im Geringsten zu stören. Er lächelte sogar, doch dann wurde seine Miene ernst. Ganz so, als wäre er in Gedanken fest mit der Geschichte verbunden, die er gerade schrieb.

Plötzlich stand Amelie neben ihm. Bevor Sara es verhindern konnte, zupfte das Mädchen ihn am Ärmel.

Angus sah auf, runzelte die Stirn und schien eine Weile zu brauchen, um ins Hier und Jetzt zurückzukehren.

»Lass Angus bitte in Ruhe arbeiten«, mahnte Sara.

»Schon gut.« Angus strich liebevoll über den Kopf des Mädchens.

»Ich will nur wissen, was du schreibst«, sagte Amelie.

»Das wird ein Buch über das Leben und die Liebe«, erklärte Angus.

Noah kam auch näher. »Küssen sich die Leute in deinem Buch?«

Angus musste lachen. »Ja, das machen sie.«

»Iiiih.« Angewidert verzog Noah das Gesichtchen.

»Wenn du erwachsen bist, findest du das ganz toll«, prophezeite Angus.

»Nie!« Noah schüttelte entschieden den Kopf. »Ich küsse kein Mädchen, das ist eklig.«

»Wenn du erst mal so weit bist, machst du noch ganz andere …«

»Angus!«, ermahnte Sara ihn streng.

»Schon gut.« Angus grinste sie an. »Ich hatte nicht vor, ins Detail zu gehen.«

»Dafür wäre dir besonders Olivia sehr dankbar.«

Angus zwinkerte ihr zu, bevor er sich wieder den Kindern zuwandte.

»In meinem Buch geht es um einen Mann, der sich vierzig

Jahre lang nicht traut, einer bestimmten Frau zu sagen, dass er sie liebt«, verriet er.

»Ganz schön dumm von dem Mann«, stellte Amelie nachdenklich fest.

Noah war da völlig anderer Meinung. »Ich finde das besser, dann muss er mit der Frau nicht alles teilen. Die Nele aus dem Kindergarten hat gesagt, dass sie mich heiratet, und dann muss ich alle Spielsachen mit ihr teilen.«

»Gieriges Weib«, entfuhr es Angus.

»Angus!«, ermahnte Sara ihn ein weiteres Mal, doch er zuckte bloß grinsend mit den Schultern, bevor er sich wieder Noah zuwandte.

»Du musst diese Nele ja nicht heiraten.«

»Sie hat gesagt, sie haut mich, wenn ich sie nicht heirate.«

Ganz offensichtlich lag Angus bereits wieder eine unfreundliche Bemerkung über Nele auf der Zunge, aber Sara brachte ihn mit einem Blick zum Schweigen. Dann wandte sie sich an den Jungen.

»Hör zu, Noah. Niemand hat das Recht, dich zu schlagen oder zu bedrohen, um dich zu zwingen, etwas zu tun, was du nicht möchtest. Wenn das doch jemand macht, solltest du das einem Erwachsenen sagen.«

»Ich hab das Papa gesagt, und der hat gesagt, ich soll mir bloß nix von einer Frau gefallen lassen.«

Typisch Gernot! Anstatt die Angst seines Sohnes zu erkennen, hatte er mal wieder nur frauenfeindliche Sprüche zum Besten gegeben.

Sara bemerkte, dass auch Angus diese Äußerung mit reichlich befremdeter Miene zur Kenntnis nahm.

»Deine Tante Sara wird das ganz bestimmt mit deiner Mutter besprechen«, sagte er. »Und dann werden die beiden gemeinsam eine Lösung finden.«

Noah nickte zufrieden. »Solange ich in Kanada bin, muss ich

ja nicht in den Kindergarten«, stellte er fest. Dann drehte er sich um, bedeckte die Augen mit den Händen und rief: »Versteck dich, Amelie, ich such dich. – Eins, zwei, drei, sieben, sechs und zehn. Ich kooomme!«

»Er scheint unter diesem Kindergartenluder nicht allzu sehr zu leiden«, flüsterte Angus. »Aber ich finde, du solltest trotzdem mit Olivia reden.«

»Das mache ich auf jeden Fall«, gab Sara ebenso leise zurück und versuchte sich wieder auf ihre Arbeit zu konzentrieren.

Währenddessen lief Noah herum und suchte nach seiner Schwester.

»Vöglein, piep einmal«, rief er dabei so oft, dass das Piepen des »Vögleins« in seinem Rufen unterging.

Wirklich konzentrieren konnte Sara sich dabei nicht, während Angus sich offensichtlich wieder vollkommen in seine Geschichte vertieft hatte. Doch plötzlich schien er zu spüren, dass sie ihn anschaute. Irritiert blickte er auf.

»Es sieht so aus, als würdest du richtig gut vorankommen«, sagte sie. »Wieso klappt das auf einmal?«

Angus dachte nach. »Es ist warm«, antwortete er schließlich.

»In Hamburg hattest du es auch warm.«

»Das stimmt.« Angus schaute sinnend an ihr vorbei.

»Gefunden!«, brüllte Noah. »Amelie ist hinter dem Sofa! Aber ich hab sie gefunden! Gefunden! Gefunden!«

»Du brauchst den Lärm«, stellte Sara plötzlich fest. »Während ich mich bei diesem Geschrei und der Rumtoberei nicht konzentrieren kann, versinkst du regelrecht in deinem Roman.«

Ein Lächeln breitete sich auf seinem Gesicht aus.

»Glaubst du, deine Schwester würde mir die Kinder mal leihen, wenn wir alle wieder in Hamburg sind?«, wollte er wissen.

»Das musst du sie schon selbst fragen.«

»Wieso ist sie eigentlich allein mit den Kindern hier?«

»Das hat sie mir nicht gesagt.«

»Und wenn sie es dir gesagt hätte, würdest du es mir nicht verraten.« Er lächelte.

Sara lächelte zurück, ohne zu antworten.

»Was ist ihr Mann eigentlich für ein Typ?«

»Er ist …« Sara brach ab. Was konnte sie Nettes über einen Mann sagen, den sie nicht besonders mochte? »Ich kenne ihn eigentlich nicht so gut.«

»Du magst ihn nicht«, stellte Angus fest.

»Das habe ich nicht gesagt.«

»Du hättest etwas gesagt, wenn du ihn mögen würdest.« Angus' Lächeln schwand. »Ich hoffe, die Kinder haben einen netten Vater. Die beiden sind zauberhaft.«

»Gernot liebt seine Kinder.« Zumindest in dem Punkt konnte Sara etwas Positives über ihren Schwager sagen.

»Das ist gut.« Angus nickte ein paarmal, dann beugte er den Kopf wieder über sein Notebook.

Als Paul und Olivia zurückkamen, waren die Kinder zur Ruhe gekommen. Sara hatte auf dem Campingkocher Nudeln gekocht und anschließend Tomatensoße dazugegeben. Für Noah und Amelie war es das perfekte Mittagessen gewesen.

Jetzt lag Noah auf dem Sofa und schlief, während Amelie bei Angus und Sara am Tisch saß und ein Bild für ihren Vater malte.

»Er musste ja zu Hause bleiben und arbeiten«, hatte sie Sara und Angus erklärt.

Als Olivia zusammen mit Paul hereinkam, präsentierte Amelie ihrer Mutter sofort das Kunstwerk.

»Das ist wunderschön«, lobte Olivia.

»Kannst du es Papa schicken?«, bat das Mädchen.

Olivia nickte. »Er wird sich bestimmt sehr darüber freuen«, versicherte sie lächelnd.

Wie es wirklich in ihr aussah, war ihr nicht anzumerken.

»Ich will auch ein Bild für Papa malen«, krähte Noah.

Niemand hatte bemerkt, dass er aufgewacht war. Er sprang vom Sofa, kam zum Tisch gelaufen und setzte sich. Dann zog er seiner Schwester den Zeichenblock weg, nahm einen schwarzen Stift und begann, ein zigarrenähnliches Gebilde auf das Papier zu zeichnen. Anschließend ergänzte er zwei kurze Striche an den Seiten der Zigarre.

»Das ist das Flugzeug, mit dem Papa nach Kanada kommen soll«, erklärte er.

Diesmal zog ein Schatten über Olivias Gesicht. Sara sah es ganz deutlich, auch wenn es nur einen kurzen Moment andauerte. Sofort danach hatte ihre Schwester ihre Mimik wieder unter Kontrolle, und ihr Gesichtsausdruck wirkte völlig neutral, als ihre Blicke sich kreuzten.

»Papa kann nicht nach Kanada kommen«, sagte Olivia ruhig. »Ich habe euch doch erklärt, dass er arbeiten muss.«

Beide Kinder nickten mit einer Gleichgültigkeit, die verriet, dass sie sich inzwischen daran gewöhnt hatten, und Olivia war wahrscheinlich erleichtert, weil das Thema damit vorerst beendet war.

Nachmittags wollten die Kinder unbedingt hinaus in den Schnee. Da sie sich hinterher in der unteren Etage wieder aufwärmen konnten, stimmte Olivia zu. Angus begleitete die drei nach draußen.

Sie hatten das Haus kaum verlassen, da klingelte Olivias Handy. Sie hatte es auf dem Tisch liegen lassen.

Mama, las Sara auf dem Display. Sie zögerte einen Moment, doch dann griff sie nach dem Handy und meldete sich.

»Sara?« Die Stimme ihrer Mutter klang verblüfft. Und dann ziemlich empört, als sie weitersprach: »Jetzt sag bloß nicht, dass Olivia bei dir ist.«

»Nein, sag ich ja auch nicht«, erwiderte sie lahm.

Warum habe ich das Gespräch nur angenommen?

»Das ist doch …« Jeanette brach ab. »Hol deine Schwester ans Telefon«, verlangte sie. »Sofort!«

»Sie ist nicht bei mir.« Sara betonte jedes einzelne Wort in dem Bewusstsein, dass sie ihre Mutter nicht belog. Olivia war nicht bei ihr, sondern baute draußen vor dem Haus zusammen mit den Kindern und Angus einen Schneemann. Sie konnte die vier durchs Fenster sehen. So unbeschwert und fröhlich hatte sie ihre Schwester schon lange nicht mehr erlebt.

»Sag Olivia, dass sie mich anrufen soll«, verlangte Jeanette. »Und zwar unverzüglich!«

Damit beendete sie das Gespräch, bevor Sara noch etwas sagen konnte.

Paul schaute sie fragend an.

»Das war meine Mutter. Offensichtlich wusste sie nicht, dass Olivia und die Kinder bei uns sind.«

»Jetzt weiß sie es.«

Sara zog eine Grimasse. »Olivia wird nicht begeistert sein.«

Wie aufs Stichwort kam ihre Schwester in diesem Moment ins Haus.

»Worüber werde ich nicht begeistert sein?«

»Dein Handy hat geklingelt …« Sara brach ab, als sie den entsetzten Blick ihrer Schwester bemerkte. Doch dann fuhr sie fort: »Mama hat angerufen.«

»Oh nein! Du hast das Gespräch doch nicht etwa angenommen?«

»Leider doch«, sagte Sara leise. »Es tut mir leid.«

»Das sollte es auch!« Olivia wirkte plötzlich sehr aufgebracht. »Wieso gehst du einfach an mein Handy?«

»Ich weiß nicht … Es tut mir wirklich sehr leid«, entschuldigte Sara sich noch einmal. »Ich konnte ja nicht ahnen, dass Mama nicht weiß, wo du bist.«

»Dafür hatte ich gute Gründe«, sagte Olivia böse. »Jetzt verrät sie es bestimmt Gernot.«

»Gernot weiß auch nicht, dass du hier bist?«, rief Sara erschrocken. »Willst du nicht endlich damit rausrücken, was passiert ist?«

Olivia öffnete den Mund, und einen Moment wirkte es so, als wolle sie etwas sagen, doch dann schüttelte sie nur den Kopf.

»Ich kann nicht«, stieß sie gepresst hervor.

»Schon gut«, meinte Sara beschwichtigend. »Du musst uns natürlich überhaupt nichts erklären.« Die nächsten Worte fielen ihr schwer. »Mama besteht darauf, dass du sie unverzüglich anrufst.«

Olivia holte tief Luft.

»Geh bitte nie mehr an mein Handy!« war alles, was sie darauf erwiderte.

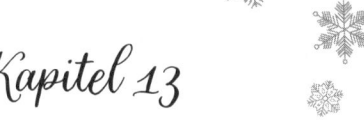

Kapitel 13

Jeff erschien auch an diesem Morgen wieder um kurz nach neun. Die Familie hatte sich bereits um den Frühstückstisch versammelt, und Olivia versuchte, auf dem Campingkocher Pfannkuchen zuzubereiten.

Als Paul ihn fragte, ob er mit ihnen frühstücken wolle, lehnte er dankend ab.

»Einen Kaffee nehme ich aber gern«, fügte er hinzu und setzte sich zu ihnen an den Tisch.

»Euer Kostenvoranschlag«, erklärte er und öffnete den Umschlag, den er mitgebracht hatte. Darin befanden sich mehrere eng beschriebene Blätter. »Was wollt ihr zuerst hören: die guten oder die schlechten Nachrichten?«

»Die guten«, sagte Sara.

»Die schlechten«, erwiderte Paul gleichzeitig.

Jeff schaute sie schmunzelnd an. »Ich fange einfach mal an«, schlug er vor. »Also, ihr benötigt keine neue Heizung. Nach einer gründlichen Reinigung und mit ein paar Ersatzteilen wird sie wieder laufen.«

Das waren die guten Nachrichten gewesen. Die restlichen Reparaturen würden allerdings sehr umfangreich werden. Wie es mit der Stromleitung aussah, wusste Jeff noch nicht, aber die Wasserleitungen in der oberen Etage mussten auf jeden Fall neu verlegt werden.

»Das kriegen wir bestimmt noch vor Weihnachten hin.« Jeff blickte lächelnd in die Runde.

»Das ist ja tröstlich«, erwiderte Sara trocken. »Bis dahin dauert es ja kaum noch sieben Wochen.«

Paul brachte lediglich ein gequältes Lächeln zustande.

Der Boden in dem Zimmer im Obergeschoss musste ebenfalls komplett erneuert werden.

»Wahrscheinlich müssen wir da neue Balken einziehen.« Jeff wiegte den Kopf hin und her. »Das werde ich aber vorher noch genau untersuchen.« Er wies auf den riesigen Kamin im Zimmer. »Und das wird auch nicht einfach werden. Ich habe gesehen, dass der Abzug durch Steine verstopft ist, die herausgebrochen sind, also werden wir vermutlich den Abzug komplett erneuern müssen.«

»Das klingt teuer«, sagte Paul mit einem bitteren Lächeln.

»Ziemlich teuer«, bestätigte Jeff und überreichte Paul den Kostenvoranschlag.

Als Sara die Endsumme der Kalkulation sah, wurde ihr schwindelig. So viel Geld besaßen sie nicht mehr. Da war es auch kein Trost, dass Jeff erklärend hinzufügte, dass die Kosten möglicherweise nach unten korrigiert werden könnten.

»Ich bin bei dem Kamin vom schlimmsten Fall ausgegangen, nämlich dass wir komplett neu mauern müssen. Es kann auch sein, dass wir nicht alle Wasserrohre erneuern müssen. Das weiß ich aber erst, wenn wir die Wände aufgemacht haben.«

Paul nickte. »Ich verstehe.« Er schwieg einige Sekunden lang und blätterte noch einmal durch den Kostenvoranschlag, bevor er weitersprach. »Wann kannst du anfangen?«

Sara hielt den Atem an. Wollte er das nicht erst mit ihr besprechen? In aller Ruhe und unter vier Augen? Sie stieß ihn leicht an.

»Es muss ja gemacht werden«, sagte er in den Raum hinein, aber Sara wusste, dass diese Worte für sie gedacht waren.

Jeff nickte nun ebenfalls. »Ich brauche allerdings eine Anzahlung«, stellte er klar. »Wir müssen Material beschaffen, ich muss …«

»Sag mir einfach, wie viel du brauchst«, unterbrach ihn Paul.

»Ein Drittel der Summe.« Jeff tippte auf den Kostenvoranschlag.

»Überweise ich heute noch«, versprach Paul.

Zum ersten Mal störten Sara die Gäste in ihrem Haus. Sie hätte gerne in aller Ruhe mit Paul gesprochen, aber da sich alle im warmen Untergeschoss aufhielten, war das nicht möglich.

Olivia hatte die vergangene Nacht hier unten auf dem breiten Sofa geschlafen, die Kinder auf Matratzen, die sie aus einem der Schlafzimmer geholt hatten. So hatten zumindest die drei die Wärme der Elektroheizung genießen können, während Paul und Sara sich in ihrem Schlafzimmer immer noch mit wärmenden Decken begnügen mussten. Ebenso wie Angus in dem kleinen Zimmer neben der Treppe.

»Wenn ich endlich einmal ausgiebig duschen könnte, fände ich das alles sogar sehr gemütlich«, stellte Olivia lächelnd fest. Sie tat so, als wäre gestern nichts passiert, und erwähnte Jeanettes Anruf auch nicht mehr.

Daran dachte Sara im Moment auch nicht. Sie und Paul hatten ganz andere Probleme, aber keine Möglichkeit, ungestört darüber zu reden.

Auch nachdem Jeff sich verabschiedet hatte, kam sie nicht dazu, mit ihrem Mann zu reden. Er saß zusammen mit Angus am Esstisch, weil er arbeiten wollte. Doch während Angus auch heute wieder vollkommen vertieft in seine Arbeit war, konnte Paul sich bei der Unruhe nicht konzentrieren.

Noah war heute Morgen Pilot und Flugzeug in einem. Er lief mit ausgebreiteten Armen herum, ahmte Motorengeräusche nach und erteilte sich selbst zwischendurch laute Kommandos, die verhindern sollten, dass das Flugzeug abstürzte.

Amelie saß auf dem Sofa und blätterte in einem ihrer Bilderbücher. Hin und wieder sah sie genervt auf, wenn Noah ihr zu nahe kam.

Olivia hatte sich neben ihre Tochter gekuschelt und hielt das Smartphone in der Hand. Mit gerunzelter Stirn starrte sie auf das Display, und jetzt schien auch sie die Lautstärke ihres Sohnes zu stören.

»Noah«, sagte sie streng. »Kannst du bitte endlich landen?«

»Das geht nicht«, rief der »Pilot« und setzte lautstark zur Rechtskurve an, bevor er in gleicher Lautstärke die Erklärung hinzufügte: »Unter uns ist das Meer.«

Angus hob den Kopf. »Lass ihn doch.« Er lächelte ein wenig abwesend, als wäre er emotional noch immer in seiner Geschichte. »Noah stört doch nicht.«

»Da bist du aber der Einzige, der sich nicht gestört fühlt«, sagte Paul unfreundlich.

Olivia schaute ihn erschrocken an. »Das tut mir leid«, entschuldigte sie sich hastig, bevor sie sich ihrem Sohn zuwandte. »Noah, du hörst sofort auf.«

»Nein.« Noah flog so lange weiter, bis Angus aufstand. Er klappte sein Notebook zu, fing Noah mitten im Flug auf und nahm ihn auf den Arm. »Wir fahren jetzt alle zu Larry einkaufen, okay?«

»Jaaa!« Noah ließ sich wie immer sehr schnell begeistern, aber auch Amelie war sofort bereit.

»Immer nur im Zimmer sitzen ist langweilig«, lautete ihr Urteil.

»Kann ich euren Wagen haben?«, fragte Angus.

Sara nickte.

Paul sagte nichts, bis er mit ihr allein war.

»Warum überlässt du ihm unseren Wagen?« Unzufrieden zog er die Brauen zusammen. »Er hat kaum Fahrpraxis, und das Letzte, was wir uns gerade leisten können, ist ein neues Auto.«

»Und warum bist du so unfreundlich?« Pauls Gereiztheit übertrug sich auf Sara. »Die Situation ist für uns alle nicht leicht, aber für Noah und Amelie ist es besonders schwer.«

»Wir haben deine Schwester nicht gebeten, hier mit den Kindern aufzutauchen«, erwiderte Paul hart. »Es ist doch nicht unser Problem, wenn sie mit Gernot nicht klarkommt.«

Sara schaute ihn fassungslos an. »Warum bist du so? Ich bin für meine Schwester da, wenn sie mich braucht. Das würdest du auch für deine Schwester machen. Und den Wagen habe ich Angus überlassen, damit wir beide allein miteinander reden können.«

Paul sagte nichts, sondern schaute sie nur an.

»Paul, wir können uns die Instandsetzung nicht leisten.«

»Es wird schon irgendwie gehen.« Paul machte eine ausholende Handbewegung. »Wir können es nicht riskieren, das Haus noch mehr verfallen zu lassen. Dann bekommen wir überhaupt nichts mehr dafür.«

»Du willst es doch verkaufen?«, flüsterte Sara.

»Nein!« Er schüttelte den Kopf, doch dann relativierte er: »Nur wenn es nicht anders geht.« Er atmete tief durch.

»Wir schaffen das«, sagte Sara, aber Paul reagierte nicht darauf.

Es war ein bedrückendes Gefühl, dass sich da gerade etwas zwischen sie und Paul schob. Und sie hatte noch keine Idee, wie sie gegensteuern sollte …

Ein paar Stunden später schien sich die Situation zu entspannen. Sara erhielt einige neue Übersetzungsaufträge und Paul die Anfrage des Verlags, ob er kurzfristig das Manuskript einer berühmten Autorin bearbeiten könne. Der Kollege, der sonst dafür zuständig war, fiel wegen einer Erkrankung langfristig aus.

»Finanziell haben wir jetzt ein bisschen mehr Luft«, stellte Paul erleichtert fest.

Und wenn alle Stricke reißen, kann ich immer noch Papa um Hilfe bitten, dachte Sara.

Allerdings war das die letzte Möglichkeit, die sie in Erwägung ziehen würde, nachdem ihr Vater ihnen bereits mit einer großen Summe ausgeholfen hatte.

»Hallo, Sara, hier ist Britta Moll.«

Sara überlegte einen kurzen Moment, weil sie nicht sofort wusste, wer Britta Moll war.

»*Canada Flight*«, half diese bereitwillig nach.

»Ja, natürlich.« Sara hatte in den letzten Stunden nicht mehr an ihr verschwundenes Gepäck gedacht. »Sind unsere Koffer noch auf Kuba?«

»Erfreulicherweise sind sie auf dem Weg nach Kanada ein ganzes Stück näher gekommen und befinden sich jetzt in Miami«, berichtete Britta Moll begeistert.

»Aha.« Sara war weit davon entfernt, Britta Molls Begeisterung zu teilen. »Von dort aus gibt es doch bestimmt einen Direktflug nach Vancouver, in dem unser Gepäck mitreisen kann?«

»Ja, den gibt es tatsächlich. Und ich habe bereits veranlasst, dass Ihre Koffer in diese Maschine verladen werden.«

»Dann klappt es also diesmal?«

»Ich bin absolut sicher«, sagte Britta Moll so überzeugt, dass selbst Sara daran glaubte.

»Dann wünsche ich Ihnen alles Gute«, verabschiedete sich Sara. »Und vielen Dank für Ihre Mühe.«

»Das war doch selbstverständlich«, beteuerte die Sachbearbeiterin und verabschiedete sich ebenfalls.

Sara wandte sich Paul zu, der auf dem Campingkocher Wasser für Kaffee heiß machte. »Wir haben neue Aufträge, unser Gepäck kommt bald, und Jeff repariert das Haus. Es sieht ganz so aus, als würde sich nun doch noch alles zum Guten wenden.«

»Hoffentlich!« Paul lächelte knapp, doch da war keine Nähe zwischen ihnen. Obwohl ihr Mann direkt neben ihr stand, fühlte Sara sich allein.

Kapitel 14

Jeff erschien am nächsten Tag zuerst allein.

»Meine Leute haben auf anderen Baustellen zu tun«, erklärte er und verschwand sofort im Anbau.

»Was macht der Mann in unserem Haus?«, wollte Noah wissen.

»*In unserem Haus?*« Paul schaute den Jungen durchdringend an, doch der war zu klein, um die Ironie zu verstehen.

»Ja.« Noah nickte ernsthaft. »Was macht der?«

»Er repariert alles, was hier kaputt ist«, erklärte Sara.

»Da hat der aber viel zu tun. Warum hast du eigentlich so ein kaputtes Haus gekauft, Onkel Paul?«

Der Blick, den Paul dem Jungen zuwarf, war alles andere als freundlich.

Das sah ihm gar nicht ähnlich. Eigentlich liebte er Kinder, und bisher hatte er gerade an dem lebhaften Noah viel Freude gehabt. Doch im Moment schien ihn alles aufzuregen.

»Das Haus haben Paul und ich zusammen gekauft«, erklärte Sara hastig, bevor er dem Kleinen eine unfreundliche Antwort geben konnte. »Der Mann, dem das Haus vorher gehörte, hat uns aber nicht gesagt, dass hier ganz viel repariert werden muss.«

Noah verstand und nickte mit ernsthafter Miene. »Das war aber nicht nett von dem.«

»Nein, das war es nicht«, bestätigte Paul, und plötzlich konnte auch er wieder lächeln. »Und wenn ich den erwische …« Er brach ab, aber jeder ahnte, was er sagen wollte.

»Haust du den dann?«, fragte Noah interessiert.

Paul schüttelte den Kopf. »Nein, so was mache ich nicht. Aber ich werde dem gehörig die Meinung sagen.«

»Vielleicht brauchst du das ja nicht, wenn der Mann alles repariert«, mischte sich Amelie ein. »Und so lange könnt ihr doch auch hier unten schlafen.«

»Das geht schon«, versicherte Sara.

Sie fand es zwar unangenehm, abends in das kalte Schlafzimmer zu gehen. Doch seit sie es sich angewöhnt hatten, die Betten mit den Wärmeflaschen vorzuheizen, war es auszuhalten.

Dennoch wünschte Sara sich inständig, dass es bald anders sein würde. Dass ein Knopfdruck ausreiche, um die Heizung anzustellen, und sie statt des gasbetriebenen Campingkochers endlich den Herd einschalten konnte. Oder morgens gleich nach dem Aufstehen die Kaffeemaschine. Und dazu Weißbrot aus dem Toaster. Alles Geräte, die sie im Moment nicht verwenden konnten, weil das die Stromleitung nicht verkraftete.

»Puh, ist das warm hier!« Angus stöhnte und wischte sich mit einer Hand über sein puterrotes Gesicht.

»Du musst dich auf die Erde legen«, riet Noah. Er lag tatsächlich auf dem Boden und schob sein kleines Polizeiauto vor sich her. »Hier ist es nicht so heiß.«

Angus stand auf, setzte sich mit ausgestreckten Beinen und lehnte sich gegen das Sofa; das Notebook stellte er auf seine Oberschenkel. In dieser Haltung tippte er weiter an seiner Geschichte. Seine Schreibblockade war ihm nicht mehr anzumerken.

»Schreibst du immer noch von dem Mann, der die Frau nicht kriegt?«

»Das hast du sehr schön zusammengefasst.« Angus grinste. »Ja, ich schreibe immer noch an diesem Roman. Aber dank dir bin ich bald fertig.«

Noah drehte sich ein wenig zur Seite und lächelte geschmeichelt. »Krieg ich was, weil ich dir geholfen hab?«

Amelie kam langsam näher. Sie war offensichtlich eifersüchtig. »Aber Noah hat doch nix gemacht. Du hast immer ganz allein geschrieben. Noah kann überhaupt nicht schreiben.«

»Ich hab trotzdem geholfen«, fuhr Noah sie an.

Amelie stemmte eine Hand in die Hüfte. »Und wie?«

Noah dachte kurz nach, dann schaute er wieder Angus an.

»Sag du ihr, wie ich dir geholfen hab«, bat er.

»Ihr habt mir beide geholfen«, erklärte Angus. »Dank euch habe ich festgestellt, dass ich Leben um mich brauche, damit ich arbeiten kann.«

»Was du als Leben bezeichnest, empfinde ich als Lärm«, sagte Paul. »Und ich kann dabei nicht besonders gut arbeiten.« Er wischte sich die Schweißtropfen von der Stirn. »Puh, es ist aber wirklich ziemlich heiß hier. Vielleicht ist Jeffs Heizung kaputt.«

Er ging zu dem Gerät und fasste es vorsichtig an.

»Die ist ganz kalt«, stellte er überrascht fest.

»Die braucht ihr nicht mehr«, verkündete Jeff in dem Moment und stellte sich zu ihnen. »Eure Heizung läuft, und sie war auch verantwortlich für eure Stromprobleme. Es gab einen Schaltfehler im Stromkreislauf.«

»So schnell ging das?«, fragte Paul verblüfft.

Sara war ein wenig fassungslos. Wenn Jeff früher gekommen wäre, hätte sie längst heizen und kochen können. Ganz zu schweigen von der Kaffeemaschine …

»Oh Mann, Jeff …« war alles, was sie herausbrachte.

»Das waren nur die Kleinigkeiten. Ab jetzt wird es sehr laut und sehr schmutzig«, warnte Jeff. »Nächsten Montag fangen wir an.«

»Viel Lärm und viel Schmutz«, wiederholte Angus auf Deutsch und fügte ein ironisches »Perfekt!« hinzu.

Noah grinste ihn an. »Dann kannst du bestimmt noch besser arbeiten.«

In den kommenden Tagen regelte sich das Leben im Haus. Die Wärme ermöglichte ihnen mehr Bewegungsfreiheit. Olivia bezog nun mit den Kindern eines der Zimmer im Obergeschoss, doch tagsüber hielten die drei sich weiterhin unten auf – ebenso wie Angus, der meist am Esstisch saß und schrieb.

Eigentlich hätte Sara gerne ihr kleines Büro zurückgehabt, aber auch wenn Angus nicht dort arbeitete, so schlief er doch nachts in dem Zimmer.

Einzig Paul wirkte ein wenig rastlos, so als hätte er seinen Platz im Haus noch nicht gefunden. Sara entging nicht, dass er nach einem Ort suchte, an dem er in Ruhe arbeiten konnte.

»Ich überlasse dir tagsüber gerne das Schlafzimmer«, bot Sara an.

»Wie großzügig von dir!«

Sara starrte ihn irritiert an, doch es schien, als sei er selbst erschrocken über seinen barschen Tonfall.

»Es tut mir leid«, entschuldigte er sich zerknirscht.

»Das sollte es auch.« Bevor er sah, dass sich ihre Augen mit Tränen füllten, wandte sie sich ab und verließ das Zimmer.

»Sara, warte bitte.« Paul folgte ihr und holte sie am Fuß der Treppe ein. »Es tut mir leid«, wiederholte er.

»Ja, ich weiß«, murmelte Sara. »Aber ich …«

Sie brach ab, als Olivia auf sie aufmerksam wurde und näher kam.

Der Blick ihrer Schwester wechselte zwischen ihr und Paul hin und her.

»Ist alles in Ordnung?«, erkundigte sich Olivia besorgt.

»Ja«, versicherte Sara und spürte erneut, wie ihr die Tränen kamen. »Ich brauche nur einen Moment für mich.«

Olivia zog sich sofort zurück, doch Paul gab sich damit nicht zufrieden.

»Was hast du vor?«, fragte er, als sie ihren Mantel anzog.

Sara atmete tief durch und brachte sogar ein Lächeln zustande.

»Ich brauche frische Luft«, erklärte sie.

»Ich komme mit.« Paul streckte die Hand nach seinem Mantel aus.

Sara schüttelte den Kopf. »Ich brauche wirklich ein paar Minuten für mich.«

Paul nickte mit besorgter Miene. »Sei mir bitte nicht böse. Ich weiß selbst nicht, wieso ich eben so gereizt reagiert habe.«

»Das verstehe ich doch. Es ist eben für uns beide ein bisschen viel im Moment.« Sara streichelte ihm über den Arm. »Umso wichtiger, dass wir ein bisschen Abstand voneinander haben.«

Sie spürte, dass Pauls besorgter Blick ihr folgte, als sie das Haus verließ.

Draußen angekommen, verharrte sie einen Moment, um tief die frische Luft einzuatmen und die schneebedeckte Umgebung auf sich wirken zu lassen. Alles in Sichtweite sah aus wie weiß gepudert, und die Äste der Bäume bogen sich unter dem Gewicht der weißen Pracht.

Sie konnte das Knirschen des Schnees unter den Schuhen hören, als sie sich in Bewegung setzte. Der Himmel war klar und blau. Es war eine wunderschöne, friedliche Szene, die Sara half, sich zu beruhigen und ihre Gedanken zu sortieren.

Langsam wanderte sie den Weg entlang, der nach Springfield führte. An der nächsten Wegbiegung konnte sie bereits die ersten Häuser des Dorfes sehen. Schneebedeckt duckten sie sich vor der Bergkette, die sich dahinter in den blauen Himmel erhob.

Sara wandte sich um und schaute zurück zum Haus. Umgeben von tief verschneiten Bäumen, im Hintergrund der Okanagan Lake, wirkte es warm und einladend. Der Schnee auf dem Dach des Hauses glitzerte in der Sonne wie tausend Diamanten und verlieh dem Anblick eine märchenhafte Note. Die Stille war förmlich greifbar. Das war der Ort der Ruhe und des Friedens, den sie und Paul sich immer erträumt hatten. Alle Sorgen und Schwierigkeiten waren in diesem Augenblick vergessen, denn sie erkannte, dass sie nirgendwo anders leben wollte als hier.

»Wenn du dich nicht entscheiden kannst, in welche Richtung du gehen willst, kannst du mich begleiten und mit mir einen Kaffee trinken.«

Plötzlich stand Winnie neben ihr. Sie zog einen Schlitten hinter sich her, auf dem ein Junge saß, der ungefähr in Noahs Alter sein musste.

»Wo kommst du auf einmal her?«, fragte Sara überrascht.

Winnie lächelte. »Du warst so sehr in den Anblick eures Hauses vertieft, dass du mich nicht bemerkt hast.«

»Weiter!«, rief der kleine Junge ungeduldig. »Schneller!«

»Kommst du mit?«, fragte Winnie noch einmal. »Bevor Liam vom Schlitten springt und sich allein auf den Heimweg macht …«

»Ist Liam dein Sohn?«

»Nein!« Winnie warf einen liebevollen Blick auf den Kleinen. »Das ist Bonnies und Larrys Jüngster. Hin und wieder passe ich auf ihn auf, wenn Bonnie verhindert ist. Und das ist sie eigentlich im Moment immer«, fügte sie lachend hinzu.

»Schneller!«, feuerte Liam sie von hinten an.

Winnie wandte sich nur kurz um.

»Ich bin schon alt«, sagte sie. »Ich kann nicht schneller.«

»Du bist doch nicht alt«, widersprach Sara.

»Mein Papa ist fast hundert Jahre alt«, verkündete Liam. »Und der ist viel schneller als du.«

»Das kann schon sein.« Winnie lachte erneut.

»Wie alt ist Larry denn wirklich?«, flüsterte Sara.

»Dreiundfünfzig«, gab Winnie zurück. »Also nur acht Jahre älter als ich. Und er ist keineswegs schneller.«

»Ist er doch!« Offensichtlich hatte Liam Ohren wie ein Luchs.

»Wie alt bist du eigentlich, Liam?« Sara hatte sich zu dem Jungen umgedreht.

Liam hob eine Hand. »Fünf! Ich bin schon ganz groß.«

»Ja, das bist du wohl.«

»Hast du auch Kinder?«, wollte Liam wissen.

»Nein, leider noch nicht. Aber meine Schwester ist gerade mit ihren Kindern zu Besuch. Amelie ist so alt wie du, Noah ein Jahr jünger.«

»Die will ich besuchen«, verkündete Liam. »Können wir dahin gehen?«

»Das geht nicht«, sagte Winnie bestimmt.

»Warum nicht?«

»Bei Sara zu Hause ist es ganz kalt, weil die Heizung nicht funktioniert.«

»Das hat sich zum Glück geändert.«

Winnie schaute sie überrascht an. »Jeff war schon da?«

»Er hat für uns ein anderes Projekt abgesagt«, berichtete Sara. Augenzwinkernd fügte sie hinzu: »Aber nicht wegen uns, sondern weil er der Meinung war, dass Noah und Amelie nicht frieren sollen.«

»Ja, das passt zu Jeff.« Winnie lächelte still vor sich hin. »Schade, dass er keine eigenen Kinder hat.«

Es war diese letzte Bemerkung, die Sara neugierig machte. Bislang hatte sie keinen Gedanken an ihren Handwerker verschwendet, bis auf die Frage, wie sie ihn dazu bringen konnte, ihr Zuhause zu renovieren.

»Ist er verheiratet?«, fragte sie nun.

»Nein.« Winnie schüttelte den Kopf und schwieg einen Moment. Auf einmal wirkte sie sehr nachdenklich. »Ich vermute, dass es da einmal jemanden gab. Zumindest hat er so etwas einmal auf einer Feier angedeutet, als er nicht ganz nüchtern war. Als ich jedoch später mit ihm darüber reden wollte, meinte er nur, ich würde mir da etwas zusammenreimen. Er wollte nicht darüber reden, dabei sind wir bereits seit unserer gemeinsamen Schulzeit eng miteinander befreundet.«

Plötzlich meldete sich Liam wieder zu Wort. »Ihr redet nur langweilige Sachen. Ich will jetzt zu Sara nach Hause und mit den Kindern spielen.«

»Heute nicht«, bestimmte Winnie. »Deine Mama kommt gleich nach Hause.« Erklärend wandte sie sich an Sara. »Bonnie ist Lehrerin und unterrichtet die beiden ersten Klassen. Morgens ist Liam im Kindergarten, nachmittags zu Hause bei seiner Mutter. Aber im Moment probt Bonnie an zwei Nachmittagen in der Woche mit den Schulkindern für die Weihnachtsaufführung im Gemeindesaal.« Winnie lachte laut auf. »Für alle Dorfbewohner besteht Anwesenheitspflicht. Ich hoffe, du weißt das.«

»Ich wusste bisher nicht einmal, dass es eine Weihnachtsaufführung gibt.« Sara lachte ebenfalls. »Was passiert denn, wenn jemand nicht erscheint?«

»Wenn du keine sehr gute Erklärung für dein Fernbleiben hast, wird Owen das nicht zulassen.«

»Und das lasst ihr euch gefallen?«, fragte Sara ungläubig.

»Auch wenn er oftmals merkwürdig erscheint, er hält die Dorfgemeinschaft zusammen, und das wissen hier alle zu schätzen.« Winnie hängte sich bei Sara ein, während sie mit der anderen Hand weiterhin den Schlitten hinter sich herzog. »Warte nur ab: Noch bevor du merkst, dass fast alle Dorfbewohner ziemlich eigenwillig sind, verwandelst du dich selbst in eine dieser sonderbaren Gestalten. Das ist irgendwie ansteckend. Und jetzt geben wir den kleinen Quälgeist ab und gehen anschließend zu mir Kaffee trinken. Josh hat mir übrigens einen wundervollen Käsekuchen aus New York geschickt.«

Paul kam ihr sofort entgegen, als sie am Abend das Haus betrat. Draußen war es bereits dunkel.

»Ich habe mir Sorgen gemacht.«

»Das wollte ich nicht«, versicherte Sara.

»Wirklich nicht?«

»Natürlich nicht!« Saras Antwort fiel schärfer aus als beabsichtigt. Alle Freude, die sie nach dem schönen Treffen mit Winnie empfunden hatte, war mit einem Mal wieder verschwunden.

Paul ging nicht näher darauf ein. »Angus und Olivia haben Abendessen gekocht. Du kommst genau richtig.« Er lächelte, doch Sara spürte, dass er sich dazu zwingen musste.

Sie folgte ihm in den Wohnraum und setzte sich zu den anderen an den Tisch. Während sie von der bevorstehenden Feier am vierten Advent berichtete, entspannte sie sich wieder. Sie erzählte auch von Owens Erwartung, dass alle Dorfbewohner daran teilnehmen würden. Angus und Olivia lachten amüsiert, doch Paul verzog kurz das Gesicht.

»Noch entscheide ich selbst, ob ich eine Veranstaltung besuche oder nicht!«

»Ja, das musst du selbst wissen«, erwiderte Sara in betont leichtem Tonfall. »Ich freue mich jedenfalls darauf.«

»Können wir dann auch mitgehen?«, fragte Noah. Die Aussicht auf eine Weihnachtsfeier schien ihm zu gefallen.

»Bis Weihnachten dauert es noch ein paar Wochen«, sagte Olivia. Sie wirkte hilflos, als sie hinzufügte: »Und irgendwann müssen wir auch zurück nach Deutschland.«

»Ihr könnt so lange bleiben, wie ihr wollt«, erwiderte Sara spontan. Als sie bemerkte, dass Angus sie daraufhin verunsichert anschaute, lächelte sie ihm zu. »Du natürlich auch. Ich bin froh, dass ihr hier seid.«

»Ja«, sagte Paul. »Da stimme ich Sara in allen Punkten zu.«

Sie lächelten einander an, und Sara spürte erleichtert die vertraute Nähe, die sie früher oft empfunden hatte.

Kapitel 15

Ihr Leben bekam einen Hauch von Normalität.

Angus schrieb an seinem Roman, aber oft lag er auch mit den Kindern vor dem Kamin und erzählte ihnen Geschichten von Mia und Matteo, die er sich spontan ausdachte. Jeden Tag erfand er neue Abenteuer der beiden Kinder, die – ebenso wie Amelie und Noah – Geschwister waren.

Die beiden lauschten ihm stets mit gespannten Mienen und konnten nicht genug davon bekommen.

Sara und Paul arbeiteten viel. Paul hatte sich in einem der freien Zimmer eingerichtet, Sara arbeitete tagsüber in ihrem gemeinsamen Schlafzimmer. Seit die Heizung funktionierte, hatte auch Olivia mit den beiden Kindern eines der großen Doppelzimmer bezogen.

Zurzeit quälte Sara sich mit der Übersetzung der Bedienungsanleitung eines Miniradios aus Asien. Das Unternehmen hatte die Broschüre in deutscher Sprache mitgeliefert, die Sara nun ins Englische übersetzen sollte.

»Wer benutzt denn noch ein Radio?«, murmelte sie missgestimmt. Die Arbeit stellte sie vor enorme Herausforderungen, wurde aber leider nicht entsprechend bezahlt.

»Die Tafel wird angezündet, nur als den Laut des Radios und wenn Sie keinen Lärm wollen …«, las sie sich halblaut vor.

Nachdenklich runzelte sie die Stirn. Was hatte der asiatische Übersetzer damit gemeint?

Sara war beinahe erleichtert, als ihr Handy klingelte, bis sie auf dem Display las, wer sie da gerade anrief: *Mama.*

»Oh, nein, das nicht auch noch!«

Sie starrte ihr Smartphone an und atmete erleichtert auf, als das Klingeln abbrach. Inständig hoffte sie, dass Jeanette sich damit begnügen würde, ihr eine Nachricht auf der Mailbox zu hinterlassen.

Nun, sie hätte es besser wissen müssen. Ihre Mutter gab nicht auf und rief erneut an.

Seufzend nahm Sara das Gespräch entgegen. »Hallo, Mama.«

»Olivia hat mich nicht angerufen«, kam es anklagend – und ohne jede Begrüßung – zurück.

»Daran kann ich auch nichts ändern.« Sara schielte auf ihr Notebook. Selbst die seltsamen Übersetzungsversuche waren ihr lieber als dieses Telefonat mit ihrer Mutter.

»Sie geht auch nicht an ihr Handy, wenn ich versuche, sie zu erreichen.«

Sie wird wissen, warum.

»Es ist unglaublich, was sie dem armen Gernot antut. Verschwindet einfach ohne ein Wort mit den Kindern nach Kanada.«

»Hast du ihn gefragt, was er ihr angetan hat?«, fragte Sara bissig. »Es sieht ihr überhaupt nicht ähnlich, so überstürzt zu handeln.«

»Wieso? Was hat sie dir denn erzählt?«

Sara musste zugeben, dass Olivia sie über ihre Gründe im Unklaren gelassen hatte.

»Weil es keine Gründe gibt!«, rief Jeanette aufgebracht. »Gernot hat das bestätigt.«

Und wenn Gernot das behauptet, stimmt es natürlich. Nichts würde dich dazu bringen, deinen Schwiegersohn infrage zu stellen.

Sara behielt diese Worte für sich. Sie laut auszusprechen würde nur zu einer endlosen und vor allem fruchtlosen Diskussion führen.

»Wie geht es Papa?«, erkundigte sie sich stattdessen. Der gewünschte Themenwechsel gelang ihr so allerdings nicht.

»Natürlich geht es auch ihm nicht gut«, lamentierte Jeanette weiterhin. »Olivia hat schließlich nicht nur Gernot seine Kinder, sondern auch uns die Enkelkinder entzogen.« Jeanettes Stimme wurde energisch. »Ich verlange, dass Olivia mich unverzüglich anruft.«

»Ich werde es ihr ausrichten«, erwiderte Sara förmlich und hoffte inständig, dass sie das Gespräch damit beenden konnte.

»Du wirst es ihr nicht nur ausrichten, sondern gefälligst dafür sorgen, dass sie mich anruft. Heute noch!«

»Bist du noch da?«, rief Sara ins Telefon. »Ich kann dich nicht mehr hö… chr… Hö… sss d… mi… Bzt… tlf…«

»Sara, hör sofort auf mit dem Unsinn!«

»Chrrrr … zzz …«, antwortete Sara noch, dann beendete sie das Gespräch.

Genervt legte sie das Handy vor sich auf den Tisch. Doch es dauerte nicht einmal eine Minute, bis ihre Mutter wieder anrief.

Sara ließ es klingeln. Als es an der Tür klopfte, zuckte sie erschrocken zusammen.

»Herein!« Natürlich war das nicht ihre Mutter. Zwischen ihnen lagen fast achttausend Kilometer.

Olivia steckte den Kopf durch die Tür.

»Dein Handy klingelt«, stellte sie überflüssigerweise fest.

»Mama« war alles, was Sara erwiderte.

Nun starrte auch Olivia auf das Handy, bis das Klingeln endlich abbrach.

»Sie erwartet, dass du sie heute noch anrufst«, sagte Sara.

»Woher weißt du das? Du bist doch nicht rangegangen.«

»Beim ersten Mal schon, dann … äh … gab es eine Störung.« Sara zwinkerte ihrer Schwester verschwörerisch zu.

»Gute Idee, das muss ich mir merken.« Olivia lächelte schwach. »Für den Fall, dass ich aus Versehen mal ans Telefon gehe, wenn Mama anruft.«

Nachdenklich betrachtete Sara ihre Schwester. »Darf ich dich etwas fragen?«

Olivia presste die Lippen aufeinander und schüttelte den Kopf.

»Ich weiß, was du mich fragen willst, aber ich kann einfach nicht darüber reden. Noch nicht.«

Erneut klingelte das Handy.

»Wieder Mama?«

»Diesmal ist es Jeff«, sagte Sara, die den Namen auf dem Display las, und ging ran.

»Ich wollte nur noch einmal bestätigen, dass ich am Montagmorgen mit meinen Leuten komme.«

»Das ist wunderbar.« Während sie sprach, versuchte Sara ihrer Schwester durch Handzeichen zu vermitteln, dass sie bleiben sollte, aber Olivia nutzte die Chance, um sich zurückzuziehen.

»Ja, dann …« Jeff verbrachte wie immer keine Zeit mit langen Reden und beendete das Telefonat.

Sara überlegte, ob sie Olivia folgen sollte. Andererseits hatte ihre Schwester klar gesagt, dass sie nicht reden wollte, und es war nicht ihre Absicht, Olivia unter Druck zu setzen. Wenn sie ihre Meinung änderte, würde sie schon von selbst auf sie zukommen. Also versuchte Sara sich wieder auf ihre Arbeit zu konzentrieren.

Die Tafel wird angezündet, nur als den Laut des Radios und wenn Sie keinen Lärm wollen …

Ohrenbetäubender Lärm durchdrang jäh die Stille der frühen Morgenstunden. Das Kreischen schwerer Maschinen vermischte sich mit dem jaulenden Hämmern mehrerer Bohrmaschinen. Der Boden schien zu beben, und die Wände schienen zu erzittern.

Sara fuhr auf. Sie war so erschrocken, dass sie im ersten Moment nicht wusste, wo sie war. Dann wurde ihr klar, dass sie in ihrem eigenen Bett lag.

»Paul, was ist das?«

Paul brummte nur etwas Unverständliches, dann flog die Tür zu ihrem Zimmer auf, und jemand schaltete das Licht ein. Die plötzliche Helligkeit blendete sie. Sara schloss die Augen.

»Seid ihr taub?« Das war Angus' Stimme, die versuchte, den Lärm zu übertönen, der nun durch die offene Tür noch lauter ins Zimmer drang. Eine dichte Staubwolke folgte und hüllte Angus ein wie ein Mantel aus grauem Nebel. Er hustete und räusperte sich, bevor er hinter sich wies.

»Da hinten ist die Hölle los.«

Endlich drang das Lärmen auch in Pauls Bewusstsein. Er hob den Kopf und schaute auf den Wecker, der neben ihm auf dem Nachttisch stand.

»Sechs Uhr!«, stellte er fest. »Wir haben gerade erst sechs Uhr.«

Jeff tauchte hinter Angus auf. Auch er musste laut rufen, um sich verständlich zu machen.

»Wieso liegt ihr noch im Bett?«, wollte er wissen.

»Gegenfrage«, rief Paul zurück. »Wieso bist du schon hier? Und wie bist du überhaupt ins Haus gekommen?«

Jeff schien diese Frage zu überraschen. »Der Junge hat uns aufgemacht. Ihr wusstet doch, dass ich heute mit meinen Leuten komme. Ich habe Sara deswegen letzte Woche angerufen.«

»Du hast aber nicht gesagt, dass du mitten in der Nacht hier auftauchen wirst«, beschwerte sich Sara.

»*Mitten in der Nacht?*« Jeff lachte amüsiert auf. »Je früher wir anfangen, desto schneller sind wir fertig.«

Olivia wirkte leicht verzweifelt, als Sara in die Küche kam.

»Jeff hat drei Arbeiter mitgebracht. Und dann noch die Familie … Und Angus … So viel haben wir nicht hier, um für alle Frühstück zu machen.«

»Mit Jeff sind es dann elf Leute.« Sara musste über Olivias

entsetztes Gesicht lachen. »Aber auf einen mehr oder weniger kommt es nun wirklich nicht mehr an. Und wie kommst du überhaupt auf die Idee, dass wir für die Handwerker Frühstück machen müssen?«

»Wir frühstücken pünktlich um acht Uhr«, sagte Olivia mit tiefer Stimme. »Genau so hat Jeff das gesagt, als ich eben nach unten kam.«

Sara öffnete die Kühlschranktür, musste aber ebenso wie ihre Schwester feststellen, dass ihre Vorräte auf keinen Fall für so viele Personen reichen würden.

»Wann macht Larry auf?«, fragte Olivia.

»Um neun Uhr, glaube ich.«

»Ruf ihn an!«

»Jetzt?« Sara schaute auf ihre Armbanduhr. »Es ist noch nicht mal sieben.«

»Ruf ihn trotzdem an.«

Sara nickte. Es war ihr unangenehm, Larry zu dieser frühen Stunde zu stören, deshalb entschuldigte sie sich auch wortreich, als er sich am anderen Ende der Leitung meldete.

»Schon gut«, fiel Larry ihr ins Wort. »Ich bin gleich da.«

»Du kommst zu uns? Eigentlich wollte ich bei dir einkaufen, bevor du öffnest.«

»Ich weiß, was Jeffs Leute mögen.« Larry lachte amüsiert. »Ich bringe alles mit. Ich muss aber auch Liam mitbringen. Der Kindergarten öffnet erst später. Bonnie und die anderen Kinder müssen vorher zur Schule.«

»Amelie und Noah freuen sich bestimmt«, schwindelte Sara. Schließlich hatte Noah bereits klargestellt, dass er nicht mit einem Jungen spielen wollte, dessen Sprache er nicht verstand.

Es verging nicht einmal eine halbe Stunde, bis Larry mit seinem Sohn und zwei vollen Taschen erschien. Der Kleine wirkte noch verschlafen und rieb sich die Augen.

»Wo sind die anderen Kinder?«, fragte er sogleich.

»Die beiden warten schon auf dich«, behauptete Sara, auch diesmal nicht ganz wahrheitsgemäß.

Larry sah sich interessiert um, als er ihr mit seinem Sohn auf den Fersen durch den Flur in den Wohnraum folgte.

»Als ich das letzte Mal hier war, lebte der alte Sam noch.« Ein Hauch von Wehmut lag in seiner Stimme. »Ich habe ihm die Lebensmittel ins Haus gebracht, als er den Weg nach Springfield nicht mehr geschafft hat.«

Sara erzählte ihm, wie sie und Paul das Haus zum ersten Mal gesehen hatten.

»Damals hat Winnie hier etwas für dich abgegeben. Aber da lebte bereits der neue Besitzer im Haus.«

Larry nickte mit grimmiger Miene. »Der hätte leicht den Weg nach Springfield geschafft. Im Gegensatz zu Sam hatte er sogar ein Auto. Aber er hat sich gerne bedienen lassen.«

»Das klingt so, als hättest du ihn nicht gemocht.«

»Eigentlich habe ich ihn nicht richtig gekannt. Das hat niemand von uns. Er wollte mit den Leuten im Dorf nichts zu tun haben.« Larry hielt kurz inne. »Es ist mir schwergefallen, nach Sams Tod hierherzukommen.«

»Und trotzdem bist du jetzt hier?« Fragend schaute Sara ihn an.

Larry lächelte. »Ihr passt in dieses Haus. Und zu unserer Dorfgemeinschaft.«

Sara bemerkte, dass die Kinder nicht so recht wussten, wie sie miteinander umgehen sollten. Amelie und Noah saßen auf dem Sofa und starrten Liam an, der neben seinem Vater stand und seinerseits zurückstarrte.

»Noah, zeig Liam doch einmal dein Polizeiauto.«

Liam schaute mit einem seltsamen Blick zu ihr auf, als sie plötzlich Deutsch sprach, doch dann wurde er von Noah abgelenkt. Der Junge kam zwar nicht näher, dafür holte er aber wirklich sein Polizeiauto und fuhr damit über den Boden – allerdings in einiger Entfernung von Liam, der ihm offensichtlich noch nicht ganz geheuer war.

»Wir machen jetzt Frühstück für eure Handwerker«, beschloss Larry.

Der Lärm war zwar auch hier unten zu hören, aber erheblich gedämpfter.

Larry begrüßte nun auch die anderen, dann stellte er die Taschen auf den Küchentisch und begann sie auszupacken. Angus und Olivia deckten gemeinsam den Tisch, während die Kinder sich allmählich annäherten. Das Eis zwischen ihnen war bereits gebrochen, als das Frühstück auf dem Tisch stand. Auch ohne die Sprache des jeweils anderen zu verstehen, konnten sie sich problemlos miteinander verständigen.

Sara staunte nicht schlecht, als Joey zusammen mit Jeff das Zimmer betrat.

»Wenn ich keine Pakete ausfahren muss, arbeite ich für Jeff«, erklärte Joey, der wohl gemerkt hatte, dass sie sich über seine Anwesenheit wunderte. »Und eigentlich seid ihr es, die mich von meiner richtigen Arbeit abhalten.«

»Das tut mir leid. Aber wir sind gerade erst eingezogen, da braucht man halt ein paar Dinge.«

Und streng genommen hatte Joey ihnen auch nur zweimal Pakete gebracht.

Joey schaute sie strafend an. »Larry kann euch alles besorgen.«

Sara war unangenehm berührt, besonders weil Larry dabei war und alles mitbekam, doch der lachte nur.

»Die Leute können einkaufen, wo sie wollen«, sagte er und klopfte Joey freundschaftlich auf die Schulter. »So wie du auch.«

Joey wurde rot. »Woher weißt du …?« Er brach ab.

»Die Leute in Springfield passen auf. Und wenn du alle anmeckerst, weil du ihnen Pakete bringen musst, fällt es natürlich auf, dass du Pakete in euer Haus schleppst.«

»Das sind alles Sachen für meine Mutter«, erwiderte Joey hoch erhobenen Hauptes. »Und ich sage auch ihr, was ich davon halte.«

Joey lebte also noch bei seiner Mutter. Und er hatte zwei Jobs. Sara lächelte still vor sich hin, als sie an Winnies Worte denken musste: »Noch bevor du merkst, dass fast alle Dorfbewohner ziemlich eigenwillig sind, verwandelst du dich selbst in eine dieser sonderbaren Gestalten.«

Inzwischen tauchten auch die anderen Handwerker auf und betrachteten verwundert den Tisch, der sich unter den vielen Köstlichkeiten zu biegen schien. Es roch nach frischen Pfannkuchen und Kaffee.

Jeff stellte die drei als Nathan, Connor und Ryan vor.

»Ist das für uns?«, fragte Ryan, als Sara die Männer aufforderte, sich an den Tisch zu setzen.

»Jeff hat gesagt, dass ihr um acht Uhr Frühstück haben wollt«, sagte Olivia.

»Ich habe gesagt, dass wir um acht Uhr Frühstückspause machen«, stellte Jeff richtig. »Wir haben unsere eigenen Brote dabei.«

»Jetzt haben wir alles vorbereitet, also essen wir auch zusammen«, bestimmte Sara.

Die Handwerker ließen sich nur zu gerne darauf ein, und so saßen sie alle zusammen am Tisch. Zumindest die Erwachsenen. Es war Joey deutlich anzusehen, dass er nur ungern das Haus verließ, um weitere Pakete auszuliefern.

Die Kinder holten sich Pfannkuchen und zogen sich dann wieder aufs Sofa zurück. Es war eine laute, fröhliche Runde, die sich hier versammelt hatte.

Drei Tage später rief Winnie an. »Heute Nachmittag passe ich wieder auf Liam auf. Hast du Lust, mit deiner Schwester und den beiden Kindern zu mir zu kommen? Wir könnten einen Spaziergang machen und anschließend bei mir Kaffee trinken.«

Olivia war sofort einverstanden. Angus und Paul wollten arbeiten.

Der Baulärm in der oberen Etage hatte Paul dazu bewogen, sein »Büro« nun auch nach unten zu verlegen. Er konnte nicht gut lektorieren, wenn um ihn herum zu viel Unruhe herrschte. Schon deshalb war Sara froh über Winnies Einladung.

Bevor sie das Haus verließen, überraschte Jeff sie mit einer erfreulichen Nachricht.

»Ihr könnt schon mal auslosen, wer morgen zuerst in die Badewanne darf.«

»Wir haben oben Wasser? Wir können duschen und baden?« Sara konnte ihr Glück kaum fassen. Sie hatten jeden Tag Wasser warm gemacht, um sich gründlich abzuwaschen, so richtig sauber hatte sie sich danach aber nie gefühlt. Ganz oft dachte sie sehnsüchtig an das Hotel, in dem sie mit Paul das erste Wochenende verbracht hatte.

Jeff nickte. »Wir haben das Rohr ausgetauscht. Morgen werden wir die Wand schließen, und danach kümmern wir uns um den zerstörten Zimmerboden.«

»Ich hätte nicht gedacht, dass das alles so schnell geht«, sagte Sara erleichtert.

»Wir sind auch noch nicht fertig«, mahnte Jeff. »Da liegt noch einiges an Arbeit vor uns.«

»Aber wir können duschen oder baden.« Sara lachte ihn strahlend an. »Heute kann mir nichts mehr die gute Laune verderben!«

Tatsächlich störte sie sich an gar nichts, auch nicht an dem grauen Himmel, der sich auf ihrem Weg zu Winnie über ihnen wölbte. Dabei spürte sie die eisige Kälte sogar durch ihre warme Winterjacke.

»Ich will nach Hause«, maulte Noah. »Meine Beine sind zu kurz, um so weit zu laufen.«

»Und mir ist kalt«, jammerte Amelie. »Ich will auch nach Hause.«

»Aber Liam freut sich schon auf euch«, versuchte Olivia ihre Kinder zu motivieren.

»Kann der nicht zu uns kommen?«, fragte Noah. »Der hat ja auch einen Schlitten und muss nicht laufen.«

»Ihr bekommt auch bald einen Schlitten«, versprach Sara und nahm sich fest vor, einen zu besorgen.

Noah blieb stehen. »Dann besuchen wir Liam, wenn der Schlitten da ist.«

»Wir gehen heute«, sagte Olivia jetzt sehr bestimmt.

»Manno.« Nur schwerfällig setzte Noah sich wieder in Bewegung und stapfte ganz langsam hinter ihnen her. Er blieb immer weiter zurück, bis Olivia sich umdrehte und rief: »Du weißt bestimmt, dass es in Kanada Wölfe gibt. Und die erwischen immer den Letzten.«

Noah lief los und holte sie ganz schnell ein, während Sara ihre Schwester fassungslos ansah.

»Olivia, wie kannst du nur? Von Jeanette hätte ich so etwas erwartet, aber ganz bestimmt nicht von dir«, sagte sie leise.

»Warte ab, bis du selbst Kinder hast.« Olivia verzog das Gesicht. »Hin und wieder kommen die Spuren unserer eigenen Erziehung zum Vorschein. Ein bisschen Jeanette steckt auch in uns.«

»Das hoffe ich nicht!«, stieß Sara heftig hervor.

Der Gedanke, dass sie einmal ihre eigenen Kinder auch nur ansatzweise so behandeln könnte, wie Jeanette es mit ihr und Olivia getan hatte, erfüllte sie mit Entsetzen. Die Gedanken daran ließen sie auch in den nächsten Minuten nicht mehr los, doch dann erreichten sie ihr Ziel, wo ihnen der Duft von frisch gebackenen Keksen entgegenwehte, sobald Winnie die Tür öffnete.

Amelie schnupperte. »Das riecht aber lecker.«

Winnie lächelte, als Sara übersetzte. »Sag ihr, dass ich sie extra für euch gebacken habe.«

Auch diesmal übersetzte Sara.

»Gibt es auch Kakao?«, wollte Noah wissen.

Das Wort »Kakao« hatte Winnie offensichtlich verstanden, denn sie nickte und ließ Sara ausrichten, dass sie Kakao und Saft für die Kinder hatte.

»Und für uns Kaffee«, fügte sie dann hinzu.

Sara bemerkte plötzlich, dass Winnie die ganze Zeit ihre Schwester anschaute.

»Ich habe ganz vergessen, dass ihr euch noch nicht kennt. Winnie, das ist meine Schwester Olivia. Und Olivia, das ist Winnie. Sie veranstaltet Führungen durch die nähere Umgebung und den Yoho-Nationalpark.«

»Im Winter nicht so oft, aber im Sommer bin ich fast nur unterwegs.« Winnie streckte Olivia die Hand entgegen.

»An so einer Tour würde ich gerne einmal teilnehmen«, sagte Olivia.

»Jederzeit«, versicherte Winnie. »Du musst mir nur sagen, wann es dir passt.«

Olivia schaute Sara fragend an. »Habt ihr das schon einmal gemacht?«

»Ja, als wir im Januar hier waren.« Bei der Erinnerung an diese Tage musste Sara unwillkürlich lächeln. »Das war traumhaft, und ich kann es dir nur empfehlen.«

»Mal sehen …« Olivia nickte, machte aber ein nachdenkliches Gesicht. »Sehr lange können wir allerdings nicht mehr in Kanada bleiben.«

Sara legte einen Arm um die Schultern ihrer Schwester.

»Darüber reden wir noch«, sagte sie leise. »Ich habe dich und die Kinder sehr gerne hier.«

Plötzlich war ein lauter Schrei zu hören: »Winnie!«

»Liam!« Winnie drehte sich um und lief in die Küche. Sara folgte ihr und bekam mit, wie Liam auf den Backofen zeigte. »Die Kekse sind schwarz.«

In dem Moment war es auch schon zu riechen. Ein scharfer Geruch nach Verbranntem stieg ihnen in die Nase.

Winnie fluchte laut auf, dann griff sie nach einem Handtuch und riss den Backofen auf. Rauchschwaden schlugen ihr entgegen, aber das hielt sie nicht davon ab, das Blech mit den Keksen aus dem Backofen zu ziehen. Sie stellte es auf die Spüle und wandte sich Liam zu.

»Warum hast du mich nicht früher gerufen?«

»Du hast gesagt, ich soll aufpassen, ob die Kekse schwarz werden.« Der Junge wies auf das Küchenblech. »Die sind schwarz.«

Sara hatte Mühe, nicht laut aufzulachen.

»Da hat er recht«, sagte sie. »Sogar ziemlich schwarz.«

Winnie warf ihr erst einen vernichtenden Blick zu, dann begann auch sie zu lachen.

»Okay«, sagte sie zu Liam. »Du hast alles richtig gemacht. Beim nächsten Mal drücke ich mich klarer aus. Zum Glück habe ich heute Morgen schon einige Bleche gebacken.«

Später gingen sie alle zusammen ins Wohnzimmer. Während die Kinder miteinander spielten, saßen die Frauen auf dem Sofa und unterhielten sich. Durch das große Panoramafenster war das majestätische Bergmassiv zu sehen, das sich hinter dem Dorf ausbreitete. Die untergehende Sonne tauchte die Gipfel in goldenes Licht.

Sara atmete tief ein und aus und spürte einmal mehr, wie sehr sie ihre neue Heimat liebte.

Sekundenlang war sie durch ihre Gedanken so abgelenkt, dass sie dem Gespräch zwischen Olivia und Winnie nicht folgte, bis ihre Schwester laut auflachte. Sara konnte sich nicht daran erinnern, wann sie Olivia zuletzt so unbeschwert erlebt hatte. Es schien so, als hätte sie eine neue Leichtigkeit und Freude am Leben gefunden.

»So nachdenklich?«, unterbrach Winnie plötzlich ihre Gedanken.

Sara wies auf das Panoramafenster. »Ich genieße die Aussicht, und ich freue mich, dass wir alle zusammen hier sind.«

»Es ist so toll, dass ihr euch für Springfield entschieden habt«, meinte Winnie herzlich. Dann wandte sie sich Olivia zu. »Und wie stehen die Chancen, dass du mit den Kindern für immer bleibst?«

Olivia schüttelte den Kopf. »Das ist für uns keine Option.« Sie schwieg und wirkte auf einmal, als sei sie sehr weit weg. »Leider«, fügte sie dann leise hinzu.

Es war bereits dunkel, als sie sich von Winnie verabschiedeten. Vereinzelte Schneeflocken fielen vom Himmel.

Die Kinder hatten ihren Spaß, liefen voraus, hoben die Gesichter in die Höhe und versuchten, Schneeflocken mit ihrer Zunge aufzufangen.

Sara und Olivia gingen schweigend nebeneinanderher. Als Olivia sich bei ihr einhängte, lächelten sie einander zu.

»Besteht wirklich keine Möglichkeit, dass du für immer bleibst?«, fragte Sara vorsichtig.

Olivia schüttelte den Kopf und sagte eine ganze Weile überhaupt nichts mehr, starrte nur mit zusammengepressten Lippen in die Dunkelheit. Doch plötzlich begann sie leise zu lachen.

»Stell dir mal Mamas Reaktion vor, wenn ich sie anrufe, um ihr zu sagen, dass ich von nun an auch in Kanada lebe.«

»Das solltest du ihr schon persönlich sagen.« Sara lachte ebenfalls. »Und ich möchte gerne dabei sein – ich will ihr Gesicht sehen.«

»Das würde ich nie wagen«, stieß Olivia hervor. »Ich bin so

froh, dass zwischen ihr und mir gerade schützende achttausend Kilometer liegen!«

Inzwischen hatten sie das Haus am See erreicht. Die Kinder warteten bereits an der Haustür.

Sara schloss auf. Noah und Amelie liefen los … und blieben plötzlich wie angewurzelt stehen.

»Nein, bitte nicht!«

Sara vernahm ein leises Aufstöhnen neben sich. Sie selbst war nicht dazu in der Lage, auch nur einen Ton zu sagen.

»Na, endlich!« Jeanette stemmte die Hände in die Hüften. »Wir warten schon seit Stunden auf euch.«

Hinter Jeanette tauchte Olivias Schwiegermutter Karin auf.

»Genau!«, stimmte sie Jeanette zu.

»Die Omas sind da.« Ehrfürchtiges Staunen lag in Noahs Stimme.

»Halleluja!«, stieß Sara hervor. Etwas Passenderes fiel ihr einfach nicht ein.

Kapitel 16

»Sie standen plötzlich vor der Tür.« Der Schreck über den erneuten unerwarteten Besuch war Paul deutlich anzusehen. »Ich hatte keine Ahnung, was ich machen soll.«

»Du hättest auf keinen Fall die Tür öffnen dürfen«, entfuhr es Sara spontan. Als sie Pauls entsetzte Miene wahrnahm, musste sie lachen. »Das habe ich natürlich nicht ernst gemeint. Wie sind sie überhaupt vom Flughafen zu uns gekommen?«

»Mit dem Taxi.« Verständnislos schüttelte Paul den Kopf. »Das muss ein Vermögen gekostet haben.«

»Mama kann es sich leisten«, erwiderte Sara ungerührt.

Ihre Mutter verfügte über ihr eigenes Vermögen. Karin hingegen besaß nicht mehr als das kleine Häuschen im Hamburger Umland, das ihr verstorbener Mann ihr hinterlassen hatte. Zweifellos hatte Jeanette alle Kosten dieser Reise übernommen, weil sie hoffte, dass Karin ebenso Druck auf Olivia ausüben würde wie sie selbst.

Sara schaute an Paul vorbei zu Jeanette und Karin. Die Frauen standen vor Olivia und redeten gemeinsam auf sie ein. Schweigend ließ Olivia es über sich ergehen. Hin und wieder trat sie einen Schritt zurück, doch jedes Mal folgten ihr Jeanette und Karin sofort und zeigten damit deutlich, dass alle Versuche, ein bisschen Abstand zu gewinnen, nicht funktionieren würden.

»Warum haben sie nicht vorher angerufen?«

»Das habe ich sie auch gefragt. Offensichtlich haben sie befürchtet, dass Olivia dann nicht mehr hier wäre, wenn sie eintreffen.«

»Ich hätte Olivia zur Flucht verholfen …« Sara lächelte.

»Winnies Haus in den Bergen wäre das perfekte Versteck gewesen. Erinnerst du dich noch an diese Nacht?«

»Als könnte ich das je vergessen.« Zärtlich schaute er sie an, doch dann wurde seine Miene wieder ernst. »Aber ich glaube nicht, dass das der richtige Platz für Olivia und die Kinder wäre.«

»Wahrscheinlich nicht.« Seufzend sah Sara wieder zu ihrer Schwester. Jeanette und Karin redeten immer noch auf sie ein. »Ich muss Olivia retten. Ich bin nur froh, dass Angus die Kinder nach oben gebracht hat.«

»Am besten sehe ich mal nach, wie er mit den Kleinen zurechtkommt …«

»Feigling!«

Paul nickte grinsend.

Während er den Raum verließ, ging Sara zu Olivia.

»Jetzt sag endlich, warum du das gemacht hast!«, zischte Jeanette.

»Der arme Gernot.« Karin hielt ein zerknülltes Papiertaschentuch in einer Hand, mit dem sie sich jetzt über die Augen wischte. »Das hat er nicht verdient.«

»Natürlich hat er das nicht verdient.« Jeanette verdrehte leicht die Augen, und das entlockte Sara wiederum ein Lächeln. Auch wenn die beiden Frauen jetzt eine Einheit gegen Olivia bildeten, konnte Jeanette nicht ganz verbergen, dass sie Karin im Grunde genommen nicht ausstehen konnte. Sara war sicher, dass diese Abneigung auf Gegenseitigkeit beruhte, denn normalerweise gingen die beiden sich aus dem Weg.

»Könnt ihr mir bitte sagen, warum ihr hier seid?«, fragte Sara energisch und zog damit Jeanettes ganzen Ärger auf sich.

»Das fragst du noch? Olivia war für keinen von uns erreichbar. Sie hat keinen Anruf angenommen oder gar erwidert. Selbst als ich dich gebeten habe – zweimal übrigens –, dafür zu sorgen, dass sie mich anruft, ist das nicht passiert.« Theatralisch presste sie eine Hand aufs Herz. »Ich hatte keine Ahnung, wie es ihr geht. Ich wusste nicht einmal, ob die Kinder überhaupt noch leben!«

An dieser Stelle brach Sara in lautes Lachen aus. »Wenn etwas passiert wäre, hätte ich dich bestimmt nicht darüber im Unklaren gelassen.«

»Und was ist mit Gernot?« Karin verfiel in den gleichen Jammerton wie Jeanette. Ihre dauergewellten, weißblonden Haare wippten bei jedem Wort. »Der arme Junge, wie konntest du ihm das antun?« Auch sie schaute Olivia an. »Ich habe ihn immer davor gewarnt, eine wie dich zu heiraten.«

»Was soll das denn heißen?« Jeanette schaute sie empört an, die eben noch demonstrierte Einigkeit war dahin. »Deinem Sohn konnte nichts Besseres passieren, als in unsere Familie einzuheiraten.«

Karin schnappte nach Luft. Ihre Augen funkelten vor Ärger, und sie ballte die Hände zu Fäusten.

Jeanette hingegen verströmte eine eisige Aura. Sie stand da mit verschränkten Armen und einem festen Blick. Doch plötzlich ließ sie die Arme sinken.

»Wir sollten uns nicht streiten.« Ihre Stimme klang nicht versöhnlich, sondern befehlend. »Wir verfolgen schließlich dasselbe Ziel, und es geht uns beiden darum, dass Olivia endlich wieder zur Vernunft kommt.« Jeanette blickte ihre Tochter an. Streng und unerbittlich. »Morgen fliegen wir alle zurück nach Deutschland. Du kannst froh sein, dass Gernot überhaupt bereit ist, dich unter diesen Umständen zurückzunehmen. Hast du eigentlich eine Ahnung, wie sehr er die Kinder vermisst …?«

Olivias verzweifelter Schrei ließ sie verstummen.

»Hört auf! Hört endlich auf.« Sie schlug beide Hände vors Gesicht und schluchzte kurz auf, doch dann war da nichts mehr als pure, unverfälschte Wut. »Ihr habt doch keine Ahnung!«, schrie sie. »Ihr wisst doch überhaupt nicht, was los ist!«

Es war, als hätte der kurze Ausbruch ihr jegliche Kraft entzogen. Sie wirkte mit einem Mal völlig ermattet.

»Gernot hat mich betrogen«, flüsterte sie.

»Wie kannst du es wagen?«, fuhr Karin sie an. »So etwas würde Gernot niemals tun.«

»Die andere Frau bekommt ein Kind von ihm.« Eine Träne löste sich aus Olivias Augenwinkel. »Er hat es mir selbst gesagt.«

Es war ihr anzusehen, dass sie einfach nicht mehr konnte. Schwerfällig setzte sie sich in Bewegung, um nach oben zu gehen.

Sara wusste nicht, ob sie ihrer Schwester folgen sollte. Unschlüssig sah sie ihr nach.

»Ich glaube es trotzdem nicht«, sagte Karin plötzlich.

»Es ist sinnlos, die Augen vor der Wahrheit zu verschließen«, entgegnete Jeanette. »Natürlich stimmt das, Olivia erfindet so eine Geschichte nicht. Wir müssen uns Gedanken darüber machen, wie wir das wieder in Ordnung bringen.«

Sara war fassungslos. »Was willst du denn da in Ordnung bringen? Es war genau richtig, dass Olivia sich von diesem Kerl getrennt hat.«

»Also, bitte!«, fuhr Karin auf.

»Tut mir leid, Karin.« Sara hob in einer bedauernden Geste die Hände und ließ sie wieder fallen. »Aber was Gernot sich da geleistet hat, ist unverzeihlich.«

Jeanette wedelte mit einer Hand vor ihrem Gesicht. »Sei still, ich muss nachdenken.«

»Vielleicht solltest du einfach mal mit Olivia reden und ihr sagen, dass du sie unterstützen wirst, egal wie sie sich entscheidet«, schlug Sara vor.

»Ja, ich muss mit ihr reden«, murmelte Jeanette. Das klang allerdings nicht so, als wolle sie ein verständnisvolles Mutter-Tochter-Gespräch führen.

»Lass sie bitte heute Abend in Ruhe«, bat Sara. »Es war sicher nicht leicht für sie, uns zu sagen, warum sie sich von Gernot getrennt hat.«

»Sie hat sich nicht von Gernot getrennt«, fuhr Jeanette sie an. »Sie ist in einer völlig übertriebenen Kurzschlussreaktion nach Kanada gereist, und das ist allein deine Schuld.«

»Wieso ist das meine Schuld? Bis eben habe ich nicht einmal gewusst, was passiert …«

Jeanette ließ sie nicht ausreden.

»Weil du nach Kanada gezogen bis«, fiel sie ihr ungeduldig ins Wort. »Wenn du nicht hier wohnen würdest, wäre es für Olivia schwierig gewesen, so weit wegzuziehen. Vielleicht hätte sie sich dann längst wieder mit Gernot vertragen.«

»Hast du ihr eigentlich zugehört? Gernot bekommt mit einer anderen Frau ein Kind!«

»Aber er will Olivia und die Kinder zurück.« Plötzlich stand Karin wieder auf Jeanettes Seite. »Und ich finde, wir sollten alles tun, um diese Ehe zu retten.«

»Vielleicht ist diese Ehe aber nicht mehr zu retten!« Sara war wütend und traurig zugleich, weil weder Karin noch ihre Mutter sich darüber Gedanken machten, was das Beste für Olivia war.

»Wir reden morgen weiter«, bestimmte Jeanette. Fragend schaute sie Sara an. »Wo kann ich schlafen?«

»Ich zeige euch oben die freien Zimmer, dann könnt ihr euch eines aussuchen.«

Jeanette war nur wenig begeistert. Als sie wieder nach unten kamen, spielte sie mit dem Gedanken, sich in der Nähe ein Hotel zu suchen.

»Das ist keine Option«, sagte Paul, der in diesem Moment dazukam. »Schau mal aus dem Fenster.«

Nicht nur Sara, sondern auch Jeanette und Karin traten an das große Fenster mit der Aussicht auf den See. Die Schneeflocken fielen jedoch so dicht, dass der Blick versperrt war.

»Der Wetterbericht warnt vor anhaltenden Schneefällen.«

Paul hielt sein Smartphone in der Hand und schaute auf das Display. »Vor allem in unserer Gegend. Es ist damit zu rechnen, dass die Straßen in den nächsten Stunden nicht mehr passierbar sind.«

»Schade«, murmelte Sara. Sie hätte ihre Mutter und am liebsten auch Karin zu gern ins Hotel gebracht, aber nun standen ihnen wahrscheinlich allen unerfreuliche Stunden bevor.

»Dann bleibe ich eben.« Jeanette wirkte zutiefst unzufrieden. »Für ein paar Tage wird es schon gehen.«

Am nächsten Tag waren die Straßen unpassierbar. Jeff rief an, weil er mit seinen Handwerkern nicht einmal die kurze Strecke von Springfield zum See kommen konnte.

Später meldete sich Winnie.

»Habt ihr genug zu essen?«, fragte sie besorgt.

»Ein paar Tage halten wir schon durch«, versicherte Sara. Dabei behielt sie das Fenster im Blick. Inzwischen herrschte draußen ein regelrechter Schneesturm, der die Flocken so dicht vor sich hertrieb, dass sie nichts anderes sah als Schnee.

»Ihr dürft nicht rausgehen«, warnte Winnie. »Die Sichtweite ist so stark eingeschränkt, dass ihr die Orientierung verlieren und euch verlaufen könntet. Das ist lebensgefährlich.«

»Wir gehen nicht raus«, versprach Sara. »Pass du auch gut auf dich auf.«

Winnie lachte. »Ich mache es mir gemütlich, solange es anhält. Kaminfeuer, gutes Essen und abends ein Glas Wein.«

Das klang zwar positiv, doch gleichzeitig entstand ein trauriges Bild in Saras Kopf: Winnie, wie sie ganz allein vor dem brennenden Kamin saß und in die Flammen starrte, ein Glas Wein in der Hand, während gleichzeitig Erinnerungen an die glücklichen Zeiten mit ihrem verstorbenen Mann in ihr auflebten.

»Schade, dass du nicht bei uns sein kannst.«

»Hast du noch nicht genug Leute im Haus?« Winnie lachte erneut.

»Es sind noch zwei Personen dazugekommen«, gestand Sara.

Im selben Moment vernahm sie Stimmen auf der Treppe. Eine davon war unverkennbar die ihrer Mutter.

»Ich erzähle dir ein anderes Mal mehr darüber«, sagte sie hastig und verabschiedete sich von Winnie.

Tatsächlich kam kurz darauf ihre Mutter in den Raum. Zusammen mit Olivia, auf deren Hals und Gesicht sich rote Flecken abzeichneten. Ihre Schwester wirkte sehr gestresst.

»Warum rufst du Gernot nicht einfach mal an und sprichst in aller Ruhe mit ihm?«, schlug Jeanette vor. »Ich bin ganz sicher, dass er dich noch liebt.«

»Gernot liebt nur sich selbst.«

»Jetzt tust du ihm aber Unrecht!« Jeanette ergriff weiterhin Partei für ihren Schwiegersohn. »Du warst doch einmal sehr glücklich mit ihm. Du musst einfach versuchen, diese Gefühle wieder ...«

»Mama, lass Olivia endlich in Ruhe.« Es fiel Sara schwer, sich ihre Verärgerung nicht anmerken zu lassen. Dabei spürte sie überdeutlich, unter welchem Druck ihre Schwester gerade stand. »Olivia muss ihre Entscheidung selbst treffen.«

»Das kann sie aber nicht, so weit von zu Hause und vor allem von Gernot entfernt«, erwiderte Jeanette spitz. »Und außerdem verbitte ich mir jede Einmischung von dir.«

»Genau das wollte ich dir gerade sagen.« Olivia schaute ihre Mutter böse an. »Ich bin übrigens nicht wegen Gernot nach Kanada geflüchtet, sondern wegen dir.«

Jeanette starrte Olivia mit offenem Mund an.

»Ich habe meine Entscheidung längst getroffen, aber ich wusste, dass du sie nicht akzeptieren wirst«, fuhr Olivia mit ruhiger Stimme fort. »Und jetzt will ich nicht mehr darüber reden. Wir drehen uns ohnehin nur im Kreis.«

»Ja, gut«, gab Jeanette widerwillig nach. »Reden wir nicht mehr darüber. Vorerst ...«

»Es tut mir sehr leid, was dir mit Gernot passiert ist«, sagte Sara, als sie später mit Olivia allein in dem Schlafzimmer war, das ihre Schwester mit den Kindern teilte.

Sie standen beide am Fenster und schauten hinaus in das Schneetreiben. Dabei fühlten sie sich einander wieder so nah wie in ihrer Kinderzeit.

Olivia wandte ihr den Kopf zu und lächelte sie an.

»Du konntest ihn noch nie leiden.« Es war eine sachliche Feststellung, ohne einen Hauch von Bitterkeit.

»Umso mehr weißt du es hoffentlich zu schätzen, dass ich mir Worte wie ›Ich habe es dir ja gleich gesagt‹ gespart habe.«

Olivia lächelte sie an. »Hast du es gedacht?«

Sara lächelte zurück. »Nein, nicht einmal das. Allerdings beschäftigt mich der Gedanke, dass Gernot noch übler ist, als ich es ihm je zugetraut hätte.«

Olivia lehnte ihren Kopf an Saras Schulter. »Es ist nicht das erste Mal, dass er mich betrogen hat«, gestand sie leise.

»Du hast etwas Besseres verdient.« Sara umarmte ihre Schwester.

»Sag das Mama«, murmelte Olivia dicht an ihrem Ohr.

»Wenn ich darf …«

Olivia löste sich aus ihren Armen. Sie schauten sich an und mussten beide lachen.

»Ich kann Mama und Karin bei dem Wetter nicht einmal aus dem Haus werfen«, sagte Sara bedauernd. »Und das soll tagelang anhalten.«

Olivia seufzte tief auf. »Das kann ja noch heiter werden.«

Sara schüttelte den Kopf. »Damit rechne ich eher nicht.«

Das Wetter hielt einen Großteil des Landes in Atem. Die Straßen waren vereist und unpassierbar, die öffentlichen Verkehrsmittel standen still, die meisten Geschäfte und Schulen blieben geschlossen. Alle waren gezwungen, in ihren Häusern zu bleiben und auf besseres Wetter zu warten. In einigen Landesteilen war sogar die Stromversorgung unterbrochen, doch davon blieb Springfield zum Glück verschont.

Anfang der darauffolgenden Woche ließ zuerst der Sturm nach, dann endeten die starken Schneefälle. Am Mittwoch rief Jeff an und teilte ihnen mit, dass er mit seinen Leuten die Arbeiten fortsetzen wollte.

»Wenn ihr wollt, könnt ihr jetzt auch wieder nach Hause fliegen«, sagte Paul zu Jeanette und Karin.

Sie hatten sich alle zusammen um den gedeckten Frühstückstisch versammelt.

»Wir bleiben«, erklärte Jeanette kurz und bündig.

»Sie haben ihre Mission noch nicht erfüllt.« Sara hätte sich am liebsten auf die Zunge gebissen, aber es war zu spät. Sie hatte das ausgesprochen, was ihr spontan durch den Kopf gegangen war.

Olivia konnte darüber lachen, Jeanette und Karin blieben allerdings ernst.

»Warum lachst du, Mama?«, fragte Noah.

»Weil deine Tante Sara gerade etwas sehr Lustiges gesagt hat.« Bei diesen Worten schaute Olivia ihre Mutter herausfordernd an.

»Ich glaube, die Omas finden das aber nicht lustig«, kommentierte Noah prompt die sauertöpfischen Mienen seiner Großmütter.

»Nein, das war es auch nicht«, sagte Jeanette streng. »Ich glaube, deiner Mutter ist der Ernst der Situation nicht bewusst, die uns hierhergeführt hat.«

Olivias Lachen brach schlagartig ab.

»Du wirst das jetzt und hier nicht zur Sprache bringen«, sagte sie hart und deutete mit dem Kopf in Richtung der Kinder.

»Natürlich nicht«, versicherte Jeanette und schaute nun ebenfalls zu Noah und Amelie, doch Karin hatte, was das anging, ein deutlich dickeres Fell.

»Ihr vermisst doch bestimmt euren Papa?«, fragte sie an ihre Enkel gewandt.

Amelie nickte, während Noah gleichzeitig den Kopf schüttelte.

»Papa ist doch eh nie da.«

Karin ließ nicht locker. »Aber willst du denn nicht mal wieder nach Hause? Da hast du doch dein ganzes Spielzeug und deine Freunde.«

»Hier hab ich Mama und Angus und Tante Sara und Onkel Paul und Amelie und Liam und Winnie.« Er grinste Angus an. »Und wir haben Mia und Matteo.«

»Mia und Matteo gibt es zwar nur in Angus' Geschichten, aber ich hab die beiden trotzdem lieb«, ergänzte Amelie und schaute Angus bittend an. »Du hast uns schon gaaanz lange keine Geschichten mehr erzählt.«

»Dann wird es aber höchste Zeit.« Angus lächelte. »Mia und Matteo haben inzwischen einige neue Abenteuer erlebt, von denen ich euch erzählen kann.«

»Wieder in Afrika?«, fragte Amelie aufgeregt. »Bei den Löwen?«

»Diesmal sind sie in Kanada«, berichtete Angus mit geheimnisvoller Stimme. »Sie waren nämlich auch da draußen im Schnee.«

»Darf ich auch zuhören?«, fragte Olivia.

»Klar.« Angus schaute die Kinder fragend an. »Ihr seid doch einverstanden?«

»Jaaaaa!«, riefen die beiden gleichzeitig.

»Hast du nichts Wichtigeres zu tun?«, fragte Jeanette ungehalten.

»Nein«, entgegnete Olivia mit fröhlicher Miene.

Als sie aufstand und den Tisch abräumen wollte, hinderte Sara sie daran.

»Das mache ich zusammen mit Paul.«

»Wie nett und harmonisch«, ätzte Jeanette. Dann betrachtete sie Sara von Kopf bis Fuß. »Hattest du diese Jeans und den Pullover nicht gestern schon an?«

Sara schaute an sich runter. »Da fällt mir ein, ich habe schon eine ganze Weile nichts mehr von Britta Moll gehört.«

Jeanette schloss sekundenlang entnervt die Augen. »Was ist denn das für eine Antwort auf meine Frage?«

»Unser Gepäck ist immer noch nicht da«, erklärte Sara, wobei sie gleichzeitig ihr Handy zückte. »Es fliegt mit *Canada Flight* durch die Welt und ist inzwischen zweifellos weiter herumgekommen als ich.«

Britta Moll meldete sich bereits nach dem zweiten Klingeln.

»*Canada Flight*, Britta Moll am Apparat. Wie kann ich Ihnen helfen?«

»Hallo, Frau Moll, hier ist Sara Adams.«

Britta Moll hatte bestimmt viele Kundenkontakte, trotzdem wusste sie sofort, mit wem sie es zu tun hatte.

»Hallo, Frau Adams.« Ihre Stimme klang schuldbewusst. »Ich will Sie schon seit Tagen anrufen.«

Sara blieb freundlich, trotz der bösen Vorahnung, die sie ereilte.

»Dann frage ich mich, warum Sie das nicht getan haben.«

»Weil …« Britta Moll zögerte, gab dann aber mit entwaffnender Ehrlichkeit zu: »Es war mir einfach peinlich, Ihnen sagen zu müssen, dass sich Ihr Gepäck inzwischen wieder in Deutschland befindet.«

Sara war im ersten Moment zu verblüfft, um darauf zu antworten, dann brach sie in lautes Lachen aus.

»Ich bin froh, dass Sie es mit Humor nehmen«, sagte Britta Moll erleichtert. »Vielleicht ist das ja ein guter Ausgangspunkt. Erneut ab Deutschland, da wo es ursprünglich herkam, wird es nun direkt nach Kanada befördert.«

»Ich weiß nicht …« Sara war sich nicht sicher, ob sie sich darauf einlassen sollte. »Vielleicht schicke ich einfach jemanden zum Flughafen, damit unser Gepäck da abgeholt und dann mit der Post zu uns geschickt werden kann.«

Mit dieser Idee war nun wiederum Britta Moll nicht einverstanden.

»Das kann teuer werden«, warnte sie. »Wir liefern es umsonst.«

»Sie liefern überhaupt nicht«, entfuhr es Sara.

Britta Moll ignorierte ihren Einwurf. »Und beachten Sie die ganzen Umstände. Sie müssen jemanden finden, der das Gepäck abholt, neu verpackt und an ein Transportunternehmen weitergibt. Ob es dann wirklich bei Ihnen ankommt, ist auch nicht garantiert, und …«

Sie brach ab. Vermutlich fielen ihr keine Gründe mehr ein, die dagegen sprachen.

Plötzlich durchschaute Sara, weshalb die Sachbearbeiterin so hartnäckig dagegen argumentierte.

»Die Koffer sind nicht in Hamburg, oder?«

Britta Moll antwortete nicht sofort, schien sich dann aber erneut für die Wahrheit zu entscheiden.

»Sie stehen in München«, gab sie zu.

»Unser Gepäck ist überaus reiselustig«, stellte Sara amüsiert fest.

»Es geht jetzt auf den direkten Weg nach Vancouver.«

Wieder setzte eine kurze Stille ein, dann lachten beide Frauen laut auf.

»Geben Sie uns bitte die Chance zu beweisen, dass wir es durchaus schaffen, ein paar Koffer zielgenau von einem Punkt zum nächsten zu befördern«, bat Britta Moll.

»Ich würde gerne daran glauben.« Sara schmunzelte. »Ich rechne allerdings damit, dass wir noch sehr oft miteinander telefonieren werden.«

»Also, ich glaube, dass es jetzt klappt.«

Als es an der Tür klopfte, beendete sie das Gespräch.

»Ich gehe schon«, rief sie den anderen zu. »Das ist bestimmt Jeff mit seinen Leuten.«

Sie eilte zur Tür, riss sie auf ... und erstarrte. Vor ihr standen nicht die Handwerker, sondern ausgerechnet Gernot.

Dreist grinste er sie an. »Da bin ich!«

Sara maß ihn von Kopf bis Fuß. »Du hast uns gerade noch gefehlt.«

Kapitel 17

Gernot nahm die elegante Reisetasche hoch, die er neben sich abgestellt hatte, und ging einfach an ihr vorbei ins Haus. Bevor er die angelehnte Tür zum Wohnraum öffnen konnte, stellte sich Sara ihm in den Weg.

»Du wartest hier, bis ich die anderen vorgewarnt habe.«

Arrogant zog er eine Augenbraue in die Höhe, kam ihrer Aufforderung aber nach.

Angus saß im Schneidersitz auf dem Boden ganz in der Nähe der Couch. Offenbar waren Mia und Matteo gerade irgendwo im Schnee eingeschlossen, wie er mit dumpfer, geheimnisvoller Stimme erzählte.

Amelie saß auf dem Boden, während Noah bäuchlings vor ihm lag, das Gesicht in beide Hände gestützt. Beide Kinder hörten so aufmerksam zu, dass sie nichts anderes um sich herum wahrnahmen.

Olivia saß auf dem Sofa und schrieb eifrig etwas auf einen Block. Führte sie Tagebuch? Oder plante sie gerade die Schritte in ihr neues Leben, völlig ahnungslos, dass ihr altes Leben vor der Tür stand?

Jeanette und Karin saßen immer noch an dem großen Esstisch, schweigend, so als warteten sie auf etwas, während Paul im Küchenbereich frischen Kaffee kochte.

Plötzlich wurde Sara bewusst, dass Jeanette und Karin keineswegs auf Kaffee warteten.

Sie trat ganz dicht an den Tisch heran.

»Ihr habt es gewusst«, sagte sie so leise, dass nur die beiden sie verstehen konnten.

Karin senkte den Blick, doch ihre Mutter schaute sie herausfordernd an.

»Es muss ja etwas passieren«, sagte sie. »Die Kinder brauchen schließlich ihren Vater.«

»War das Jeff?« Paul hob lauschend den Kopf. »Ich höre gar keinen Baulärm.«

»Nein, das war nicht Jeff …« Sara sah zu Olivia hinüber, die immer noch schrieb, doch plötzlich schien sie zu spüren, dass Sara sie anschaute. Sie hob den Kopf, wirkte irritiert, dann alarmiert. Der Ausdruck in Saras Augen schien ihr zu verraten, dass etwas nicht stimmte. Sie legte den Block beiseite, stand auf und kam näher. Ihr Blick war wachsam.

»Was ist los?«, fragte sie, als sie neben Sara angekommen war.

»Unser Haus wird voll«, erwiderte Sara ironisch. »Dafür haben die beiden gesorgt.« Sie wies auf Jeanette und Karin.

Olivia verstand sofort.

»Nein!« Sie schüttelte den Kopf. »Bitte nicht!«

»Hör ihn doch erst einmal an!«, rief Jeanette aufgebracht.

Inzwischen war Gernot wahrscheinlich zu der Überzeugung gelangt, dass er lange genug gewartet hatte, jedenfalls stieß er die Tür auf und betrat den Raum. Die Reisetasche hatte er im Flur stehen gelassen.

»Da bin ich!«, rief er laut und breitete die Arme aus.

Amelie sprang sofort auf und lief auf ihn zu.

»Papa ist da!«, jubelte sie.

Gernot hob sie hoch und schwenkte sie durch die Luft. Amelie kreischte vor Freude.

Noah hatte sich lediglich aufgesetzt. Er schaute von Angus zu Gernot und wieder zurück. Offensichtlich konnte er sich gerade nicht entscheiden, was ihm wichtiger war. Da Angus aber ohnehin verstummt war und nun ebenfalls Gernot anschaute, erhob sich der Junge und trottete zu seinem Vater.

Gernot stellte Amelie auf den Boden und hob nun seinen Sohn hoch.

»Freust du dich, dass ich da bin?«, fragte er erwartungsvoll.

Noah nickte, doch als sein Vater ihn wieder hinstellte, lief er zurück zu Angus.

»Erzähl weiter«, forderte er ihn auf.

»Das machen wir später«, versprach Angus. »Vielleicht ist es besser, wenn ich die Familie jetzt erst einmal allein lasse.«

Er erhob sich und verließ mit schnellen Schritten das Zimmer.

»Schön, euch alle wiederzusehen.« Gernot trat mit ausgestreckten Armen auf Olivia zu, als wollte er sie umarmen.

Sie wich keinen Schritt zurück, aber in ihrer Miene zeigte sich deutliche Ablehnung.

»Versuch es nicht mal«, warnte sie ihn.

Er zuckte nur mit den Schultern, umrundete den Tisch und umarmte zuerst seine Mutter, danach Jeanette.

»Ich hoffe, wenigstens ihr freut euch, mich zu sehen.«

»Du kannst dir das scheinheilige Getue sparen.« Sara sah ihn finster an. »Du bist hier nicht willkommen, Gernot.«

»Wir haben sowieso keinen Platz mehr«, behauptete Paul.

»Das stimmt nicht, ihr habt Platz genug. Eine Nacht könnt ihr ihm nun wirklich ein Zimmer zur Verfügung stellen.« Jeanette war sichtlich erzürnt. »Ihr werdet ihn doch nicht in den Schnee hinausschicken.«

»Er hat es ja auch durch den Schnee hierhergeschafft«, sagte Paul seelenruhig. Lächelnd schaute er Gernot an. »Soll ich dir ein Taxi rufen?«

»Ihr habt hoffentlich nichts dagegen, wenn ich ein paar Stunden mit meinen Kindern verbringe.« Gernot wandte sich an Noah und Amelie. »Ihr wollt doch, dass ich bleibe?«

Offensichtlich eingeschüchtert durch die angespannte Stimmung nickten die beiden nur.

Gernot drehte sich wieder um. »Dann sagt es jetzt vor den beiden, dass ich hier nicht erwünscht bin.«

Sara fühlte die Versuchung, seiner Aufforderung nachzukommen, aber als sie Olivias Blick in Richtung der Kinder bemerkte, entschied sie sich dagegen.

»Ich muss mal ein paar Minuten raus«, murmelte Sara.

Geradezu fluchtartig rannte sie aus dem großen Wohnraum und eilte die Treppe nach oben. Die Tür zu Angus' Zimmer stand so weit offen, dass sie hineinschauen konnte. Auf dem kleinen Tisch am Fenster entdeckte sie sein aufgeklapptes Notebook, aber Angus stand an der Balkontür und starrte hinaus. Als Sara anklopfte, drehte er sich um.

»Ist alles in Ordnung mit dir?«, fragte sie.

Er lächelte, wirkte aber dennoch bedrückt.

»Ich überlege gerade, ob ich nach Deutschland zurückreisen soll«, gestand er.

»Warum?«, fragte Sara erschrocken. »Wir haben dich gern hier.«

»Es scheint, als ob eure Familie Zeit braucht, um einiges zu klären«, sagte er vorsichtig. »Dabei habe ich nichts zu suchen.«

Sara trat auf ihn zu und umarmte ihn. »Bitte, geh nicht. Freunde können so viel wichtiger sein als Familie. Und das trifft ganz besonders auf dich zu.«

Angus drückte sie kurz an sich, dann ließ er sie los. Lächelnd schaute er ihr ins Gesicht.

»Ich dachte immer, ich gehe dir auf die Nerven.«

»Ich habe dich erst hier in Kanada richtig kennengelernt. Vorher warst du für mich immer nur der anstrengende Autor, der vor allem dann auftaucht, wenn Paul und ich etwas anderes geplant haben. Jetzt weiß ich, dass du ein unglaublich liebenswerter Mensch bist, der sich auch mal zurücknehmen kann. Der da ist, wenn man ihn braucht, und der …«

»Schon gut«, unterbrach Angus sie lachend. »So selbstlos,

wie du mich gerade darstellst, bin ich nicht. Es war die Einsamkeit, die mich zu euch getrieben hat. Und ich muss gestehen, dass es mir dabei ziemlich egal war, ob ich euch auf die Nerven gehe.«

»Aber jetzt hat sich das offensichtlich geändert.«

»Nein ... Ja ...« Er wirkte ein wenig verlegen. »Seit deine Mutter und diese andere Frau da sind, habe ich begriffen, wie unangenehm solche überfallartigen Besuche sind. Und jetzt noch Gernot ...«

Angus brach ab.

»Ich habe ihn ja nur ein einziges Mal gesehen, auf eurer Hochzeit, aber ich fand ihn da schon nicht besonders sympathisch«, gestand er schließlich. »Und jetzt, nachdem ich weiß, was er Olivia und den Kindern angetan hat, finde ich ihn einfach nur widerlich.«

Als Olivia von Gernots Betrug berichtet hatte, war Angus nicht dabei gewesen.

»Sie hat es dir erzählt?«

»Schon vor einiger Zeit«, bestätigte Angus.

Sara war überrascht, dass Olivia ihm ihr Vertrauen geschenkt hatte. Aber möglicherweise war es für sie einfacher gewesen, mit jemandem zu reden, der ihr nicht so nahestand.

»Vielleicht ist es gut, dass Gernot heute gekommen ist«, sagte Sara nachdenklich. »Wenn er erst kapiert hat, dass Olivia ihn nicht mehr will, wird nicht nur er verschwinden, sondern auch Jeanette und Karin werden ihre Koffer packen.«

Angus nickte, schaute dabei aber sehr nachdenklich vor sich hin. Ob er noch immer mit dem Gedanken spielte, nach Deutschland zurückzukehren?

»Du bleibst doch?« Bittend schaute sie ihn an.

Ein Lächeln umspielte seine Lippen, als er nickte. »Ich bleibe.« Seine Miene wurde wieder ernst. »Wo soll Gernot überhaupt schlafen?« Er sah sich in seinem kleinen Zimmer um.

»Wieso machen sich eigentlich alle Gedanken darum, wo

Gernot schlafen soll?« Sara schüttelte den Kopf. »Paul hat ihm schon nahegelegt, sich ein Hotelzimmer zu nehmen. Wir kennen ein nettes Hotel hier in der Nähe.«

Unwillkürlich flog ein Lächeln über ihr Gesicht, als sie an das wundervolle Wochenende mit Paul dachte. Es war das letzte Wochenende gewesen, an dem sie ganz für sich gewesen waren. Die Erinnerung begleitete sie, als sie Angus allein ließ und in ihr Schlafzimmer hinüberging. Dort stellte sie sich ans Fenster und schaute hinaus in die schneebedeckte Landschaft. Das Seeufer war von einer Eisschicht bedeckt und schien fast in der Landschaft zu verschwinden. Alles wirkte still und strahlte eine unberührte Kälte aus.

»Hier bist du.«

Sie wandte sich kurz um und lächelte Paul zu, bevor sie erneut aus dem Fenster schaute. Es begann wieder zu schneien.

»Jeff hat angerufen, er kommt heute doch nicht. Der LKW mit der Holzlieferung für unseren Zimmerboden ist irgendwo im Schnee steckengeblieben, und es sind weitere schwere Schneefälle gemeldet.«

»Es kann also dauern, bis Jeff weiterarbeiten kann?«

»Nein, er und seine Leute beginnen morgen mit dem zerstörten Boden.« Paul umschloss sie von hinten mit beiden Armen. »Ich mache mir gerade über etwas ganz anderes Sorgen.«

Sara lehnte sich gegen ihn. »Worüber?«

»Wie werden wir Gernot los?«, flüsterte er dicht an ihrem Ohr.

Sara musste lachen. »Es gibt da verschiedene Möglichkeiten, aber ich fürchte, einige sind nicht legal …«

»Vielleicht sind die Schneefälle ja so stark, dass er in den nächsten Tagen keine Möglichkeit findet, zu uns zu kommen – sofern wir ihn dazu bringen, in ein Hotel zu ziehen.«

Als Sara und Paul wieder nach unten gingen, war die Stimmung im Wohnzimmer sehr angespannt. Gernot hatte sich zu seiner

Mutter und Jeanette an den Tisch gesetzt, Olivia saß mit den beiden Kindern gegenüber auf dem Sofa.

»Wo ist Angus?«, quengelte Noah. »Er soll uns weiter Geschichten erzählen.«

»Papa, kannst du uns eine Geschichte erzählen?«, rief Amelie durch den Raum.

Gernot schüttelte lachend den Kopf. »Ich bin kein Schriftsteller. Außerdem bin ich müde von der langen Reise.« Fragend schaute er Sara an. »Kann ich vielleicht einen Kaffee haben?«

»Natürlich!« antwortete Jeanette und blickte Sara strafend an. »Ich finde, ihr könntet ein wenig gastfreundlicher sein.«

Wortlos ging Sara zur Kaffeemaschine und befüllte sie neu. Dabei fragte sie sich, von welcher Reise Gernot so erschöpft war. Von der Taxifahrt vom Flughafen hierher?

Durch das Küchenfenster konnte sie sehen, dass es inzwischen wieder stärker schneite. Plötzlich hatte sie ein ungutes Gefühl.

»Am besten bestellst du dir jetzt schon ein Taxi«, sagte sie zu Gernot.

Er zuckte kurz mit den Schultern, dann zog er sein Handy aus der Jackentasche. Eine Weile wischte er auf dem Monitor herum, doch schließlich schien er gefunden zu haben, wonach er suchte. Er presste das Telefon an sein Ohr und wartete.

Offensichtlich telefonierte er mit einer Taxizentrale, wie sie alle dem Gespräch entnehmen konnten. Seine Miene nahm einen erschrockenen Ausdruck an.

»Aber ich bin doch erst vor einer Stunde angekommen, da waren noch alle Wagen frei!«

Wieder hörte er kurz zu, was sein Gesprächspartner sagte.

»Können Sie mir wenigstens die Nummer einer anderen Taxizentrale geben?«, bat er schließlich.

Unmittelbar nachdem er das Gespräch beendet hatte, wählte er eine neue Nummer, doch das nächste Gespräch gestaltete sich ähnlich wie das davor und endete schließlich in Gernots verzweifelter Feststellung: »Egal wo das Hotel ist, das ihr mir vorschlagen wollt, ich bekomme kein Taxi. Niemand fährt heute noch.«

»Dann musst du eben hierbleiben«, bestimmte Jeanette.

Sara und Paul schauten sich an. Sie schüttelte leicht den Kopf, was offensichtlich nicht unbemerkt blieb.

Karin sprang auf. »Du kannst meinen Sohn nicht da raus in die Kälte schicken!«

»Warum nicht?«, fragte Paul ungerührt. »Niemand hat ihn aufgefordert, hierherzukommen.«

»Ich war ziemlich nüchtern auf eurer Hochzeit, und ich kann mich noch gut daran erinnern, dass du unter anderem auch mich eingeladen hast, euch in Kanada zu besuchen. Aber bitte …« Gernot stand auf. Er lächelte süffisant und hob in einer gespielt gleichgültigen Geste die Arme. »Wenn du darauf bestehst, dass ich verschwinde, versuche ich eben, mich zu Fuß durchzuschlagen. Sagt mir einfach, wo das Hotel ist. Wenn ich Glück habe, komme ich durch. Erfrieren soll übrigens kein so schlimmer Tod sein. Man schläft einfach ein.«

Er bluffte. Allen im Zimmer war klar, dass er keinen seiner in teures Leder gehüllten Füße nach draußen setzen würde. Nur die Kinder durchschauten ihn nicht.

Amelie schluchzte laut auf. »Ich will nicht, dass Papa erfriert!«

»Das will ich auch nicht«, stimmte Noah ihr sofort zu. »Auch wenn er nie mit uns spielt und uns keine Geschichten erzählt. Papa kann bei uns im Bett schlafen. Da ist noch ganz viel Platz, auch wenn Mama, Amelie und ich da drin liegen.«

»Warum auch nicht?«, sagte Karin prompt. »Es ist ja nicht neu für dich, mit Gernot das Bett zu teilen.« Ein wenig sarkastisch fügte sie hinzu: »Und wenn die Kinder dabei sind, hast du ja nichts zu befürchten.«

Olivia schnappte hörbar nach Luft, doch dann lächelte sie plötzlich.

»Warum geht ihr beide nicht einfach rauf zu Angus? Dann kann er euch die Geschichte von Mia und Matteo weitererzählen«, sagte sie zu den Kindern.

»Jaaaaaa!« Noah ließ sich sofort begeistern, während Amelie ihre Mutter eher skeptisch anschaute. Sie schien zu wissen, dass es Olivia vor allem darum ging, sie aus dem Raum zu schicken. Ohne ein Wort zu sagen, trottete sie jedoch hinter ihrem Bruder her.

Olivia wartete, bis die beiden außer Hörweite waren.

»Glaubt ihr wirklich, ich lasse mich unter Druck setzen?« Fragend schaute sie Jeanette und Karin an, bevor ihr Blick regelrecht an Gernot zu kleben schien. »Für mich gibt es keinen Weg zurück zu dir. Sobald wir in Deutschland sind, werde ich die Scheidung einreichen.«

Gernot sagte kein Wort. Er stand mitten im Raum, den Kopf hoch erhoben. Ein siegessicheres Lächeln umspielte seine Lippen und machte allen deutlich, dass er nicht aufgeben würde.

Es war, als könne Olivia den Anblick ihres Mannes nicht mehr ertragen. Sie wandte sich um und folgte ihren Kindern.

Jeanette stand auf und ging zu Gernot.

»Du musst Geduld haben«, sagte sie tröstend. »Ich bin sicher, es wird alles wieder gut.«

Sara schloss einen Moment die Augen, um langsam bis zehn zu zählen und sich wieder zu fassen. Sie war gerade bei vier, als Paul sich zu Wort meldete.

»Sobald die Straßen wieder frei sind, verschwindet ihr alle.«

Sara riss die Augen auf und schaute ihren Mann erschrocken an. Er erwiderte ihren Blick, behielt aber seinen groben Ton bei.

»Es war okay, als Angus kam, und es war auch in Ordnung, dass Olivia mit den Kindern hier Zuflucht gesucht hat.« Er machte eine Handbewegung in Karins, Jeanettes und Gernots Richtung. »Aber das hier ist mir zu viel.«

Jeanette sah ihn kühl an. »Ich weiß, dass Richard euch Geld

für dieses Haus gegeben hat. Da habe ich wohl das Recht, hier zu sein.«

Das war zu viel für Paul. Er warf Sara einen wilden Blick zu, dann drehte er sich um und stürmte hinaus.

Sara konnte selbst kaum glauben, was gerade passiert war. Sie hatte das Gefühl, dass die Situation vollkommen außer Kontrolle geriet, und wusste nicht, wie sie damit umgehen sollte.

Jeanette schien sich förmlich in ihrer Selbstgerechtigkeit zu suhlen. Sie verschränkte die Arme vor der Brust, als ihre und Saras Blicke sich trafen.

Sara versuchte, ruhig zu bleiben, obwohl alles in ihr rebellierte. Die letzte Bemerkung ihrer Mutter musste stark an Pauls Selbstachtung kratzen.

»Woher weißt du, dass Papa uns Geld gegeben hat?«

»Das spielt keine Rolle.«

Wahrscheinlich nicht. Wichtig war nur, welche Forderungen Jeanette daraus herleitete.

»Wir werden Papa jeden Cent zurückzahlen«, brach es aus ihr heraus. »Und ich stimme Paul zu: Sobald die Straßen frei sind, verschwindet ihr drei.« Damit drehte sie sich um und folgte ihrem Mann.

»Darüber ist das letzte Wort noch nicht gesprochen«, hörte sie ihre Mutter noch sagen, doch Sara reagierte nicht darauf, denn sie befürchtete, dass sie jedes Wort, das sie jetzt sagte, später bereuen würde …

Paul saß auf ihrem gemeinsamen Bett und stierte vor sich hin. Sara setzte sich neben ihn.

»Oh Mann«, sagte sie leise. »Da bin ich achttausend Kilometer gereist, um genau solche Situationen nicht mehr zu erleben, und jetzt verlagert sich das alles nach Kanada.« Sie griff nach Pauls Hand, doch der entzog sie ihr.

»Was ist los? Bist du jetzt sauer auf mich?«

Paul sprang auf, als könne er es plötzlich nicht mehr ertragen, so nahe bei ihr zu sitzen.

»Nein«, behauptete er. »Ich muss das Ganze nur erst verdauen.«

Unruhig tigerte er hin und her, bis er schließlich vor ihr stehen blieb.

»Wir hätten das Geld von deinem Vater nicht annehmen dürfen.«

»Ja, das weiß ich jetzt auch! Ich habe meiner Mutter gesagt, dass wir alles zurückzahlen werden.«

»Wovon denn?«, fuhr er sie an. »Ich weiß kaum, wie wir Jeffs Rechnungen begleichen sollen. Und wegen dieser ganzen Leute im Haus kommen wir beide kaum zum Arbeiten.«

»Ich weiß es doch auch nicht …« Sara dachte angestrengt nach. »Wenn wir alle anderen Verpflichtungen erfüllt haben und wenn die Bedingungen hier wieder so normal sind, dass wir in Ruhe arbeiten können, werden wir mit Papa eine Ratenzahlungsvereinbarung treffen.«

»Und bis dahin führt deine Mutter sich weiterhin auf, als wäre sie die Hausherrin.« Paul wandte sich zur Tür.

»Wo gehst du hin?«, wollte Sara wissen.

»Die Schneemassen beseitigen und den Weg zum Haus freischaufeln.«

»Es schneit doch noch!«

Paul warf ihr einen finsteren Blick zu. »Das ist mir egal. Ich brauche intensive körperliche Betätigung, bevor ich meinen Frust an unseren unwillkommenen Gästen auslasse.«

Sara blieb auf dem Bett sitzen. Es tat ihr weh, dass Paul so reagierte, und gleichzeitig verstand sie ihn. Es gefiel ihr auch nicht, was hier passierte.

Wenig später klopfte es leise an der Tür, und Olivia streckte den Kopf herein. Sie schaute sich um, und als sie sah, dass Sara allein war, kam sie ins Zimmer.

»Es tut mir leid, dass du wegen uns Stress mit Paul hast.« Sie setzte sich neben Sara. »Ich habe nicht gelauscht, aber Paul war nicht zu überhören.«

»Das hat nichts mit dir und den Kindern zu tun.«

»Ohne uns wäre nur Angus bei euch«, widersprach Olivia. »Seit wir da sind, kommen immer mehr Leute, und das nur wegen uns.«

»Stimmt.«

Sie starrten einander in komischer Verzweiflung an. Olivia begann zuerst zu kichern, dann stimmte Sara mit ein, und schließlich ließen sie sich lauthals lachend rücklings aufs Bett fallen.

»Das ist eigentlich überhaupt nicht lustig«, japste Sara.

»Finde ich auch nicht«, stimmte Olivia ihr zu und lachte nur noch lauter.

»Warum lachst du dann?«

»Weil du lachst.«

»Wie früher in der Kirche, wenn wir ganz ernst bleiben mussten. Ich kann mich erinnern, dass Mama einmal furchtbar böse mit uns war, weil wir während einer Messe gekichert haben. Wir mussten uns nur ansehen, dann ging es wieder los.«

»In dem Fall habe ich inzwischen ausnahmsweise mal Verständnis für Mama«, sagte Olivia trocken. »Das war ausgerechnet Onkel Jonas' Beerdigung, auf der wir uns so albern aufgeführt haben.«

»Daran kann ich mich nicht mehr erinnern«, sagte Sara nach einem kurzen Moment des Nachdenkens. »Ich weiß nicht mal, wer Onkel Jonas überhaupt war.«

»Ich auch nicht.« Olivia richtete sich auf. »Ich weiß nur, dass er Mama sehr viel Geld und Land vermacht hat.«

Auch Sara setzte sich wieder. »Sie hat den Großteil ihres Vermögens von Leuten, die gestorben sind. Vielleicht hat sie deshalb so wenig Verständnis für die Lebenden.«

»Ich weiß nicht …« Olivia dachte offensichtlich über ihre Worte nach. »Papa hat doch auch viel geerbt, aber er ist ganz anders als Mama.«

Der Gedanke an ihren Vater erfüllte Sara mit Wärme.

»Ja, er ist anders«, bestätigte sie. »Leider schafft er es nicht, sich gegen Mama durchzusetzen.«

»Vielleicht will er das auch nicht«, mutmaßte Olivia. »Ich habe das Gefühl, dass die beiden ganz glücklich miteinander sind. Nur haben sich ihre Töchter nicht ganz so entwickelt, wie sie es sich erhofft hatten.«

»Auf dich trifft das sicher nicht zu. Du hast ihnen den Wunschschwiegersohn nach Hause gebracht und zwei Enkel geschenkt.«

»Und mich selbst darüber völlig vergessen«, flüsterte Olivia. Dann winkte sie mit entschlossener Miene ab. »Lass uns nicht mehr darüber reden. Weißt du eigentlich, dass am Sonntag der erste Advent ist?«

»Na, dann …« Sara begann wieder zu lachen. »Freuen wir uns auf eine besinnliche Weihnachtszeit.«

»Ich kann mir nicht vorstellen, dass Mama noch sehr lange bleibt. Sie wird einsehen müssen, dass sie wegen meiner Ehe nichts ausrichten kann. Außerdem wartet Papa zu Hause auf sie. Und du wirst sehen: Wenn sie weg ist, verschwinden auch Karin und Gernot ganz schnell.«

»Das klingt plausibel«, fand Sara, doch die Hoffnung auf ruhigere Tage reichte nicht aus, um ihr ein befreiendes Gefühl zu verschaffen.

Kapitel 18

Es lag vor allem an Jeff und seinen Handwerkern, dass die Stimmung in den nächsten Tagen nicht allzu explosiv wurde … bis Jeanette wieder einmal die Zügel in die Hand nahm.

An diesem Morgen war Sara noch allein mit Paul und Angus. Sie deckte den Tisch, während Angus Kaffee kochte und Paul das Spielzeug der Kinder zusammenräumte, das auf dem Boden und Sofa verteilt herumlag.

Plötzlich kam Joey in den Raum gestürmt und nahm vor dem Kamin Aufstellung.

»Alle Abstand halten«, ordnete er an. Danach rief er laut in den Schacht: »Alles klar, ich bin da.«

Als Paul auf ihn zukam, streckte Joey abwehrend beide Hände aus und schüttelte den Kopf.

»Weg vom Kamin, da kommt gleich was runter«, warnte er.

Es kam sofort! Zuerst war da ein fürchterliches Gepolter, als Steine in den Kamin fielen, gefolgt von einer Staubwolke, die Joey für einige Sekunden so dicht einhüllte, dass er nicht mehr zu sehen war. Dann senkte sich der Staub und legte sich auf Boden und Möbel.

Joey zog ein riesiges Zellstofftuch aus der Tasche seines Overalls und wischte sich damit übers Gesicht, anschließend putzte er sich geräuschvoll die Nase.

»Wir müssen einen Teil aufstemmen und neu mauern«, erklärte er dann überflüssigerweise – das hatte Jeff ihnen schon erklärt.

»Und was ist mit dem Zimmerboden oben?«, hakte Paul nach.

»Den machen wir danach.«

Paul schüttelte den Kopf. »Nein, das war so nicht abgesprochen. Zuerst das Zimmer!«

Joey seufzte schwer, dann trat er erneut an den Kamin und rief nach oben.

»Jeff, komm mal runter! Hier gibt es ein Problem.«

Jeff ließ sich Zeit, und als er das Zimmer betrat, war Jeanette in seiner Begleitung.

»Warum?«, fragte Paul anklagend und wies auf den Kamin. »Wir hatten abgesprochen, dass zuerst der Boden oben saniert wird.«

»Das war nicht meine Idee«, erwiderte Jeff und schaute dabei Jeanette an.

»Das habe ich angeordnet«, erklärte Jeanette. »Es wäre doch schön, wenn wir in der Vorweihnachtszeit den Kamin anzünden könnten.«

Pauls Mund klappte auf und dann wieder zu. Er schüttelte den Kopf und drehte sich abrupt um. Zuerst sah es so aus, als wolle er gehen, doch dann wandte er sich wieder seiner Schwiegermutter zu.

»Du gehst zu weit!« Er betonte jedes einzelne Wort. »Noch entscheiden wir, was hier passiert.«

Jeanette verschränkte die Arme vor der Brust und zog eine Augenbraue hoch. »Dann sollte es aber auch die richtige Entscheidung sein.«

Sara stellte sich neben Paul, um klar zu demonstrieren, auf wessen Seite sie stand.

»Wir entscheiden auch, welche Entscheidung falsch oder richtig ist. Paul hat recht, du gehst zu weit.«

Jeanette öffnete den Mund, doch Sara ließ sie nicht zu Wort kommen und wandte sich gleich an Jeff.

»Zuerst das Zimmer oben, so wie wir es besprochen hatten, dann der Kamin.«

Jeff schaute zum Kamin und schüttelte den Kopf. »Besser nicht. Nachdem wir da jetzt angefangen haben, könnten sich weitere Steine lösen. Und wir wollen ja nicht, dass am Ende der ganze Kamin einstürzt.«

Er und Joey fanden das offenbar lustig, so wie sie grinsten.

Sara hörte, wie schwer Paul neben ihr atmete. Sie ahnte, wie empört er war, und konnte es gut nachvollziehen. Natürlich war er aufgebracht, weil ihre Mutter einmal mehr alle Grenzen missachtete. Gleich darauf erfuhr sie jedoch, dass das nicht Pauls einziger Grund war.

»Wie lange dauern die Arbeiten, wenn ihr zuerst den Kamin und danach das Zimmer macht?«, wollte er wissen. »Schafft ihr das bis Weihnachten?«

Jeff musste nicht lange nachdenken. Er schüttelte sofort den Kopf.

»Eher nicht.«

»Dann wird zuerst das Zimmer gemacht!«, bestimmte Paul.

»Aber wenn Jeff doch sagt, dass es besser wäre, jetzt erst die Arbeiten am Kamin zu beenden?«, wandte Sara vorsichtig ein.

Inzwischen waren auch Karin und Gernot nach unten gekommen und saßen nun am Frühstückstisch.

»Gut.« Paul nickte mit grimmiger Miene und wiederholte es gleich noch ein paarmal. »Gut! Gut!« Mit einer Handbewegung wies er schließlich auf Jeanette, Karin und Gernot. »Dann verschwinden die aber sofort nach Weihnachten. Danach bekomme ich Besuch, und dann brauche ich die Zimmer.«

»Davon hast du mir gar nichts gesagt.« Sara war eher verwundert als verärgert, aber bei Paul schien das im Moment nicht mehr anzukommen.

»Jetzt weißt du es ja!«

Sara ignorierte seinen harschen Tonfall. Sie hielt ihm zugute, dass er aufgebracht war, weil ihre Mutter sich so rücksichtslos in ihr Leben drängte.

»Wer kommt denn?«, fragte sie sanft und schaffte es so, dass Paul sich endlich ein wenig entspannte.

»Tobias hat unsere Einladung angenommen.« Ein Hauch von Sarkasmus lag in seiner Stimme. »Und er bringt Steffen und Alex mit, die wir angeblich auch eingeladen haben.«

»Ich glaube, wir haben alle Hochzeitsgäste eingeladen. Das kann ja noch heiter werden …«

Sara beschlich leise Verzweiflung, doch Jeff schien sich zunehmend zu amüsieren. Jedenfalls wurde das Lächeln auf seinem Gesicht immer breiter.

»Ich kann euch einen Kostenvoranschlag für einen Anbau machen«, witzelte er.

»Damit Saras Familie am Ende für immer hier einzieht?« Paul schüttelte verbittert den Kopf. »Nein, danke.«

Fatalerweise war das genau der Moment, in dem auch Olivia mit ihren Kindern den Raum betrat. Verstört schaute sie Paul an und schien nicht zu wissen, was sie sagen sollte. Natürlich bezog sie diese Bemerkung auf sich – ebenso wie Jeanette, aber in ihrem Fall traf es ja auch zu.

»Womit habe ich das nur verdient?«, rief sie wehklagend. »Der Schwiegersohn, der mich schätzt und der mir wichtig ist, wird mir genommen. Und der andere verhält sich grob und undankbar.«

Sara stand dazwischen. Mutlos, mit hängenden Schultern, innerlich zerrissen. Doch sie war auf Pauls Seite, das hatte sie mehrfach zum Ausdruck gebracht, also griff sie nach seiner Hand und öffnete den Mund zu einer Antwort.

Paul entzog ihr die Hand. So, wie er es schon einmal gemacht hatte.

Entsetzt starrte Sara ihn an. All das, was sie ihrer Mutter sagen wollte, entschwand ihrem Gedächtnis. Mit einem Schlag wurde ihr richtig bewusst, wie sehr sie sich mittlerweile voneinander entfernt hatten. Die ganzen Probleme mit dem Haus, die

218

vielen Besucher und die Streitigkeiten hatten einen Graben zwischen ihnen entstehen lassen. Es musste etwas passieren, bevor daraus noch eine unüberwindbare Schlucht wurde.

»Fahren Sie doch jetzt bitte mit den Arbeiten am Kamin fort«, forderte Jeanette mit einer scheuchenden Handbewegung.

Das wiederum löste Saras Erstarrung.

»Zuerst das Zimmer«, bestimmte sie.

Jeff nickte grinsend. Ihm schien es zu gefallen, dass sie sich gegen ihre Mutter durchsetzte, doch Joey war damit noch nicht so ganz einverstanden.

»Aber der Kamin …«, begann er.

»Joey, komm!« Durchdringend schaute Jeff seinen Arbeiter an.

»Du hast selbst gesagt, dass der Kamin einstürzen kann …«

»Das war ein wenig übertrieben«, gestand Jeff. »Aber es kann durchaus passieren, dass sich einzelne Steine lösen.« Er schaute Olivia an. »Haltet die Kinder vom Kamin fern.«

Olivia nickte. Sie war sehr blass, und Sara ahnte, dass sie immer noch mit Pauls Worten kämpfte.

Joey gab nicht auf. »Aber …«

»Lass es gut sein, oder ich werde den Rest der Woche damit verbringen, Weihnachtsgeschenke zu bestellen, die du anliefern musst«, drohte Sara ihm an. »Und ich garantiere dir, dass ich nur Dinge verschenke, die mindestens zehn Kilo wiegen.«

Joey starrte sie entsetzt an. Dann verließ er wortlos den Raum.

»Das muss ich mir merken«, brummte Jeff leise vor sich hin, als er seinem Mitarbeiter folgte.

Der erste Advent begann ruhig. Jeanette verhielt sich so friedlich, dass es fast schon verdächtig war. Sie und Karin saßen meist irgendwo zusammen und unterhielten sich so leise, dass die anderen sie nicht verstehen konnten.

Olivia hielt sich in der Regel abseits und schrieb weiter auf ihrem Block. Niemand wusste, was sie da notierte, und sie sagte auch nichts dazu. Jedenfalls trug sie den Block immer bei sich, seit Jeanette und Karin im Haus waren.

Sara ahnte, dass ihre Schwester vor allem den beiden misstraute. Und vielleicht auch Gernot.

Der wiederum hielt sich so gut wie immer oben in dem Zimmer auf, das ihm zur Verfügung gestellt worden war. Meist schob er dringende Arbeiten vor, die er an seinem Notebook und mit dem Smartphone ausführte. Es war keine Rede mehr davon, dass er abreiste oder in ein Hotel zog, obwohl die Straßen inzwischen wieder frei waren. Und weil die Kinder darum gebeten hatten, forderten Sara und Paul ihn auch nicht mehr auf, zu verschwinden. Dabei waren sie sich sicher, dass Gernot die Kinder aufgefordert hatte, sich für ihn einzusetzen.

Auch Sara und Paul nutzten jede Minute, um sich in der oberen Etage zu verschanzen – allerdings getrennt, weil Paul durchblicken ließ, dass er seine Ruhe brauchte. So arbeitete er in ihrem gemeinsamen Schlafzimmer, während Sara sich in den Raum zurückzog, den Olivia mit den Kindern bewohnte. Auf diese Weise entfremdeten sie und Paul sich immer mehr voneinander.

Dafür kam Olivia oft zu ihr. Immer dann, wenn sie die Nähe von Jeanette und Karin so gar nicht mehr ertragen konnte. Oder wenn Gernot nach unten kam und versuchte, auf sie einzureden.

Angus war der Einzige, der völlig entspannt wirkte, gleichzeitig erwies er sich als die gute Seele des Hauses. Wenn sie morgens nach unten kamen, hatte er bereits den Frühstückstisch gedeckt und Kaffee gekocht.

Meistens saß er an dem großen Esstisch vor seinem Laptop und schrieb mit einem glücklichen Lächeln auf den Lippen. Es schien ihn nicht zu stören, wenn die Kinder seine Arbeit unterbrachen, weil sie mit ihm spielen oder seine Geschichten hören wollten.

Sara und Paul hatten da schon mehr Probleme, weil Jeff mit seinen Leuten nun unter Hochdruck daran arbeitete, den Zimmerboden zu erneuern. Da wurde gesägt, gehämmert, geklopft und gebohrt. Es war furchtbar laut, und manchmal vibrierte sogar der Boden unter ihren Füßen. Das waren die Tage, an denen Sara das Haus verließ, um sich mit Winnie zu treffen. Manchmal saß sie auch bei Larry im Laden oder besuchte Bonnie in der Schule, wenn sie mit den Kindern die Weihnachtsaufführung probte.

Heute war es jedoch angenehm still im Haus. Gestern, am Samstag, hatte Jeff mit seinen Leuten noch gearbeitet, aber die Sonntagsruhe hielt er strikt ein.

Es klopfte an der Tür, und Olivia schaute ins Zimmer. »Darf ich dich mal stören?«

Diese Frage stellte sie immer, obwohl Sara ihr schon mehrfach versichert hatte, dass sie jederzeit zu ihr kommen konnte.

Sara nickte und hob den Zeigefinger. »Hörst du das?«

Olivia blieb lauschend stehen.

»Ich höre überhaupt nichts«, antwortete sie schließlich kopfschüttelnd.

»Genau.« Sara seufzte und lächelte zufrieden. »Ist das nicht schön?«

»Ja.« Olivia setzte sich zu ihr. »Ich bin hier, um dich vorzuwarnen.«

Sara spürte sofort, wie sich ihr Herzschlag beschleunigte.

»Was ist passiert?«, fragte sie alarmiert.

»Mama und Karin planen ein deutsches Weihnachtsfest mit allem Drum und Dran.«

»Ich kann es kaum glauben, dass sie Papa Weihnachten alleine lässt«, sagte Sara nachdenklich.

»Äh …«, druckste Olivia herum.

Die düstere Vorahnung breitete sich erneut in Sara aus und schob die Erleichterung beiseite.

»Du musst jetzt ganz stark sein«, begann Olivia vorsichtig, »aber Papa wird an Weihnachten nicht allein sein.«

»Mama fliegt also doch wieder …« Sara brach ab, als Olivia den Kopf schüttelte. Es dauerte ein paar Sekunden, bis sie begriff. »Papa kommt auch?«

Diesmal nickte Olivia. »Er hat einen Flug für die Woche vor Weihnachten gebucht und freut sich schon sehr darauf. Es war ja schon lange sein Wunsch, mal wieder nach Kanada zu reisen.«

Nachdem das erste Entsetzen verraucht war, konnte Sara sich allmählich mit dem Gedanken anfreunden, dass ihr Vater zu Besuch kommen würde.

»Ich freue mich sogar, ihn zu sehen«, vertraute sie Olivia an. »Aber ich habe keine Ahnung, wie ich das Paul beibringen soll.«

Paul nahm die Nachricht überraschend gelassen auf. »Ich freue mich, deinen Vater wiederzusehen.«

»Ich hatte Angst, es dir zu sagen. Noch mehr Familienmitglieder, die hier eintreffen …«

»Ich habe nichts gegen Olivia und die Kinder.« Er machte eine kurze Pause. »Und auch nicht gegen deinen Vater.«

»Ich weiß.« Unglücklich schaute sie ihn an.

Sanft strich er ihr über die Wange. »Es ist alles nicht so, wie wir uns das vorgestellt haben, nicht wahr?«

»Ich habe das Gefühl, dass du dich immer weiter von mir entfernst«, gestand Sara. »Und ich habe Angst, dass ich dich irgendwann überhaupt nicht mehr erreiche.«

»Es tut mir leid.« Kurz presste er die Lippen aufeinander. »Es gibt da etwas, was ich dir noch nicht gesagt habe.«

Er senkte den Kopf, schien nach den richtigen Worten zu suchen.

Angstvoll wartete sie darauf, dass er weitersprach.

Schließlich sah er sie wieder an. »Ich habe großen Ärger mit dem Verlag, weil ich wegen all unserer Probleme hier nicht dazu komme, meine Arbeiten fristgerecht abzugeben. Ich fürchte, ich bekomme zukünftig keine Aufträge mehr. Sogar Angus wird demnächst von einem anderen Lektor betreut. Das weiß er allerdings noch nicht.«

Die Mitteilung erschreckte Sara weitaus weniger, als Paul das wahrscheinlich befürchtet hatte.

»Du hast doch jetzt auch andere Verlage.«

Paul drückte sie fest an sich. »Ja, aber das ist der wichtigste Verlag. Ich bin mit so vielen Leuten da befreundet. Und Angus …« Er hielt kurz inne. »Ich will ihn nicht als Autor verlieren.«

Sie beendeten ihr Gespräch, als Jeanette und Karin den Raum betraten. Sara freute sich, weil sie und Paul sich endlich wieder etwas nähergekommen waren, aber gleichzeitig blieb da ein gar nicht so kleiner Stachel zurück, weil er mit ihr nicht über seine beruflichen Probleme gesprochen hatte. Er ließ sich nicht herausziehen und bohrte sich unablässig tiefer.

Kapitel 19

Mitte der Woche fuhr Joey mit seinem Postwagen vor. Sara stand gerade am Küchenfenster und sah, wie er ausstieg und aufs Haus zukam. Nicht nur sein Gesicht, seine ganze Haltung drückte Empörung aus, als er durch den Schnee stapfte.

Sie eilte an die Tür und riss sie auf.

»Ich habe nichts bestellt«, versicherte sie hastig. »Vielleicht war das meine Mutter. Oder Gernot …«

»Auf den Reisetaschen stehen eure Namen«, fiel Joey ihr ins Wort. »Paul und Sara.«

»Du bringst uns unsere Reisetaschen?« Sara war so überwältigt, dass sie Joey um den Hals fiel. Das wiederum schien ihm zu gefallen, und er ließ sich dazu herab, eine der Reisetaschen zum Haus zu tragen, während Sara die andere aus dem Wagen holte. Die Gepäckstücke sahen ziemlich mitgenommen aus, waren mit unzähligen Aufklebern und einer Banderole der kanadischen Post versehen.

Sara wartete, bis Joey sich wieder verabschiedet hatte, dann rief sie Britta Moll an.

»Oh, hallo.« Britta Molls Stimme klang sehr verlegen. »Ich wollte Sie auch schon anrufen, um Ihnen mitzuteilen, dass Ihr Gepäck jetzt auf dem Weg nach Paris ist …« Sie brach ab, als Sara laut auflachte.

»Ich weiß nicht, wessen Gepäck auf dem Weg nach Paris ist«, sagte sie amüsiert, »aber unsere Reisetaschen sind eben angekommen.«

»Oh …« Britta Moll schien nicht zu wissen, was sie dazu noch sagen sollte. Es dauerte eine ganze Weile, bis sie weitersprach:

»Dann kümmere ich mich erst einmal um das Gepäck auf dem Weg nach Paris. Ihnen und Ihrem Mann wünsche ich alles Gute.«

Jeanette und Karin waren mit den Vorbereitungen für ihr echt deutsches Weihnachtsfest so beschäftigt, dass sie damit allen auf die Nerven gingen.

Ihre Zusammenarbeit gestaltete sich so, dass Jeanette plante und organisierte; Karin sollte dann die Arbeiten übernehmen: kochen, backen und dekorieren, natürlich alles nach Jeanettes Vorstellungen. Da Karin nicht immer ihrer Meinung war, gab es viele Diskussionen zwischen den beiden Frauen.

»Mir soll es recht sein«, sagte Olivia zu Sara. »Solange die beiden sich streiten, lassen sie mich wenigstens in Ruhe.«

»Was ist eigentlich mit Gernot?«, wollte Sara wissen. Ihr Schwager ließ sich eigentlich nur noch bei den Mahlzeiten blicken und betonte immer wieder, dass er arbeiten müsse.

»Ich vermute, er macht sich so weit wie möglich unsichtbar, weil niemand mehr davon spricht, dass er das Haus verlassen soll. Wahrscheinlich hat er kein Geld für ein Hotel oder den Rückflug. Ich bin sicher, er wäre sonst schon längst wieder weg. Er hat inzwischen verstanden, dass es zwischen uns aus ist.« Olivia seufzte leise. »Wenn ich das Geld hätte, würde ich es ihm geben.«

»Ich auch«, sagte Sara spontan, schüttelte aber den Kopf, als sie das hoffnungsfrohe Leuchten in Olivias Augen bemerkte. »Leider kann ich das nicht. Wir müssen momentan ganz genau kalkulieren.« Dass Paul zusätzlich berufliche Probleme hatte, wollte sie nicht sagen. Sie wusste, dass ihrem Mann das nicht recht wäre.

»Das erwarte ich auch nicht von dir«, versicherte Olivia. »Ich werde Papa einfach bitten, Gernot ein Ticket zu spendieren.« Ihr Gesicht verzog sich zu einem breiten Grinsen. »Sonst werdet ihr den womöglich nie mehr los.«

»Eine schreckliche Vorstellung.« Sara schüttelte sich. »Aber lass uns nicht länger über Gernot reden. Hast du Lust, mit mir zu Larry zu gehen? Ich habe Weihnachtsgeschenke bestellt, und die treffen heute im Laden ein.«

»Du hast es also lieber vermieden, die Sachen direkt zu dir nach Hause schicken zu lassen?«

»Ich will Joey nicht verärgern – zumindest nicht, bevor alle Arbeiten in unserem Haus abgeschlossen sind. Er arbeitet ja in erster Linie als Handwerker, weil die meisten Leute in Springfield ihre Sachen über Larry bestellen. Deshalb muss er nicht so viele Pakete ausfahren.«

»Es dürfte ziemlich einzigartig sein, dass ein Paketbote seine Kunden dazu bringt, sich nichts schicken zu lassen.« Olivia lachte. »Springfield ist überhaupt ein ganz besonderer Ort. Ich mag es, wie die Menschen füreinander da sind. Und ja, ich habe Lust, dich zu Larry zu begleiten.«

Gemeinsam gingen sie in die Diele.

Paul war unter dem Vorwand nach Kelowna gefahren, sein Notebook reparieren zu lassen. Das allerdings hatte er im Wandschrank versteckt. Sara hatte es beim Wäscheeinräumen zufällig gesehen. Sie war sich ganz sicher, dass er unterwegs war, um ein Weihnachtsgeschenk für sie zu kaufen.

Karin backte in der Zwischenzeit die Plätzchen, die Jeanette ausgesucht hatte. Im ganzen Haus duftete es nach Weihnachten.

»Karin bemerkt offensichtlich nicht, dass Jeanette in ihr den Ersatz für ihr Hamburger Personal sieht«, flüsterte Olivia, als sie und Sara ihre dicken Winterjacken und die Schuhe anzogen. Die Tür zum Wohnraum war nur angelehnt.

»Ich glaube schon, dass sie es inzwischen bemerkt hat. Sie rebelliert immer öfter«, erwiderte Sara ebenso leise.

In genau diesem Moment war Karins laute Stimme zu hören. »Wenn es dir nicht passt, kannst du das selbst machen! Ansonsten handhabe ich das so, wie ich es will.«

»Aber du machst das falsch!« Wie immer schaffte es Jeanette, ihren Unmut deutlich zu machen, ohne die Stimme zu erheben.

»Lass uns verschwinden, bevor wir dazu verdammt werden, die Schiedsrichterinnen zu spielen«, zischte Olivia.

Sie öffnete die Haustür, doch ihr geplant leiser Abgang wurde ausgerechnet von Joey gestoppt. Mit erhobener Hand stand er vor ihnen, wahrscheinlich hatte er gerade anklopfen wollen. Nicht nur sein Gesichtsausdruck, sondern auch seine Körperhaltung wirkte irgendwie vorwurfsvoll.

»Joey?« Vor Überraschung vergaß Sara, leise zu sprechen. »Vor nicht einmal einer Stunde habe ich dich oben bei den anderen Handwerkern gesehen.«

»Ja, und da hätte ich gerne weitergearbeitet. Aber dann wurde ich weggerufen, weil ich massenhaft Pakete ausliefern muss.«

»Das soll vor Weihnachten gar nicht so ungewöhnlich sein.« Olivia war sichtlich amüsiert und erzürnte Joey damit nur noch mehr.

»Alle – Pakete – sind – für – euch!«

»Ich bin unschuldig«, beteuerte Sara. »Ich habe alles bei Larry bestellt.«

Joey lockerte seine vorwurfsvolle Haltung ein wenig. »Die Pakete sind an deine Mutter adressiert.«

»Sie ist im Wohnzimmer.« Olivia trat zur Seite, damit Joey hereinkommen konnte. »Du kennst dich ja aus.«

»Heißt das, ich muss die ganzen Pakete alleine tragen?« Joey war sichtlich fassungslos.

»Wir können dir helfen«, bot Sara an.

»Wobei ich dich daran erinnern möchte, dass es deine Aufgabe ist, Pakete auszuliefern«, fügte Olivia hinzu.

Joey bedachte sie mit einem vernichtenden Blick. »Meine Arbeitskraft wird zurzeit woanders dringender benötigt.« Er wies mit dem Daumen nach oben, wo eifriges Hämmern und Sägen zu hören war.

»Da hat er recht«, stimmte Sara ihm zu. »Wir brauchen das Zimmer.«

Nachdem sie beide Joey geholfen hatten, die Pakete in den Flur zu schleppen, machten Sara und Olivia sich auf den Weg ins Dorf. Die Kinder wollten nicht mit. Sie fanden es in dem großen Wohnraum spannender, zusammen mit Angus und den beiden streitenden Großmüttern. Außerdem lockten Oma Karins frisch gebackene Plätzchen.

Als die beiden Frauen das Holzhaus am See verließen, dämmerte es bereits. Sie schlenderten Seite an Seite, wechselten nur wenige Worte miteinander.

Schon von weitem sahen sie die schneebedeckten Dächer des Dorfes, das wie in Watte gepackt wirkte.

Dicke Schneeflocken fielen sanft herab. Sie genossen die Ruhe und Stille der Landschaft, die nur durch das Knirschen des Schnees unter ihren Füßen unterbrochen wurde.

»Wie schön ist das denn?«

Nachdem sie in die Straße eingebogen waren, blieb Olivia stehen. Vor jedem Haus stand ein kleiner, mit Lampen geschmückter Tannenbaum. Lichterketten zogen sich von Haus zu Haus, und auch hinter den erleuchteten Fenstern war es weihnachtlich geschmückt.

»Dieser Anblick versetzt mich zum ersten Mal in diesem Advent in Weihnachtsstimmung.«

Sara blieb immer wieder stehen und schaute sich entzückt um. Als sie Larrys Laden erreichten, war auch der weihnachtlich geschmückt.

Larry selbst hatte sich als Weihnachtself verkleidet. Er trug eine rot-weiß gestreifte Strumpfhose und ein T-Shirt mit grünen und goldenen Glitzerakzenten. Die grüne Zipfelmütze auf seinem Kopf zierte eine goldene Glocke, die bei jeder Bewegung klingelte. Seine schwarzen Stiefel reichten ihm bis zu den Knien und waren mit goldenen Schnallen verziert.

Um sein Kostüm noch authentischer zu gestalten, hatte Larry seine Wangen und seine Nase mit rotem Glitzer betont und eine grüne Schärpe um seine Taille gebunden.

»Die Kinder lieben das«, erklärte er und wirkte mit einem Mal ein wenig verlegen. »Und Owen besteht auf Traditionen.«

»Und eigentlich gefällt es ihm selbst auch ganz gut.« Bonnie kam aus dem Hinterzimmer des Ladens und umarmte die beiden Frauen zur Begrüßung. »Ihr kommt doch am vierten Advent zu unserer Weihnachtsfeier ins Gemeindehaus?«

»Nichts könnte mich davon abhalten«, versicherte Sara.

Olivia nickte zustimmend. »Ich komme ebenfalls mit den Kindern.« Während sie sprach, schaute sie auf die Pakete, die Larry hinter dem Tresen hervorholte. Schließlich wandte sie sich an Sara. »Hast du dir Gedanken darüber gemacht, wie wir die Pakete nach Hause bringen?«

»Ich wollte den Schlitten mitnehmen.« Sara schaute ihre Schwester zerknirscht an. »Aber den habe ich vergessen.« Sie hatte den Schlitten erst vor ein paar Tagen gekauft. Bei Larry, damit Joey ihn nicht liefern musste.

»Vielleicht sollten wir Joey bitten, die Pakete zu holen ...« Olivia grinste.

»Oder ich leihe euch meinen Schlitten«, schlug Larry vor.

»Danke, Larry«, rief Sara erfreut.

Es war diese spontane Hilfsbereitschaft, die ihr Herz einmal mehr erwärmte und ihr zeigte, dass sie hier ihr Zuhause gefunden hatte.

»Mit dem Zimmer werden wir morgen fertig«, sagte Jeff am Frühstückstisch.

»Das wurde aber auch Zeit«, erwiderte Jeanette streng. »Dann muss ich nur noch die Möbel liefern lassen.«

Sara und Paul warfen sich einen überraschten Blick zu.

»Welche Möbel?«, fragten sie gleichzeitig.

»Und wann hast du überhaupt Möbel ausgesucht?«, fragte Sara verwirrt. »Du hast doch das Haus gar nicht mehr verlassen, seit du hier bist.«

»Ich bin durchaus in der Lage, online zu bestellen«, sagte Jeanette von oben herab und präsentierte ihr Smartphone.

Paul beschäftigte etwas ganz anderes. »Wir können uns keine neuen Möbel leisten.«

»Ich habe einen Rabatt von fünf Prozent ausgehandelt.« Jeanette war offensichtlich stolz über ihr Verhandlungsgeschick.

Sara war erstaunt über sich selbst, weil ihre Mutter es immer noch schaffte, sie zu überraschen.

»Du wirst diesen Auftrag stornieren müssen«, stimmte sie Paul zu. »Neue Möbel haben wir in unserem Budget nicht eingeplant.«

»Der Schrank oben ist in Ordnung. Sam hat den erst kurz vor seinem Tod gekauft. Und das Bett ist gute kanadische Handarbeit«, mischte Jeff sich ein. »Wenn ihr wollt, bauen wir das alles auf, sobald wir mit dem Boden fertig sind.«

»Ja«, sagte Sara, während ihre Mutter gleichzeitig kategorisch bestimmte: »Nein!«

»Macht das bitte so, wie du es vorgeschlagen hast«, sagte Paul zu Jeff. Seine Stimme klang beherrscht, doch es war ihm anzusehen, wie sehr es in ihm brodelte.

»Ich habe mir gedacht, dass Papa und ich in dieses Zimmer ziehen können, solange wir hier sind.« Sie ignorierte Paul jetzt völlig und schaute nur Sara an. »Ich möchte euch ungern noch einmal darauf hinweisen, dass wir euch für den Kauf des Hauses eine größere Summe zugesteckt haben.«

Gernot, der bisher still am Tisch gesessen und in seinem Kaffee gerührt hatte, schaute interessiert auf. Außer Sara schien das aber niemand zu bemerken. Vielmehr schienen alle darauf zu warten, dass sie ihrer Mutter antwortete.

»Dann weiß ich nicht, wieso du es noch einmal erwähnst«,

entgegnete sie mit leicht erhobener Stimme. »Übrigens haben Paul und ich beschlossen, dass wir Papa das Geld zurückzahlen, obwohl er es uns eigentlich geschenkt hat.«

Jeanette sagte sekundenlang überhaupt nichts, dann hob sie resigniert die Hände und ließ sie wieder fallen.

»Dann macht doch einfach, was ihr wollt.« Mehr fiel ihr offenbar nicht mehr ein.

Paul und Sara lächelten einander zu.

»Ich wollte es nur einfach etwas gemütlich gestalten, wenn Papa und ich die Weihnachtstage hier verbringen«, fuhr Jeanette mit einem weinerlichen Unterton fort. »Aber wenn ihr keine neuen Möbel wollt, kann ich da nichts ändern.«

Eigentlich hatten sie sich ihr erstes Weihnachtsfest in Kanada ganz anders vorgestellt: zu zweit, in einem perfekten Zuhause am See und mit ganz viel Zeit für sich. »Es ist bald vorbei«, sagte sie später zu Paul, als sie alleine waren.

»Du vergisst, dass Tobias, Alex und Steffen sich angekündigt haben.«

»Nein, das habe ich nicht vergessen. Aber die drei sind berufstätig, fest angestellt. Da steht nicht zu befürchten, dass sie allzu lange bleiben.«

»Ich muss dir noch etwas sagen …«, begann Paul, doch dann wurde er von Jeanette unterbrochen.

»Papa kommt übrigens am Freitag«, teilte sie ihnen mit.

»Wie schön.« Sara freute sich sehr auf ihren Vater. Vielleicht würde es ja trotz allem ein halbwegs harmonisches Weihnachtsfest werden.

Kapitel 20

»Wie schön der Winter in Kanada doch ist.« Sara lehnte ihren Kopf an Pauls Schulter und schaute gemeinsam mit ihm aus dem Fenster. Der See war teilweise zugefroren. Das Eis glitzerte in der Sonne und spiegelte das strahlende Blau des Himmels.

Sie genossen den Anblick und diesen stillen Moment der Schönheit, den sie miteinander teilten. Augenblicke, die sie viel zu selten gemeinsam erlebten.

»Sara, ich muss dir noch etwas sagen …«, begann Paul, doch da wurde er schon wieder unterbrochen.

»Opa ist da!« Noah kam ins Zimmer gestürmt. »Oma sagt, ihr sollt runterkommen. Opa ist da! Opa ist da! Opa ist da!«, sang der Junge und lief dabei um sie herum. »Kommt ihr?«

Sara fing den Jungen auf und hielt ihn fest. »Schluss jetzt.«

Noah grinste sie an, dann begann er wieder zu singen: »Opa ist da! Opa ist da!«

»Du weißt, dass nächste Woche Weihnachten ist?«

Noah nickte mit glänzenden Augen. »Nur noch so oft schlafen.« Er hielt seine komplette rechte und den Daumen der linken Hand hoch.

»Ist Opa unten?«

»Ja, bei Mama, Papa, Angus und den Omas.«

Unmittelbar darauf klopfte es an der Tür, und dann war Jeanettes Stimme zu hören: »Jetzt geh doch schon rein.«

»Aber es hat niemand ›Herein‹ gerufen.« Das war Richard.

»Papa!« Sara eilte zur Tür und riss sie auf. Ihr Vater stand vor ihr und strahlte sie an. Sara fiel ihm spontan um den Hals. »Ich freue mich so sehr, dass du da bist.«

»Und ich erst.« Es war ihm anzusehen, wie gerührt er war. Er drückte sie sogar eine ganze Weile an sich, obwohl es ihm ja eigentlich schwerfiel, Gefühle zu zeigen. Dann umfasste er ihre Schultern und schob sie ein wenig von sich, um ihr ins Gesicht zu sehen. »Ich finde euer Haus ganz wundervoll.«

Jeanette, die sich bisher im Hintergrund gehalten hatte, gab einen abfälligen Ton von sich.

Richard ignorierte das. »Und die Lage direkt am See ist unvergleichlich. So schön habe ich mir das nicht vorgestellt.«

»Du hast das Zimmer noch nicht gesehen, in dem wir wohnen müssen«, meldete sich Jeanette wieder zu Wort. »Ich hätte ja gerne neue Möbel bestellt, aber dafür ist angeblich kein Geld da.«

Besorgt blickte Richard Sara an. »Braucht ihr noch was?«

»Nein, Papa.« Sie schüttelte den Kopf. »Und wir werden dir auch das Geld zurückzahlen, das du uns für das Haus gegeben hast.«

»Das kommt überhaupt nicht infrage«, fuhr Richard auf. »Das war ein Geschenk.«

»Bestimmt haben wir in den nächsten Tagen die Gelegenheit, in aller Ruhe darüber zu reden«, sagte Sara ruhig. »Jetzt freue ich mich erst einmal darüber, dass du da bist. Wie war der Flug? Und hast du uns gut gefunden?«

»Der Flug war angenehm.« Richard schmunzelte. »Und Paul hatte mich zum Glück vorgewarnt, sodass ich die richtige Abfahrt zu eurem Haus genommen habe.«

Während sie sich unterhielten, gingen sie alle zusammen nach unten. Karin und Gernot hatten es sich auf dem Sofa gemütlich gemacht, zusammen mit Amelie. Angus und Olivia saßen nebeneinander am Tisch.

Sara war überrascht, als sie sah, dass die beiden gemeinsam in dem Block lasen, in dem Olivia die ganze Zeit über Notizen gemacht hatte. Wie vertraut die beiden miteinander wirkten …

Offensichtlich fiel das auch Gernot auf. Er stand plötzlich auf und ging mit finsterer Miene zu den beiden hinüber.

»Kann ich mal mit dir reden?«

Olivia hob den Kopf. »Muss das ausgerechnet jetzt sein?«

»Ich bitte dich schon die ganze Zeit darum.«

Nur widerstrebend ließ Olivia sich darauf ein.

»Lass uns nach oben gehen«, bat Gernot. »Ich will unter vier Augen mit dir sprechen.«

»Nein.« Olivia blieb stehen. Bittend schaute sie Sara an. »Kommst du mit?«

Mit einem Mal fühlte sich Sara unbehaglich. Einerseits wollte sie sich aus den Eheproblemen ihrer Schwester raushalten, andererseits fiel es ihr schwer, Olivia ihre Bitte abzuschlagen.

Auch Gernot schien die Vorstellung, dass seine Schwägerin bei dem Gespräch dabei sein würde, überhaupt nicht zu gefallen.

»Das geht nur uns etwas an«, knurrte er und runzelte unwillig die Stirn.

»Entweder ist Sara dabei, oder wir lassen es ganz.«

Gernot gab nach.

Olivia griff nach Saras Hand und zog sie hinter sich her, als sie zusammen mit Gernot den Raum verließ.

»Gehen wir nach oben?« Gernot schaute Olivia unfreundlich an. »Und ich möchte dich lieber unter vier Augen sprechen. Ich weiß wirklich nicht, weshalb deine Schwester dabei sein muss.«

»Weil du ein Betrüger bist.« Sara war erstaunt über die glasklare Härte in Olivias Stimme. So hatte sie ihre Schwester noch nie erlebt. »Ich will eine Zeugin haben, wenn es später um unsere Scheidung geht.«

Auch Gernot schien überrascht über die Entschlossenheit, mit der Olivia auftrat. Doch lange hielt das nicht an. Sofort zeigte er sich wieder von seiner unangenehmen Seite.

»Du kannst mich ganz schnell und problemlos loswerden.« Er lächelte schmierig. »Ich brauche Geld.«

»Niemand weiß so gut wie du, dass ich kein Geld habe. Du hast mir die Kreditkarte sperren lassen. Dabei hättest du dir das sparen können«, fuhr sie ironisch fort. »Da ist ja offensichtlich nichts zu holen.«

»Du wirst mit deinem Vater reden und …«

»Nein, das mache ich nicht noch einmal«, unterbrach ihn Olivia entschlossen.

Gernots Augen verengten sich zu schmalen Schlitzen. »Was werden deine Eltern wohl dazu sagen, wenn sie erfahren, dass du die Nächte hier unten gemeinsam mit diesem Schriftsteller verbringst?«

Sara stockte der Atem. Olivia und Angus …?

Und ich habe nichts bemerkt, schoss es ihr durch den Kopf.

Olivias Gesicht hatte sich rot verfärbt, doch sie hielt Gernots Blick stand.

»Wie geht es eigentlich deiner Freundin und eurem gemeinsamen Kind?«, konterte sie kühl.

»Ich habe dir schon mehrfach gesagt, dass es mit ihr vorbei ist«, stieß er erregt hervor.

»Das spielt für mich keine Rolle mehr.« Olivia lächelte plötzlich. »Und ich werde Papa nicht um Geld für dich bitten.«

»Das wirst du noch bereuen!«, zischte er.

»Nein, das glaube ich nicht, Gernot.« Olivia behielt ihr Lächeln bei. »Das Einzige, was ich bereue, ist, dass ich nicht schon früher den Mut gefunden habe, mich von dir zu trennen.«

»Dann ist ja wohl alles gesagt! Dir ist hoffentlich klar, dass ich das Sorgerecht für meine Kinder beantragen werde.«

Olivia trat ganz dicht an ihn heran. »Du wirst es nie wieder schaffen, mich mit deinen Drohungen einzuschüchtern. Nie wieder! Ist das klar?«

Gernot sagte nichts mehr. Er wandte sich um und ging.

»Wie geht es dir?« Sara legte behutsam eine Hand auf die Schulter ihrer Schwester.

Olivia schaute sie verzweifelt an. »Glaubst du, er hat eine Chance, mir die Kinder wegzunehmen?«

»Das kann ich mir nicht vorstellen.« Sara überlegte kurz. »Nach Weihnachten kommt Pauls Freund Tobias, der ist Rechtsanwalt. Wir werden ihn gemeinsam fragen.«

»Ich werde Tobias nicht mehr treffen. Nach Weihnachten reisen wir ab.« Olivia wurde wieder rot. »Angus, die Kinder und ich. Aber ich werde mir in Hamburg sofort einen Rechtsanwalt suchen.«

»Du und Angus?« Sara lächelte. »Und ich habe nichts davon bemerkt.«

»Ich weiß.« Olivia lächelte nun ebenfalls. »Ich werde mich auch noch nicht direkt in die nächste Beziehung stürzen, so weit bin ich noch nicht. Aber Angus und ich haben uns ineinander verliebt. Und durch ihn habe ich herausgefunden, was ich machen will.« Sie holte tief Luft. »Angus will in Zukunft Kinderbücher schreiben, und ich steuere die Illustrationen dazu bei. Somit war mein Studium doch nicht ganz umsonst.«

»Jedes Mal, wenn ich dich mit deinem Block gesehen habe, dachte ich, dass du eine Art Tagebuch führst.«

»Das war es ja auch irgendwie. Ich habe mir Notizen zu den Geschichten von Mia und Matteo aufgeschrieben, die Angus den Kindern bereits erzählt hat, und hinterher Illustrationen dazu angefertigt. Deshalb haben Angus und ich nachts oft zusammengesessen …« Olivia verstummte für ein paar Sekunden. »Zwischen uns ist nichts passiert«, beteuerte sie, schränkte aber gleich darauf ein: »Na ja, außer ein paar Küssen.«

»Das ist doch ganz allein deine Sache.« Sara umarmte ihre Schwester.

»Und du bist nicht böse, weil ich dir nichts erzählt habe?« Olivia schaute sie ängstlich an. »Weißt du, für mich ist es völlig neu, eigene Entscheidungen zu treffen. Früher war da immer Mama, die über mein Leben bestimmt hat, und dann kam

Gernot. Diesmal musste ich für mich alleine herausfinden, was ich will und was das Richtige für mich ist.«

»Ich finde, das hast du ganz toll gemacht«, lobte Sara. »Und ich bin froh, dass du diesen unsäglichen Gernot endlich los bist.«

Olivia lachte nervös. »Vielleicht bitte ich Papa doch, dass er ihm wenigstens das Ticket für den Heimflug spendiert. Dann steht einem ungestörten Weihnachtsfest nichts mehr im Weg.«

Nach all den Aufregungen der letzten Wochen war es auch genau das, was Sara sich wünschte: einen ruhigen Heiligabend ohne Stress und Ärger. Und ein wenig mehr Zeit für sich und Paul. Tagsüber war immer jemand aus der Familie in der Nähe, und abends fielen sie meist todmüde ins Bett.

Wie lange war es eigentlich her, dass sie miteinander geredet hatten? Sie lebten mehr und mehr nebeneinanderher, und das beunruhigte Sara sehr.

Am nächsten Tag besuchten sie alle zusammen die Weihnachtsaufführung im Gemeindesaal. Alles war festlich geschmückt, und eine Gruppe von Männern und Frauen stimmte mit Weihnachtsliedern auf den Nachmittag ein.

Plötzlich kam Bonnie aufgeregt zu ihnen. »Kann ich mir Noah ausleihen?«

»Wie bitte?« Olivia schaute sie entgeistert an.

»Uns sind zwei der Heiligen Drei Könige ausgefallen.« Bonnie seufzte tief auf. »Lampenfieber«, fügte sie erklärend hinzu. »Glaubst du, Noah würde mit auf die Bühne kommen? Er muss nichts sagen, nur mit zur Krippe gehen. Liam ist auch dabei.«

Als Olivia ihrem Sohn Bonnies Bitte übersetzte, nickte er begeistert.

»Ich werde jetzt Schauspieler«, verkündete er seiner Schwester. »Und du nicht.«

»Will ich auch gar nicht«, erklärte Amelie. »Dann musst du nämlich da vorn auf der Bühne stehen, und alle Leute gucken zu.«

Sie wies mit dem Finger nach vorn zu der Empore, wo bereits die Krippe aufgebaut war, doch Noah zuckte nur mit den Schultern.

»Das kann ich«, sagte er voller Überzeugung und griff vertrauensvoll nach Bonnies Hand.

»Vielleicht sollte ich mitgehen und übersetzen«, überlegte Olivia. »Noah versteht doch kein Wort.«

»Sie werden dich holen, wenn es nötig ist«, meinte Sara.

Olivia nickte schließlich und setzte sich zwischen Amelie und Angus. Karin nahm neben Amelie Platz, daneben saßen Richard und Jeanette.

Auf der anderen Seite, neben Angus, waren noch zwei freie Stühle für Paul und Sara.

Sara freute sich sehr, weil die anderen Dorfbewohner sie grüßten und ihnen zuwinkten. Auch wenn sie noch nicht alle Menschen in Springfield kannte, so wurden sie doch als Teil der Dorfgemeinschaft akzeptiert.

Aus einer der Sitzreihen auf der anderen Seite winkte ihnen Winnie zu.

Sara winkte zurück. Dann erblickte sie Jeff, nicht weit von Winnie entfernt. Allerdings sah er sie nicht, denn sein Blick war unverwandt auf Winnie gerichtet.

Sara wurde abgelenkt, als Paul nach ihrer Hand griff, sie ganz fest in seiner hielt und zärtlich lächelte. Und da war es auf einmal wieder, das Gefühl, dass es nichts gab, was sie je trennen könnte. Jetzt und hier war sie einfach nur glücklich.

»Wo ist Gernot?«, flüsterte Paul.

»Auf dem Heimweg, hoffe ich«, gab Sara leise zurück.

Sie hatte nicht einmal die Gelegenheit gehabt, ihm zu berichten, was gestern Abend zwischen Olivia und Gernot vorgefallen war.

Der Klang eines Glöckchens ertönte, und Bonnie erschien auf der Bühne. Das Licht wurde gedämpft.

»Es begab sich zu der Zeit, dass ein Gebot von Kaiser Augustus ausging, dass alle Welt geschätzt werde. Da machte sich auch Josef aus Galiläa auf in die Stadt Bethlehem, zusammen mit Maria, seinem Weibe. Dort gebar Maria ihren Sohn, und sie legten ihn in eine Krippe.«

Ein Scheinwerfer wurde auf die Krippe gerichtet. Zwei Kinder waren zu sehen, verkleidet als Maria und Josef, und eine Puppe, die in der Krippe lag. Offensichtlich diente sie schon länger als Jesuskind, denn ihr fehlte ein Bein, aber das schien niemanden zu stören.

»Die Hirten kamen von ihren Feldern, um Maria, Josef und Jesus mit ihren eigenen Augen zu sehen«, las Bonnie weiter vor und erteilte damit die Anweisung an die Kinder in Hirtenkostümen, die sich bisher im Hintergrund gehalten hatten, nun ebenfalls auf die Bühne zu gehen. Es gab eine kurze Verzögerung, weil zwei der friedlichen Hirten sich als gar nicht so friedlich erwiesen und in Streit gerieten. Die nachfolgenden Hirten ergriffen Partei, und wahrscheinlich wäre es zu einer ganz und gar unchristlichen Rauferei gekommen, wenn die Väter der Kinder nicht eingegriffen hätten.

Bonnie wartete geduldig, bis alle kleinen Schauspieler auf der Bühne standen. Zwar gab es noch den ein oder anderen Stupser oder Rempler, aber ansonsten blieb es ruhig.

»Zur gleichen Zeit streiften die Könige Kaspar, Melchior und Balthasar durch die Landschaft. Plötzlich erschien über ihnen ein heller Stern.«

Der helle Stern war eine Laterne, die Noah vor sich hertrug, als er mit den beiden anderen Königen, die ausgesprochen ängstlich wirkten, den Saal betrat. Die beiden anderen blieben stehen und trauten sich offensichtlich nicht weiter.

Larry, auch heute wieder als weihnachtlicher Elf gekleidet, ging zu den Jungen und sprach leise auf sie ein.

Noah, der kein Wort verstand, schaute sich das ein paar Sekunden an. Dann war er langsam der Meinung, dass er nun lange genug gewartet hatte, und gestaltete sein eigenes Programm. Lauthals begann er, auf Deutsch zu singen.

»Ich geh mit meiner Laterne, und meine Laterne mit mir. Da oben da leuchten die Sterne, da unten da leuchte jetzt ich.«

»So ganz textsicher ist er nicht«, flüsterte Angus grinsend.

»Rabimmel, rabammel, rabumm!« Noah ließ einfach einen Teil des Textes weg und fuhr mit unzähligen Rabimmels, Rabammels und Rabumms fort – sehr zum Vergnügen der Zuschauer, die schließlich mit einstimmten.

Das wiederum brachte Noah dazu, nicht den direkten Weg zur Bühne einzuschlagen, sondern kreuz und quer durch den Gemeindesaal zu wandern.

»Dein Sohn ist der geborene Entertainer.« Angus schlug sich vor Vergnügen auf die Schenkel.

»Ich weiß nicht, ob mir das gefällt.« Olivia brachte nur ein gequältes Lächeln zustande, während alle anderen lauthals lachten. Selbst Jeanette und Richard hatten große Freude an der Aufführung.

Später wurden frische Waffeln gebacken, und zwar direkt im Gemeindesaal. Dazu gab es heißen Glühwein für die Erwachsenen und warmen Kakao für die Kinder.

Noah befand sich mitten im Pulk der anderen Kinder, und auch jetzt war die Sprache für ihn offensichtlich keine Barriere.

Amelie wirkte ein bisschen eifersüchtig, bis das Mädchen, das die Maria gespielt hatte, auf sie zukam und mit ihr sprach.

Amelie zuckte mit den Schultern. »Ich verstehe dich nicht.«

Das Mädchen lächelte nur, griff nach Amelies Hand und zog sie mit zur Bühne, um dort mit ihr zu spielen.

Sara freute sich sehr darüber, dass auch ihre Eltern sich gut unterhielten. Jeanette wirkte sogar erstaunlich aufgeräumt, obwohl die Menschen hier so gar nicht den Kreisen entsprachen, in denen sie sich sonst bevorzugt bewegte.

»Ich muss dir etwas sagen«, flüsterte Paul irgendwann dicht an ihrem Ohr. »Können wir kurz nach draußen gehen?«

»Ja, natürlich.«

Sara folgte ihrem Mann. An der frischen Luft spürte sie, dass sie ein wenig zu viel des leckeren Glühweins genossen hatte.

Und dann tauchten auch noch Jeff und Joey auf, ebenfalls nicht mehr ganz nüchtern. Beide hängten sich bei Paul ein.

»Es wird Zeit, dass du einen mit uns trinkst«, rief Jeff fröhlich.

»Ich komme gleich nach.« Paul versuchte sich aus dem Griff der beiden Männer zu befreien – vergeblich. Und so erfuhr Sara immer noch nicht, was er ihr bereits seit Tagen mitteilen wollte.

Ob es wichtig war?

Sara hatte keine Ahnung. Außerdem drehte sich alles in ihrem Kopf, und so gab sie das Nachdenken schließlich auf. Wenn es wirklich von großer Bedeutung gewesen wäre, hätte Paul zahlreiche Gelegenheiten gehabt, es ihr mitzuteilen. Und so ging sie zurück in den Saal, um weiterzufeiern.

Es war spät, als sie sich alle zusammen auf den Heimweg machten. Glücklich, zufrieden und voller Vorfreude auf das bevorstehende Weihnachtsfest.

Zu Hause angekommen, stellten sie fest, dass Gernot noch immer nicht abgereist war. Er saß allein am Esstisch, vor sich einen Teller mit belegten Broten. Vielleicht war das der Vorbote für all das, was noch passieren sollte, doch der Gedanke kam ihr erst sehr viel später.

Kapitel 21

Drei Tage vor Heiligabend spitzte sich die Situation zu.

Jeff hatte ihnen bereits am Vortag gesagt, dass er und seine Leute die Arbeit am Kamin erst im neuen Jahr fortsetzen würden. Gleichzeitig hatte er ihnen eine riesige Tanne geliefert und bereits in einen Ständer gestellt. Der Baum stand nun unten im großen Wohnraum und wartete darauf, geschmückt zu werden.

Karin hatte darauf bestanden, das Weihnachtsessen zu kochen. Sara vermutete zunächst, dass ihre Mutter und Karin deshalb so oft beieinanderstanden und miteinander tuschelten, doch am frühen Nachmittag sollte sie eines Besseren belehrt werden.

»Könnten Sie vielleicht mit den Kindern ein bisschen nach draußen gehen?«, wandte sich Jeanette an Angus. »Wir haben hier etwas zu besprechen, was nur die Familie betrifft.«

»Mama!«, rief Olivia empört, doch Angus schüttelte lächelnd den Kopf. »Das ist schon in Ordnung.«

Es war nicht weiter schwierig, die Kinder dazu zu bringen, sich ihre Schuhe und Winterjacken anzuziehen, um mit ihm draußen im Schnee zu spielen.

In der Zwischenzeit ging Karin nach oben, um Gernot zu holen. Der war offensichtlich schon eingeweiht und wusste, worum es ging.

Paul war ebenfalls oben, und weil es bei dem Gespräch vermutlich um Olivia gehen würde, wollte Sara sich auch zurückziehen. Doch ihre Schwester hatte andere Pläne.

»Lass mich bloß nicht allein«, zischte Olivia ihr zu, und so blieb Sara. Was ihre Mutter und Karin wohl jetzt schon wieder ausgeheckt hatten?

Auch Richard war im Raum, und es war ihm deutlich anzusehen, dass er sich alles andere als wohl in seiner Haut fühlte.

»Olivia, Gernot«, begann Jeanette, »wir haben noch einmal über alles gesprochen und ...«

»Wer ist *wir*?«, unterbrach Olivia sie rüde und brachte ihre Mutter damit kurz aus dem Konzept.

Jeanette runzelte unwillig die Stirn.

»Papa, Karin und ich.« Jeanette machte eine kurze Pause, bevor sie zugab: »Ja, und Gernot war auch dabei. Ihn betrifft es ja schließlich ebenfalls.«

»Ich war nicht dabei, obwohl es mich ja offensichtlich auch betrifft.«

»Deshalb reden wir ja jetzt mit dir.« Jeanette wurde nicht lauter, doch wie üblich vermittelte sie auch so eine einschüchternde Autorität. »Und wir sind zu der Überzeugung gekommen, dass ihr beide eurer Ehe noch eine Chance geben müsst.«

Olivia schloss kurz die Augen und schüttelte den Kopf.

»Ich kann es nicht glauben, dass du das schon wieder versuchst«, sagte sie dann, und ihre Stimme klang mühsam beherrscht. »Ich habe doch ganz klar gesagt, dass ich für Gernot und mich keine gemeinsame Zukunft mehr sehe.«

»Aber du musst doch auch an die Kinder denken.« Karin hängte sich bei Gernot ein. »Und es tut ihm wirklich sehr leid, was er dir angetan hat.«

Gernot nickte mit zerknirschter Miene, doch Sara sah etwas in seinen Augen, was die anderen nicht bemerkten: Da war ein stiller Triumph!

War er sich wirklich so sicher, dass Olivia sich diesmal darauf einlassen würde, nachdem sie sich die ganze Zeit vehement dagegen gewehrt hatte, zu ihm zurückzukehren?

»Richard wird euch bei eurem Neuanfang behilflich sein«, fuhr Jeanette fort. »Gernot hat uns gestanden, dass seine finanziellen Probleme zu eurer schwierigen Situation geführt haben.«

Olivia begriff ebenso schnell wie Sara, was hier gespielt wurde.

»Glaubt ihr wirklich, dass Geld etwas ändert?« Mehr konnte Olivia nicht sagen, das ließ Jeanette nicht zu.

»Wir haben das Thema lang und breit erörtert«, fuhr sie dazwischen. »Und wir haben beschlossen, dass du Gernot noch einmal eine Chance gibst. Ende der Debatte.«

»Ja, für mich erübrigt sich auch jedes weitere Wort«, sagte Olivia aufgebracht. »Niemand von euch bestimmt, mit wem ich mein Leben teile.«

Damit rauschte sie aus dem Zimmer.

»Ich habe euch doch gleich gesagt, dass sie nicht auf euch hören wird.« Gernot ließ den Kopf hängen, spielte den verzweifelten Ehemann. »Liebe reicht eben nicht immer …«

»Du bist so ein verlogener Mistkerl«, stieß Sara hervor, dann wandte sie sich ihrer Mutter zu. »Und warum stellst du dich immer noch auf seine Seite, obwohl du weißt, was er Olivia angetan hat?«

»Wieso?«, fragte Richard verwirrt und richtete sich auf. »Was hat er denn gemacht?«

»Das soll Mama dir sagen.« Sara erwiderte den hasserfüllten Blick, den Gernot ihr zuwarf.

»Das heißt, vielleicht will Gernot dir das auch selbst sagen.« Sara grinste ihren Schwager böse an, bevor sie das Zimmer verließ, um nach ihrer Schwester zu sehen.

Sie eilte die Treppe hoch und stellte fest, dass die Tür zu Olivias Zimmer geschlossen war. Sara wollte gerade anklopfen, als sie Pauls Stimme vernahm. Er war in ihrem gemeinsamen Schlafzimmer, und wahrscheinlich hätte Sara seinem Telefonat auch keine weitere Bedeutung beigemessen, wenn da nicht dieser Name gefallen wäre …

»Ja, Larissa, ich freue mich sehr darauf, dich zu sehen!«

Larissa? Seine Ex? Wann und wo wollte Paul sie wiedersehen?

Leise ging Sara weiter zu ihrem Schlafzimmer und schob die Tür, die einen Spaltbreit offen stand, ein wenig weiter auf. Jetzt konnte sie Pauls Gesicht sehen. Das zärtliche Lächeln, das eindeutig nicht ihr, sondern Larissa galt.

»Larissa, ich …« Paul brach ab, als Sara die Tür weit aufstieß. Das Lächeln auf seinem Gesicht erlosch. »Ich rufe dich später noch einmal an«, sagte er und beendete das Gespräch.

Langsam ließ er die Hand sinken, in der er das Handy hielt.

»Larissa kommt hierher?«

»Ja. Zusammen mit Tobias.«

»Und warum hast du mir bisher nichts davon gesagt?«

»Ich habe es mehrfach versucht, aber es kam immer etwas dazwischen.«

Ja, er hatte mehrfach angedeutet, dass er ihr etwas mitzuteilen hatte.

»Warum hast du es mir nicht einfach gesagt?«

»Jetzt mach nicht so eine große Sache daraus«, entgegnete er unwillig. »Dieser Besuch hat nichts zu bedeuten.«

Sara schüttelte ungläubig den Kopf. »Und warum hast du dann so ein Geheimnis daraus gemacht?«

»Weil ich genau wusste, wie du reagieren würdest.«

»Vielleicht hätte ich ganz anders reagiert, wenn du es mir einfach erzählt hättest.« Sara spürte, wie sich die Wut in ihr immer stärker zusammenbraute. »Ich will nicht, dass sie kommt!«

»Ich wollte auch nicht, dass deine Familie unangemeldet hier auftaucht, ganz zu schweigen von diesem unsäglichen Gernot. Meine Freunde haben sich wenigstens angemeldet.«

»Deine Freunde … und Larissa …«

»Larissa ist eine Freundin.«

»Sie ist vor allem deine Ex.« Sara hatte wieder Larissas Stimme im Ohr: »*Ich war lange vor dir da, und ich werde auch noch da sein, wenn du längst wieder verschwunden bist. Er gehört nicht dir!*«

»Wie würde es dir gefallen, wenn ich meinen Ex hierher einlade?«

Er zuckte nur mit den Schultern und machte dabei ein Gesicht, das deutlich verriet, dass ihm das völlig egal wäre. Sara war zutiefst verletzt.

»Dann weiß ich ja Bescheid«, sagte sie leise.

Sie zog die Tür hinter sich zu und ging. Sehr langsam, weil sie noch die Hoffnung hatte, dass er ihr folgen würde. Aber er kam nicht. Stattdessen vernahm sie durch die geschlossene Tür erneut seine Stimme …

»Hallo, Larissa, da bin ich wieder.«

»Ich kann nicht mit der Familie Weihnachten feiern.« Olivia schüttelte den Kopf. Immer wieder.

Sara stieß sie an. »Hör auf, sonst bekommst du noch ein Schleudertrauma.« Dann schüttelte sie selbst den Kopf. »Und ich kann nicht mit Paul feiern.«

Sara hatte sich nach dem Streit mit Paul zu ihrer Schwester geflüchtet. Unten die Familie und in ihrem eigenen Schlafzimmer Paul, der sich gerade mit seiner Ex verabredete – das war mehr, als sie aushalten konnte. Und Olivia erging es ähnlich. Nur dass die Familie sie wieder mit dem Mann zusammenbringen wollte, den sie nicht mehr ertragen konnte.

»Wir sollten abhauen«, sagte Sara.

Olivia sah sie unglücklich an. »Die Kinder sind bei den Omas und ihrem Opa gut versorgt. Mal ganz abgesehen von Angus, den die beiden lieben. Nur wohin willst du gehen? Da draußen ist nichts als Schnee.«

Olivia stand auf und ging zum Kleiderschrank. Dort holte sie ein in Weihnachtspapier gewickeltes Paket heraus und packte es aus. Ein edler Whiskey kam zum Vorschein.

»Mein Weihnachtsgeschenk für Papa«, erklärte sie. »Aber er wird dieses Jahr wohl darauf verzichten müssen.«

»Von uns bekommt er dieselbe Marke.« Sara brachte ein schwaches Lächeln zustande, während sie dabei zusah, wie ihre Schwester die Flasche öffnete.

Olivia hielt sie ihr hin. »Gläser habe ich leider nicht.«

»Die brauchen wir auch nicht.« Sara griff nach der Flasche, nahm einen kräftigen Schluck und schüttelte sich. Mit angewidertem Gesicht gab sie den Whisky zurück und schaute zu, wie Olivia trank.

»Schrecklich!« Auch ihre Schwester schüttelte sich. »Wieso mag Papa das Zeug so gern?«

Mit einem Mal spürte Sara eine angenehme Wärme in sich aufsteigen. Sie begann zu kichern.

»Vielleicht kann er Mama so besser ertragen …«

»Nein, das glaube ich nicht. Es gibt auf der ganzen Welt nicht genug Alkohol, um sich Mama erträglich zu trinken. Er muss sie wirklich lieben, sonst könnte er sie nicht aushalten.« Obwohl es ihr auch nicht zu schmecken schien, trank Olivia noch einen Schluck und setzte sich wieder neben Sara aufs Bett. »Du bist dran.«

Sara schüttelte den Kopf, nahm die Flasche aber trotzdem. »Der Geschmack ist furchtbar. Aber ich mag es, wenn mir danach so schön warm wird.«

»Was machen wir denn jetzt mit diesem verdammten Weihnachtsabend? Setzen wir uns jetzt wirklich mit den anderen an einen Tisch und spielen glückliche Familie?«

»Das kann ich nicht«, stieß Sara hervor. »Das kann ich einfach nicht. Wahrscheinlich platze ich irgendwann vor Wut, und dann kommt es zum ganz großen Streit.«

»Okay, also lass uns wirklich verschwinden.« Diesmal nahm Olivia ihr die Flasche aus der Hand. »Können wir nicht zu Winnie gehen?«

»Die ist heute bei ihrer Familie irgendwo in einem der Nachbardörfer und bleibt da bis Weihnachten. Ich glaube, Josh ist auch da. Kennst du Josh eigentlich?« Fragend wandte sich Sara ihrer Schwester zu.

»Keine Ahnung.« Olivia sprach ein bisschen undeutlich. Jedenfalls kam es Sara so vor. »Vielleicht hat Winnie ihr'n Schlüssel irgendwo versteckt, dann komm'n wir ins Haus. Oder meinst du, wir können das nicht machen?«

»Wir können nicht einfach in Winnies Haus einbrechen«, rief Sara entrüstet. Sie hatte inzwischen ein ganz anderes Bild vor Augen. »Winnie hat eine Hütte in den Bergen …«

»Du willst also nicht in Winnies Haus einbrechen, aber in ihre Hütte.« Olivia lachte.

»Ich weiß, wo der Schlüssel ist. Wir müss'n nur irgendwie dahin kommen. Mit dem Auto fahr'n können wir nicht mehr.« Sie zeigte auf die Flasche in Olivias Hand.

»Und wenn wir zu Fuß gehen?«

»Ich glaub, das ist weit. Ziemlich weit.« Sara nahm ihrer Schwester den Whisky aus der Hand und nahm einen weiteren Schluck. Irgendwie brannte es jetzt nicht mehr so stark.

»Na und? Wir hab'n Zeit. Viel Zeit.«

»Aber is kald da drausen.« Sara hatte ihre Zunge nicht mehr wirklich unter Kontrolle.

»Wir nehm'n den mit.« Olivia hob die Flasche hoch. »Und wir zieh'n uns warm an.«

So ganz lautlos schafften sie es nicht, nach unten zu kommen. Kichernd und polternd erreichten sie das Erdgeschoss. Sie halfen sich gegenseitig in ihre Winterjacken und Schuhe, und dann waren sie draußen.

»Welche Richdung?«, fragte Olivia.

»Da lang, immer geradeaus.« Sara streckte den Zeigefinger aus. »Bis Springfield, und dann den Berg hoch.«

»Isses noch weit?«, fragte Olivia.

»Weiß nich«, murmelte Sara. Die kalte Luft verstärkte die

Wirkung des Alkohols, außerdem war sie schrecklich müde. »Muss mich mal hinlegen. Nur ein paar Minuten.«

»Bist du varrückd?« Olivia wurde laut. »Wir müssen geh'n, immer weitageh'n.«

»Ja, weitageh'n«, murmelte Sara.

Ein paar Schritte quälte sie sich noch durch den Schnee, dann stolperte sie und fiel hin. Mit einem ermatteten Seufzer schloss sie die Augen.

»Steh auf!« Olivia beugte sich über sie und zerrte an ihrem Arm.

»Kannich.« Sara hatte sich noch nie so müde und erschöpft gefühlt wie in diesem Moment. Es war nicht nur der ungewohnte Alkohol, der ihr zusetzte, auch die Schwierigkeiten der vergangenen Wochen forderten ihren Tribut. Sie wollte einfach nur noch schlafen.

»Da kommt'n Auto«, hörte sie Olivia rufen.

Sara war zu müde, um darauf zu antworten. Sie hörte das Herannahen eines Wagens, dann blieb er ganz nah bei ihr stehen. Eine Tür wurde geöffnet, und eine aufgebrachte Stimme war zu hören.

»Was zum Teufel macht ihr da?«

Jeff? Das war doch Jeff!

»Wir woll'n auf'n Berg«, hörte sie Olivia sagen. »Zu Winnies Hütte.«

Sara spürte, wie sie jemand hochhob. Jeff brachte sie zu seinem Pick-up. Danach half er Olivia beim Einsteigen, bevor er sich selbst wieder hinter das Lenkrad setzte. Einen Moment starrte er wortlos aus dem Fenster, dann wandte er sich Sara und Olivia zu.

»Was habt ihr euch eigentlich dabei gedacht? Wisst ihr denn nicht, wie gefährlich es ist, betrunken durch die Winternacht zu laufen oder sich sogar in den Schnee zu legen? Wenn ich nicht zufällig vorbeigekommen wäre ...« Er sprach nicht weiter. »Ich fahre euch jetzt nach Hause.«

»Nach Hamburg.« Olivia kicherte. Sie stand zweifellos immer noch stark unter dem Einfluss des Alkohols. Dann schüttelte sie den Kopf. »Da will ich nich hin. Und nich in Saras Haus.«

»Wohin soll ich euch denn bringen?«

»Weißnich … Winnies Hütte …«

Jeff murmelte etwas, das Sara nicht verstand. Sie kämpfte selbst immer noch mit den Auswirkungen des Alkohols. Als Jeff losfuhr, wurde ihr jedoch sehr schnell klar, dass er sie nicht zum Haus am See brachte.

»Wo fahren wir hin?« Jedes Wort fiel ihr schwer, auch wenn sie das Gefühl hatte, allmählich wieder nüchterner zu werden.

»Ihr wollt nicht nach Hause, und in Winnies Hütte kann ich euch nicht bringen. Die hat sie über Weihnachten vermietet. Also bringe ich euch zu mir.«

»Sehr gut«, brach es aus Olivia heraus. »Wollt immer wissen, wie du wohnst …« Sie nahm noch einen Schluck aus der Flasche, rülpste laut – und schlief dann übergangslos ein.

Jeffs Haus lag am Ende des Dorfes auf einer Anhöhe. Ein einstöckiges Gebäude mit einer großen Veranda. Der Garten versank im Schnee, aber der Weg von der Straße bis zur Tür war geräumt.

»Olivia, aufwachen.« Sara schüttelte ihre Schwester leicht, doch die schlief tief und fest. Jetzt schnarchte sie sogar!

»Wir trinken sonst keinen Alkohol.« Sara war peinlich berührt.

Jeff sagte nichts. Er nahm Olivia auf die Arme und trug sie mühelos ins Haus. Sara folgte den beiden und versuchte sich ihre Neugierde nicht allzu deutlich anmerken zu lassen.

Das Innere des Hauses war geräumig, aber sparsam eingerichtet. Es war eindeutig die Wohnstätte eines Mannes, der allein lebte. Im ganzen Haus gab es nichts Weihnachtliches.

Die Wände waren aus hellem Holz und schufen eine warme

und einladende Atmosphäre. Vom Wohnraum aus, in dem nur eine schwarze Couch und ein Flachbildfernseher standen, ging es rechts in die Küche, doch Jeff öffnete die Schlafzimmertür auf der linken Seite.

Auch dieser Raum war nur mit dem Nötigsten möbliert: ein breites Bett, ein Nachttisch und ein riesiger Kleiderschrank.

Jeff legte Olivia aufs Bett. »Ihr könnt heute Nacht hier schlafen.«

»Und du?«

Zum ersten Mal, seit er sie und Olivia im Schnee aufgegabelt hatte, lächelte Jeff.

»Ich schlafe auf dem Sofa. Das ist gemütlicher, als es aussieht.«

»Das können wir nicht von dir verlangen«, sagte Sara.

Jeff ging nicht darauf ein. »Braucht ihr noch etwas? Möchtest du etwas essen? Oder etwas trinken?«

Sara verzog angewidert das Gesicht.

»Wasser, nichts Alkoholisches.« Diesmal grinste Jeff breit.

»Ja, ein Wasser wäre gut.« Eigentlich hatte sie keinen Durst, sie wollte nur nicht allein sein mit ihrer Schwester, die jetzt ihren Rausch ausschlief und wahrscheinlich bis morgen nicht mehr ansprechbar sein würde.

Sie folgte Jeff in die modern ausgestattete Küche. Vor den beiden Fenstern, die bei Tageslicht bestimmt einen traumhaften Blick über das Tal bis zum Okanagan Lake boten, stand ein großer Tisch mit Stühlen.

»Setz dich doch.« Jeff wies auf die Sitzgruppe.

Sara nickte und kam seiner Aufforderung nach.

Jeff holte zwei Gläser und eine Flasche Wasser, dann kam er zu ihr an den Tisch und füllte beide Gläser zur Hälfte. Er sagte nichts, und vor allem fragte er nicht, bis Sara schließlich das Gefühl hatte, dass sie etwas sagen müsste.

»Du wunderst dich bestimmt …«

»Nein.« Jeff schüttelte lächelnd den Kopf. »Ich habe deine Familie ja kennengelernt …«

»Stimmt.« Es fiel ihr schwer zurückzulächeln, weil es nicht nur ihre Familie war. Es war vor allem Paul. Und natürlich Larissa, deren bevorstehenden Besuch er ihr bis heute verschwiegen hatte.

»Mir gefällt dein Haus«, sagte sie, um sich selbst auf andere Gedanken zu bringen.

»Es hat schon meinen Eltern gehört.« Jeff lächelte traurig. »Und eigentlich hatte ich gehofft …« Er brach ab, als hätte er bereits zu viel gesagt.

»Du solltest Winnie sagen, dass du sie liebst.« Es musste der Restalkohol sein, der sie dazu brachte, diese Worte auszusprechen.

Jeff starrte sie an. »Woher weißt du …« Ganz schnell verbesserte er sich: »Wie kommst du darauf?«

»Ich habe bemerkt, wie du sie ansiehst.«

Jeff sagte eine ganze Zeit nichts mehr. Dann hob er den Kopf.

»Ja, es stimmt«, bestätigte er. »Wir kennen uns seit unserer Schulzeit, und bereits damals habe ich davon geträumt, mit ihr zusammenzuleben. Eine Familie mit ihr zu gründen und gemeinsam mit ihr alt zu werden. Aber während ich sie geliebt habe, war ich für sie immer nur ein guter Freund. Und als Jason hier aufgetaucht ist, hatte ich sie endgültig verloren.«

»Aber Jason lebt schon lange nicht mehr. Hast du nie versucht, Winnie doch noch für dich zu gewinnen? Ihr beide passt so gut zusammen.«

»Wir sind sehr gute Freunde.«

»Du hast Angst, ihre Freundschaft zu verlieren, wenn du ihr deine Gefühle gestehst.«

Jeff nickte mit einem stillen Lächeln.

»Ich bin ziemlich müde«, wechselte er dann übergangslos das Thema.

»Ja, natürlich.« Sara sprang auf, und auch Jeff erhob sich.

»Vielen Dank für deine Hilfe.« Spontan umarmte sie ihn, dann eilte sie aus dem Zimmer.

Es lag nicht nur an Olivias lautem Schnarchen, dass sie in dieser Nacht kaum ein Auge zumachte.

Im Haus war die Stimmung auf dem Tiefpunkt.

»Kannst du dir eigentlich vorstellen, welche Sorgen wir uns gemacht haben?« Paul war so aufgebracht, wie Sara ihn noch nie erlebt hatte. »Ich bin froh, dass wenigstens Jeff uns angerufen hat, damit wir wissen, wo ihr seid.«

Das musste er gemacht haben, nachdem Sara sich zu Olivia ins Bett gelegt hatte.

»Dann gab es ja keinen Grund, sich Sorgen zu machen«, erwiderte sie kühl. »Hast du eine Entscheidung wegen Larissa getroffen?«

Paul tat so, als würde ihn diese Frage verwundern. »Ich weiß nicht, was du von mir erwartest. Larissa wird uns besuchen. Gleich nach Weihnachten, wenn die anderen abreisen.«

»Du wirst es sicher verstehen, dass ich unter diesen Umständen vorerst bei Olivia und den Kindern schlafe.«

»Nein, das verstehe ich nicht. Aber ich werde dich auch nicht daran hindern.« Damit drehte er sich um und ließ sie einfach stehen.

Sara wappnete sich für die Begegnung mit ihren Eltern. Erstaunlicherweise begnügte Jeanette sich mit vorwurfsvollen Blicken, während Richard ihr verständnisvoll zulächelte.

»Wir fliegen am zweiten Weihnachtstag nach Hause«, verkündete er. »Und wir nehmen Gernot mit.«

Ihr Schwager, der am Esstisch saß, schaute ungehalten auf.

»Vielleicht möchte ich lieber noch bei meinen Kindern bleiben?«

»Ich habe nicht den Eindruck, dass du dich sehr intensiv um die beiden kümmerst.« Richard schaute seinen Schwiegersohn unfreundlich an. »Paul hat dir gestern Abend gesagt, dass du in diesem Haus nicht mehr willkommen bist. Und mein Angebot, dir das Rückflugticket zu bezahlen, gilt nur morgen.«

»Ich will meine Ehe retten«, fuhr Gernot ihn an.

»Deine Ehe ist nicht mehr zu retten. Das hat Olivia ganz klar zum Ausdruck gebracht.« Richard lächelte bitter. »Vielleicht erleichtert es dir deine Entscheidung, ob du uns begleitest oder nicht, wenn ich dir jetzt sage, dass du von mir kein Geld mehr bekommst. Selbst dann nicht, wenn Olivia wirklich zu dir zurückkommen sollte.«

Gernot sprang auf und verließ wortlos den Raum.

»Wir fliegen auch nach Hause«, erfuhr Sara später von ihrer Schwester. »Extra einen Tag später, weil wir nicht mit Gernot zusammen fliegen wollen.«

»Oh nein«, rief Sara erschrocken aus. »Ich werde dich und die Kinder schrecklich vermissen.«

Olivia lächelte. »Du wirst mir auch fehlen. Und Kanada. Ich habe mich hier sehr wohlgefühlt, und ich bin glücklich, weil wir beide uns als Schwestern wiedergefunden haben. Es ist so wie früher.«

»Ja, und genau deshalb will ich dich nicht gehen lassen«, klagte Sara.

»Ich muss so vieles regeln. Die Scheidung, die Sorgerechtsregelung für die Kinder … Ich will arbeiten, und ich will Zeit haben, um Angus richtig kennenzulernen.« Olivia lächelte zärtlich. »Obwohl ich das Gefühl habe, dass ich das bereits tue …«

»Aber Angus ist hier!«

Olivia schüttelte den Kopf. »Er fliegt mit uns nach Deutschland. Er hat tatsächlich kurz vor Weihnachten sein Manuskript abgegeben und das Honorar erhalten. Wir wollen unsere Kinderbücher nun gemeinsam einem Verlag vorstellen. Angus' Verlag ist interessiert, aber das macht er davon abhängig, ob Paul weiterhin sein Lektor ist.«

»Immerhin ist ja dann so viel Ruhe im Haus, dass Paul mehr arbeiten kann.« Sara konnte nicht verhindern, dass die Bitterkeit, die sie empfand, sich in ihrem Gesicht und ihrer Stimme widerspiegelte.

Olivia umarmte sie. »Vielleicht ist das ja auch eine Chance für euch. Ich finde es sehr traurig, dass die Situation zwischen euch so verfahren ist. Ihr liebt euch doch.«

Sara nickte lächelnd. Sie wollte sich nicht anmerken lassen, wie verzweifelt sie war. Wenn sie ganz ehrlich war, wusste sie nicht, ob Paul sie noch liebte. Und sie hatte erst recht keine Ahnung, was das Wiedersehen mit Larissa in ihm auslösen würde …

Heiligabend bemühten sich alle, trotzdem lag die Spannung spürbar im ganzen Haus. Es war vor allem Angus zu verdanken, dass die Kinder davon nichts mitbekamen.

Am ersten Weihnachtstag unternahmen Sara und Olivia zusammen mit ihren Kindern und ihrem Vater einen Spaziergang durch den Schnee.

Immer wieder blieb Richard stehen und schaute sich staunend um. »Wie wundervoll das hier ist«, sagte er immer wieder und erschreckte Sara dann mit der Bemerkung: »Ich wünschte, ich könnte eure Mutter überreden, ebenfalls hierherzuziehen.«

Sara wusste zuerst nicht, was sie sagen sollte. Sie schmiegte ihren Kopf an Richards Schulter. »Ach, Papa, dich hätte ich wirklich sehr gerne hier.«

Er lächelte sie verständnisvoll an. »Ich komme bestimmt einmal wieder«, versprach er.

Am nächsten Morgen war Sara einerseits froh, dass die Tage endlich vorbei waren. Und gleichzeitig war sie unendlich traurig …

Der erste Abschied war kurz und schmerzlos. Es tat Sara ein bisschen leid, dass ihr Vater nicht so viel von dem Land gesehen hatte, wie er es sich wahrscheinlich erhofft hatte.

»Ich komme wieder«, versprach Richard noch einmal. »Aber im Sommer.«

»Du bist uns jederzeit herzlich willkommen«, versicherte Sara, als sie ihn umarmte.

»Erstaunlicherweise hat es mir sehr gut bei euch gefallen«, sagte Jeanette. »Auch wenn sich nicht alles wunschgemäß entwickelt hat. Aber ich komme auch gerne im Sommer noch einmal zurück.«

»Ich würde mich freuen.« Während sie das sagte, spürte Sara, dass sie es auch wirklich so empfand. Allerdings war sie sich keineswegs sicher, was im nächsten Sommer sein würde. Doch über diese Ängste lächelte sie hinweg, als sie ihre Mutter ebenfalls zum Abschied umarmte.

»Vielen Dank für alles.« Karin nickte ihr zu und setzte sich neben Gernot, der bereits auf dem Rücksitz Platz genommen hatte. Er hielt es offenbar nicht für nötig, sich zu verabschieden.

Sara war froh, dass Olivia und Angus mit den Kindern zu einem Ausflug aufgebrochen waren. Genau diese Situation hatte ihre Schwester Noah und Amelie ersparen wollen und sich deshalb bereits nach dem Frühstück von allen verabschiedet.

Richard hupte laut, als er davonfuhr.

Sara und Paul winkten, bis der Wagen nicht mehr zu sehen war. Dann standen sie beide voreinander im Schnee und schauten sich an.

Ein zaghaftes Lächeln huschte über Pauls Gesicht. »Das war es dann also.«

Sara lächelte zurück, froh über diese erste schwache Annäherung.

»Im Haus wird es still werden, wenn der Rest morgen abreist.«

»Wir erwarten ja wieder neue Gäste …« Paul brach ab, als

sein Handy klingelte. Ein Lächeln glitt über sein Gesicht, als er den Namen auf dem Display las.

Larissa, auch Sara konnte es lesen.

»Hallo, Larissa«, rief Paul in das Telefon.

Während er sprach, ging er ins Haus und ließ Sara einfach draußen stehen. Der kurze Moment der Annäherung war bereits wieder vorbei. Zurück blieben Wut und Enttäuschung. Und die Angst vor dem, was sie in den nächsten Tagen erwartete.

Der Abschied von Olivia und den Kindern war schmerzhafter. Die beiden Schwestern weinten und mochten sich kaum voneinander lösen. Auch in Angus' Augen schimmerten Tränen, als er Sara umarmte und sich bedankte.

»Es war ein Traum«, versicherte er immer wieder. »Wir kommen ganz bestimmt zurück, wenn alles geregelt ist.«

»Wir fliegen mit einem gaaanz großen Flugzeug«, rief Noah begeistert. »Bist du schon mal mit einem Flugzeug geflogen, Tante Sara?«

»Was glaubst du denn, wie Tante Sara nach Kanada gekommen ist?« Amelie bedachte ihren Bruder mit einem geringschätzigen Lächeln. »Da ist doch ganz viel Wasser zwischen Hamburg und Kanada.«

»Das weiß ich auch.« Noah streckte seiner Schwester die Zunge heraus, bevor er weitersprach. »Vielleicht ist Tante Sara geschwommen.«

»Du bist ja doof, das ist viel zu weit zum Schwimmen.« Amelie stieg auf den Rücksitz des Wagens.

Olivia hielt ihren Sohn fest, als er seiner Schwester mit geballten Fäusten folgen wollte.

»Ich sitze zwischen euch«, bestimmte sie.

Eine letzte Umarmung, dann setzten sich alle auf ihre Plätze. Nur Paul begnügte sich damit, ihr kurz zuzunicken, bevor er in den Wagen stieg, um alle zum Flughafen zu fahren.

Sara wäre so gerne mitgefahren, doch es war kein Platz mehr frei. Auf der Rückfahrt brachte Paul seine Freunde mit. Und Larissa!

Sara ging langsam zurück ins Haus. Sie schloss die Tür hinter sich und lauschte. Es war nichts mehr zu hören. Eine unheimliche Leere lag in der Stille, die sie umgab. Es schien, als sei alles Leben aus dem Haus gewichen.

Kapitel 22

Die Zeit schien unendlich langsam zu vergehen, obwohl Sara genug zu tun hatte. Sie überzog die Betten, räumte auf, machte sauber – und stand schließlich vor der Frage, ob sie in das gemeinsame Schlafzimmer zurückkehren sollte.

Sie entschied sich dagegen und zog in den kleinen Raum mit dem Einzelbett, den sie sich ganz am Anfang als Arbeitszimmer ausgesucht hatte. Das war der richtige Rückzugsort für sie, wenn es in den nächsten Wochen zu schlimm werden sollte.

Am späten Nachmittag deckte Sara den Esstisch. Es gab belegte Brote und Salat. Auch an den nächsten Tagen würde sie für Pauls Gäste nicht kochen, das hatte sie sich bereits fest vorgenommen. Zum Glück hatte sie so viele Aufträge, dass sie sich über mangelnde Beschäftigung vorerst keine Gedanken machen musste.

Darunter waren einige sehr gut bezahlte Übersetzungen, die ihr und Paul den finanziellen Druck nehmen konnten. Aber selbst das war ein Thema, über das sie nicht mehr miteinander sprachen. Sara hatte keine Ahnung, wie es beruflich bei Paul aussah.

Ihr Herz klopfte schneller, als sie abends den Wagen vorfahren hörte. Draußen war es bereits dunkel.

Zuerst vernahm sie nur Männerstimmen, doch dann kam eine helle Frauenstimme dazu.

Sara ging zur Tür und atmete noch einmal tief durch, bevor sie öffnete.

»Sara!« Tobias kam auf sie zu. Er ließ seine Reisetasche fallen und umarmte sie. »Wie schön, dich endlich wiederzusehen.«

»Herzlich willkommen«, sagte Sara und meinte es in seinem Fall auch so. Sie fand es sogar schade, dass er Olivia verpasst hatte. Ihre Schwester brauchte demnächst einen guten Anwalt.

Anschließend begrüßte sie Alex und Steffen.

Larissa kam zuletzt zur Tür, zusammen mit Paul. Sie sah unglaublich gut aus. Niemand wäre auf die Idee gekommen, dass ein langer Flug mit anschließender Autofahrt hinter ihr lag.

»Hallo.« Lächelnd hob sie die Hand zum Gruß. »Schön, dich zu sehen.«

Sara erwiderte den Gruß nicht mit den gleichen Worten; sie wollte nicht lügen. Also begnügte sie sich mit einem knappen »Hallo!«

»Ich zeige euch jetzt erst einmal das Haus, danach verteilen wir die Räume«, schlug Paul vor. »Ihr könnt euch die Zimmer aussuchen.«

»Das Einzelzimmer habe ich«, sagte Sara schnell.

Paul schaute sie befremdet an.

»Ich brauche es zum Arbeiten«, rechtfertigte sie sich.

Tobias schaute sich begeistert um. »Schade, dass wir nur ein paar Tage da sind.«

Für Sara hingegen war es eine erlösende Nachricht, vor allem weil Tobias auch gleich mitteilte, dass sie bereits am Donnerstag nach Toronto weiterreisen wollten, um dort Silvester zu feiern. Am zweiten Januar ging es dann zum Skigebiet Mount St. Louis Moonstone.

»Komm doch mit«, sagte Larissa zu Paul. »Du warst früher ein hervorragender Skiläufer.«

»Das ist lange her.« Paul lächelte. »Außerdem gibt es hier in der Nähe auch Skipisten. Allerdings muss ich zugeben, dass ich mich damit bisher noch nicht befasst habe.«

»Wegen dir?« Larissa schaute Sara herausfordernd an.

»Paul kann Ski fahren, wann immer er will.« Sara zeigte sich betont gleichgültig.

Paul hatte einmal versucht, in ihr die Faszination für diesen Wintersport zu erwecken, aber sie konnte dem nicht viel abgewinnen. Es hatte ihr in erster Linie Angst gemacht, auf zwei schmalen Brettern einen Hang hinunterzufahren, und sie war nicht dazu in der Lage gewesen, ihre Skier zu kontrollieren. Nach einem schweren Sturz, der zum Glück glimpflich abgelaufen war, hatte sie es schließlich aufgegeben. Es gab so viele andere Interessen, die sie und Paul miteinander teilten.

»Wenn es Sara egal ist, kannst du uns doch nach Mount St. Louis Moonstone begleiten«, rief Larissa begeistert.

So hatte sie das nicht gesagt!

»Nein, das geht nicht«, lehnte Paul ab, doch Larissa ließ nicht locker.

»Es wäre fantastisch, wenn du mitkommst. Kannst du dich noch an unsere Skitour in der Schweiz erinnern? Das war traumhaft! Ich muss oft daran denken …«

»Das ist lange her«, meinte Paul lächelnd. »Soll ich euch jetzt die Zimmer zeigen?«

Natürlich trug er Larissas Gepäck nach oben.

Sara ging in den offenen Wohnbereich und warf einen Blick auf den Esstisch. Alles war gerichtet, sie hatte nichts vergessen.

Nervös tigerte sie hin und her, während sie sich fragte, was da oben gerade passierte. Mehrfach vernahm sie Larissas helles Lachen.

Nach einer halben Stunde kam Paul zurück – allein.

»Die anderen kommen gleich«, sagte er.

»Gut.« Sara nickte knapp.

»Wieso bist du in das kleine Zimmer gezogen?«, fragte er.

»Das fragst du noch? Zwischen uns beiden ist so viel ungeklärt, und ich habe das Gefühl, dass du dich mir immer weiter entziehst. Wir können nicht mehr miteinander reden … Und jetzt auch noch Larissa …«

Der letzte Satz schien ihn wieder aufzubringen.

»Was soll das?«, fragte er heftig. »Larissa und ich sind Freunde. Nur weil wir eine gemeinsame Vergangenheit haben? Du ziehst die völlig falschen Schlüsse.«

»Ich ziehe die richtigen Schlüsse«, stellte Sara klar. »Nicht wegen eurer gemeinsamen Vergangenheit, sondern weil Larissa mir schon vor einiger Zeit gesagt hat, dass sie dich zurückhaben will.«

»Unsinn«, sagte er ärgerlich. »Da hast du etwas missverstanden.«

»Ich war lange vor dir da«, zitierte sie Larissa. »Und ich werde auch noch da sein, wenn du längst wieder verschwunden bist. Er gehört nicht dir!« Sara schaute Paul fragend an. »Was soll ich daran falsch verstehen?«

»Wenn sie so etwas wirklich gesagt haben sollte, spielt das heute keine Rolle mehr.« Paul lächelte schwach. »Sei bitte nett zu ihr, sie hat es gerade ziemlich schwer.«

Sara sagte nichts. Sie hatte das Gefühl, dass alles in ihr erstarrte.

»Larissa hat Liebeskummer«, fuhr er leise fort. »Es gibt da jemanden, dem sie auch eine ganze Menge bedeutete, aber dieser Mann ist verheiratet. Deshalb ist sie mit den anderen nach Kanada gekommen, um sich von diesem Schmerz abzulenken.«

Sara lachte bitter auf. Begriff er wirklich nicht, dass er der verheiratete Mann war, von dem Larissa ihm erzählt hatte? Und dass sie keineswegs nach Kanada gekommen war, um sich abzulenken, sondern weil sie Paul zurückwollte?

Nun, sie hatte gute Chancen, ihr Ziel zu erreichen, so weit, wie sich Sara und Paul inzwischen voneinander entfernt hatten.

»Liebst du mich überhaupt noch?«, fragte sie traurig.

Paul wirkte erschrocken, doch zu einer Antwort kam er nicht mehr. Ihre neuen Gäste kamen nach unten, allen voran Larissa. Sie hatte sich umgezogen und trug jetzt ein figurbetontes Wollkleid. Ihre blonden Haare fielen in Wellen über ihre Schultern.

»Euer Haus ist sehr schön.« Sie drehte sich einmal um sich selbst und betrachtete den offenen Wohnbereich von allen Seiten. »Können wir den Kamin anmachen?«

»Der wird im neuen Jahr saniert«, berichtete Paul. »Aber vielleicht kommt ihr im nächsten Winter ja wieder.«

»Oder im Sommer.« Larissa trat ans Fenster und betrachtete den vom Vollmond beschienenen See. »Im Bikini am Ufer liegen und direkt ins Wasser springen, wenn es zu heiß wird …«

Sara konnte den Männern ansehen, dass sie genau dieses Bild vor Augen hatten.

»Wie schön du den Tisch gedeckt hast.« Larissa trat an die Tafel. »So richtig ländlich und rustikal.«

Vordergründig waren das lobende Worte, aber Sara spürte deutlich, dass das kein Kompliment sein sollte.

Larissa ging zu Paul und hängte sich bei ihm ein. »In Toronto könntest du mal wieder ein richtig gutes Restaurant besuchen. Es wäre so schön, wenn du mit uns kommst. Ganz wie in alten Zeiten, als wir vier noch unzertrennlich waren.«

Tobias wirkte verlegen. »Kommt doch beide mit«, schlug er vor und schaute dabei besonders Sara an. »Wir würden zusammen Silvester feiern, und dann könntet ihr immer noch entscheiden, ob ihr mit zum Skilaufen kommt. Unser Hotel hat einen tollen Wellnessbereich, das wäre dann vielleicht etwas für dich, bis wir abends zurückkommen.«

»Selbst wenn ich das wollte, ich kann nicht.« Sara blickte lächelnd in die Runde und berichtete von den Aufträgen, die sie in den nächsten Tagen bearbeiten musste.

»Das klingt ziemlich langweilig«, stellte Larissa fest und wandte sich wieder Paul zu. »Ein Grund mehr für dich, uns zu begleiten. Dann kann Sara in Ruhe arbeiten.«

Paul ging nicht darauf ein, sondern bat alle an den Tisch. »Ich habe Hunger.«

Es lag an Larissa, dass Sara sich den ganzen Abend über ausgeschlossen fühlte. Immer wieder begann sie mit den Worten: »Wisst ihr noch …«, um dann von gemeinsamen Erlebnissen zu berichten, die nur sie und die Männer betrafen.

Sara zog sich früh zurück. Noch lange hörte sie von unten Stimmen und lautes Gelächter.

Als sie am nächsten Morgen nach unten ging, roch es nach Alkohol, und niemand hatte sich die Mühe gemacht, den Tisch abzuräumen. Es herrschte ein heilloses Durcheinander.

Sara öffnete weit das Fenster, stellte die Kaffeemaschine an und begann damit, alles aufzuräumen. Nach ein paar Minuten schloss sie das Fenster wieder. Gerade als sie sich mit einer gefüllten Kaffeetasse an den Tisch gesetzt hatte, kam Larissa. An diesem Morgen trug sie eine enge Hose und darüber eine bunte Tunika.

»Es gibt Kaffee, prima«, freute sie sich.

»Die Tassen sind oben rechts im Schrank«, sagte Sara. Sie wollte Larissa auf keinen Fall bedienen.

Larissa füllte sich eine Tasse und setzte sich dann zu Sara an den Tisch.

»Wir haben dich gestern bestimmt ziemlich gelangweilt«, eröffnete sie das Gespräch.

»Nein, ich war nur müde«, schwindelte Sara. »Und ein bisschen traurig, weil meine Schwester gestern abgereist ist.«

Larissa lächelte still vor sich hin. »Paul hat übrigens doch beschlossen, uns nach Toronto zu begleiten.« Sie schaute Sara unverwandt an, wollte sich offensichtlich keine Regung entgehen lassen. »Es macht dir hoffentlich nichts aus, alleine zu bleiben.«

Um nichts in der Welt würde sie zugeben, dass ihr das sogar eine ganze Menge ausmachte.

»Aber dann kannst du dich gleich daran gewöhnen«, fuhr Larissa fort. »Paul wird nicht zu dir zurückkommen.«

Sara stellte die Tasse, die sie gerade hochgehoben hatte, hart zurück.

»Du überschätzt dich.« Sie versuchte zu lachen, obwohl ihr überhaupt nicht danach war. »Paul und ich gehören zusammen. Wir lieben uns.«

»Deshalb schlaft ihr auch in getrennten Zimmern.« Larissa lachte höhnisch. »Ich habe schon bei meinen Telefonaten mit Paul bemerkt, dass er nicht glücklich ist.«

»Ich möchte dieses Gespräch nicht fortsetzen.« Sara erhob sich. »Du hast mir schon einmal gesagt, dass Paul zu dir und nicht zu mir gehört. Trotzdem hat er mich geheiratet. Und er wird auch bei mir bleiben. Was immer du dir auch einreden magst, Paul und ich lieben uns.«

Larissas Lachen folgte ihr auf dem Weg nach oben. Und die Angst, dass sie Paul wirklich verlieren könnte. Gleichzeitig wurde ihr aber auch endlich wieder so richtig bewusst, dass sie ihn immer noch liebte. Und genau das wollte sie ihm sagen. Heute noch!

Die Worte blieben ihr im Hals stecken, als Paul kurz darauf zu ihr ins Zimmer kam. Er trug seine dicke Winterjacke und hatte seine Reisetasche in der Hand.

»Es war ein spontaner Entschluss«, sagte er entschuldigend. »Sie haben mich doch umgestimmt, und wir wollen heute schon nach Toronto fahren.«

»Lass mich raten: Das war Larissas Idee«, sagte Sara bitter.

Es kam ihr so vor, als wäre Pauls Lächeln besonders zärtlich. Er schaute an ihr vorbei in die Ferne, schien sich dann aber plötzlich wieder daran zu erinnern, dass sie noch da war.

»Sie war der Meinung, dass uns beiden ein wenig Abstand guttun wird. Und nachdem ich darüber nachgedacht habe, glaube ich, dass sie recht hat.«

»Sie will dich, und dafür ist ihr jedes Mittel recht.«

Er schloss gequält die Augen. »Bitte, Sara, nicht schon wieder.«

»Sie hat es mir selbst gesagt«, flüsterte Sara.

Paul war blass. »Lass uns über alles reden, wenn ich wieder zurück bin.«

Die Vorstellung, dass sie allein hier im Haus zurückbleiben und sich die ganze Zeit darüber Gedanken machen würde, was gerade in Toronto passierte, hielt Sara kaum aus.

»Vielleicht bin ich dann nicht mehr da!«

Worte, die sie noch mehr trennten und auf die es keine Erwiderung gab.

Paul drehte sich wortlos um und verließ das Zimmer.

Sara war nicht allein. Jeff kam jeden Tag mit seinen Handwerkern, und zum Ende der Woche war der Kamin fertig.

Jeff zeigte ihr, wie man den Abzug öffnete, und dann stellte er ihr die Frage, die ihm wohl schon die ganze Woche auf der Zunge lag.

»Wo ist Paul?«

»In Toronto«, erwiderte Sara knapp, doch dann erinnerte sie sich daran, dass Jeff ihr seine Geschichte anvertraut hatte.

»Ich weiß nicht, was aus Paul und mir wird.«

»Liebst du ihn noch?«

»Ja.« Sara lächelte unter Tränen. »Und ich werde nie aufhören, ihn zu lieben.«

»Und er liebt dich, da bin ich ganz sicher.« Jeff drückte fest ihre Hand. »Diese andere Frau wird mit ihren Bemühungen scheitern.«

Saras Smartphone meldete den Eingang einer SMS.

Paul, war ihr erster Gedanke.

Sie schaute auf das Display und erstarrte. Es war ein Selfie, auf dem Paul und Larissa zu sehen waren. Im Hintergrund erkannte sie die Niagarafälle.

Wortlos gab sie Jeff das Handy.

»Verlier bitte nicht den Mut«, sagte er, nachdem er das Foto eine ganze Weile betrachtet hatte. »Diese Frau ist sich ihrer Sache nicht sicher, sonst hätte sie es nicht nötig gehabt, dir das Selfie zu schicken. Sie will dich verunsichern, damit du dich zurückziehst.«

»Sie ist mit ihrer Taktik sehr erfolgreich.« Sara kämpfte mit den Tränen. »Und Paul hat sich seit der Abreise überhaupt noch nicht gemeldet.«

»Willst du Silvester mit Winnie und mir feiern?«, fragte Jeff plötzlich.

Sara steckte das Telefon ein.

»Mit Winnie und dir?«, hakte sie nach.

»Ich habe ein Date mit Winnie.« Seine Augen strahlten vor Glück. »Nicht nur so ein Treffen unter Freunden, sondern ein richtiges Date. Ich habe mir deine Worte zu Herzen genommen und ihr gesagt, dass ich mehr für sie empfinde als Freundschaft.«

»Und was hat sie gesagt?«, fragte Sara gespannt.

»Endlich!«

»Das hat sie gesagt?« Sara freute sich aufrichtig für ihn.

Jeff nickte. »Und dabei hat sie gelacht. Weißt du, auf eine ganz besondere Art und Weise.«

»Ich freue mich so für euch.« Sara umarmte ihn. »Und nein, ich will nicht mit dir und Winnie feiern. Du hast so lange darauf gewartet, der Abend gehört nur euch beiden.«

»Aber du bist eine Freundin. Ich will dich nicht an Silvester allein lassen.«

»Ich habe noch Olivias Whiskey hier.« Sara stieß sanft gegen seinen Arm. »Aber ich verspreche dir, dass ich in dieser Nacht nicht nach draußen gehe.«

Paul hatte sich immer noch nicht gemeldet, obwohl Sara ihm eine SMS geschickt und einen guten Rutsch gewünscht hatte.

Aber war keine Antwort nicht irgendwie auch eine Antwort? Wenn auch keine erfreuliche …

Sara hatte keine Ahnung, wie es weitergehen sollte. Sie wusste nur, dass sie diesen Abend irgendwie herumkriegen musste. Das war schwer, weil sie immer wieder an das letzte Silvester denken musste und Bilder aus glücklichen Zeiten vor ihrem inneren Auge erschienen. Sie und Paul auf der Fahrt durch das verschneite Kanada. Die Begegnungen mit ganz besonderen Menschen. Ihre Hochzeit an den Niagarafällen.

Stunde um Stunde verging, aber Paul meldete sich nicht.

Sara hatte den Kamin angezündet. Sie hatte sich sogar etwas zu essen gekocht, aber sie brachte keinen Bissen herunter.

Die Bilder in ihrem Kopf veränderten sich. Jetzt sah sie Paul und Larissa. Tanzend, eng aneinandergeschmiegt, sich küssend …

Kirchenglocken waren zu hören, Raketen zerplatzten über dem See.

»Jetzt küssen sie sich ganz bestimmt«, flüsterte Sara – und dann vernahm sie Pauls Stimme.

Nein, sie bildete sich das ein, weil sie sich so sehr wünschte, dass er bei ihr wäre. Weil sie sich so unendlich nach ihm sehnte …

»Sara!«

Er stand vor ihr und griff nach ihren Händen, als sie aufsprang.

»Ich hatte so große Angst, dass du wirklich weg bist.«

»Und ich habe nicht damit gerechnet, dass du zurückkommst.«

»Es tut mir alles so leid«, sagte er. Ganz fest drückte er sie an sich. »Du hattest recht, mit allem. Larissa hat ihr wahres Gesicht gezeigt, nachdem ich ihr gesagt habe, dass ich nur dich liebe. In ihrer Wut hat sie mir alles an den Kopf geworfen und mir gestanden, was sie zu dir gesagt hat. Ich weiß nicht, was ich …«

Sara legte ihren Zeigefinger auf seine Lippen.

»Sag nichts mehr«, bat sie sanft. »Küss mich einfach.«

Paul lächelte und beugte sich über sie. Sie schloss die Augen und spürte, wie seine Lippen sanft auf ihre trafen. Die Welt stand still. Alles, was jetzt noch zählte, war die Liebe, die sie füreinander empfanden.

Epilog

Die Kirchenglocken verkündeten, dass sich zwei Menschen gefunden und geschworen hatten, den Rest ihres Lebens miteinander zu teilen. Die Winterlandschaft bot eine atemberaubende Kulisse aus glitzerndem Schnee und majestätischen Bergen, die sich im See spiegelten.

Arm in Arm traten Jeff und Winnie nach draußen, um sich unter dem Applaus ihrer Gäste zu küssen.

Saras Augen füllten sich mit Tränen der Rührung. Ihr Glück mit Paul war wieder vollkommen. Sie hatten viel miteinander geredet, einen ganzen wundervollen Sommer lang.

Paul bekam weiterhin Aufträge von seinem Verlag. Alle Probleme waren gelöst, und die Zusammenarbeit verlief wieder so zufriedenstellend wie früher. Das lag vor allem an Angus, der inzwischen mit Olivia und den Kindern zusammenlebte und nun genug Lärm um sich hatte, um arbeiten zu können. Das erste gemeinsame Kinderbuch der beiden war ebenfalls ein Erfolg geworden. Die vier waren ebenfalls gekommen, um Jeffs und Winnies Hochzeit zu feiern.

Ein Stück weiter stand Josh und winkte ihr zu. Larry stützte seine Frau Bonnie, die sich sehr unsicher durch den Schnee bewegte, weil sie inzwischen ihr sechstes Kind erwartete.

Paul nahm sie in die Arme. »Ich liebe dich.«

»Ich liebe dich«, erwiderte sie zärtlich und erneuerte mit einem innigen Kuss das Versprechen, das sie sich einst gegeben hatten, in ihrem Wintertraum in Kanada.

Der stimmungsvolle Weihnachtsband zur
SALZGARTEN-Saga

Tabea Bach
WEIHNACHTSZAUBER
IM SALZGARTEN
Eine Geschichte von
der Isla Bonita
Weihnachten auf den
Kanarischen Inseln
erzählt von der
Bestsellerautorin Tabea
Bach

144 Seiten
ISBN 978-3-404-18888-8

Die Vorbereitungen für Weihnachten laufen im Restaurant Mesón Flor de Sal auf Hochtouren. Unerwartet kündigt sich kurz vor den Feiertagen Belisario an, Álvaros Vater, der seit mehr als dreißig Jahren nicht mehr auf La Palma war. Er hat damals im Spiel die Finca an Marcos verloren und damit viel Kummer über seine Familie gebracht. Während Álvaros Gefühle in eine Achterbahn geraten, versucht Julia, zuversichtlich zu bleiben. Aber dann stellt sich heraus, dass Belisario nicht einfach nur aus Sehnsucht nach seiner Familie gekommen ist. So nehmen die Weihnachtstage eine andere Wendung, als Julia es geplant hat. Und doch siegt am Ende der Zauber und die Kraft dieses Festes der Liebe.

Lübbe

Fröhliche Weihnachten mit Kater Kasimir als Glücksbringer

Elke Schweizer
DER WEIHNACHTSKATER
– TANNENDUFT UND
WINTERGLÜCK
Roman

288 Seiten
ISBN 978-3-404-19225-0

Seit einiger Zeit leben Ella und Max mit ihren Kindern Robin, Mathilda und Lilly in Tannreuth. Als sie in ihr neues Haus einzogen, waren Ella und Max fest entschlossen, ihre Ehe zu retten. Aber inzwischen fragen sie sich, ob ihr Umzug in den Schwarzwald dabei hilfreich war. Das liegt nicht zuletzt an Tosca, Max' Assistentin, die sich im Gästezimmer einquartiert hat, und daran, dass die Aufnahme in die Dorfgemeinschaft einige Hürden bereithält. Trübe Aussichten für die nahende Adventszeit. Doch alles ändert sich, als ein getigerter Kater ins Haus stürmt, verfolgt von einem Rottweiler …

Lübbe